日下传闻录

东四故事

王蒙 题

中共北京市东城区委东四街道工作委员会
北京市东城区人民政府东四街道办事处 ◎编

中国社会出版社
国家一级出版社★全国百佳图书出版单位

图书在版编目(CIP)数据

日下传闻录·东四故事/中共北京市东城区委东四街道工作委员会 北京市东城区人民政府东四街道办事处编. —北京：中国社会出版社，2013.4

(中国记忆系列丛书)

ISBN 978-7-5087-4381-3

Ⅰ.①日… Ⅱ.①中…②北… Ⅲ.①民间故事—作品集—北京市 Ⅳ.①I277.3

中国版本图书馆 CIP 数据核字（2013）第 058480 号

日下传闻录·东四故事

编　　者：中共北京市东城区委东四街道工作委员会
北京市东城区人民政府东四街道办事处

责任编辑：牟　洁

出版发行：中国社会出版社　　邮政编码：100032

通联方法：北京市西城区二龙路甲 33 号
编辑部：（010）66063028
发行部：（010）66085300　（010）66080300
（010）66083600
邮购部：（010）66061078

网　　址：www. shcbs. com. cn

经　　销：各地新华书店

印刷装订：中国电影出版社印刷厂

开　　本：170mm×235mm　1/16

印　　张：20.25

字　　数：280 千字

版　　次：2013 年 4 月第 1 版

印　　次：2013 年 4 月第 1 次印刷

印　　数：1-5000

定　　价：38.00 元

《日下传闻录·东四故事》编委会名单

记录东四
品味京味

東四居民
王兆國
二〇一三年一月廿一日

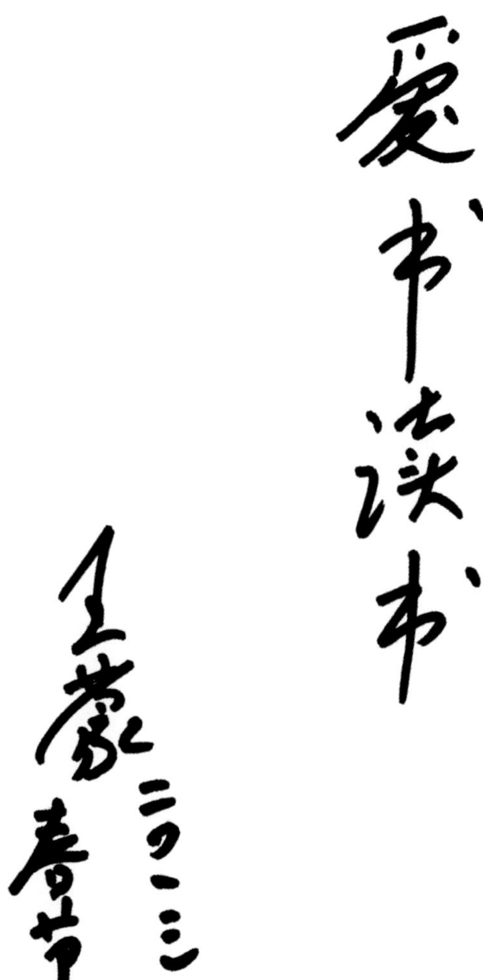
爱书读书
王蒙 二〇二三
春节

保護為主
搶救第一

壬辰嘉平

謝辰生
時年九十又一

目 录

二　名家名店

三　胡同春秋

序

北京是历史文化名城，不但有数量众多的历史文物，还有大量的民间故事和民间传说。北京的口头文学非常丰富，每个乡、镇、街道、胡同均有自己独特的历史，美丽的传说。但是，随着人口的流动、居住环境的变化，这些世代流传的语言珍品会逐渐流失，文化传承造成断裂。民间传说和民间故事是城市记忆的重要组成部分，它记载着人民的喜怒哀乐，生动地反映着人民的心理历程，是一个城市文化性格的忠实记录。为了让这个宝贵的精神财富得到传承，自1919年“五四”运动以来，民族民间文化受到社会重视，无数民俗学家对北京的民间谚语、民间歌谣、民间故事做了大量搜集整理工作，开辟了北京民间文学的研究事业。这些20世纪的工作成果在《中国谚语集成（北京卷）》《中国歌谣集成（北京卷）》《中国民间故事集成（北京卷）》中得到了集中反映，是一项有历史意义的文化工程。

自2005年以来，非物质文化遗产保护工作提到了各级人民政府的工作日程，全市组织近8500人的普查员队伍，对非物质文化遗产项目进行登记、采访、记录、摄影、摄像等工作，发现了大量民间故事和民间传说，其中颐和园传说、圆明园传说、香山传说、八达岭长城传说、卢沟桥传说、永定河传说、八大处传说、张镇灶王爷传说、仁义胡同传说、轩辕黄帝传说、杨家将（穆桂英）传说以及前门传说、曹雪芹传说、凤凰岭传说，等等，相继经过专家严格审定后进入了市、区两级非物质文化遗产的保护名录，显示了北京民间文学的丰富内容和巨大的蕴藏量。民间文学是人民的心声，是当地城市文化性格的形象反映，记录着人民的心理历程，对培育一个城市的精神起到巨大的凝聚作用。对民族民间艺术的抢救，是对传统文化和民族精神的继承，是爱国主义的表现。要爱祖国，首先要爱生我养我的家乡，爱我学习、工作、生活的地方。北京是包容性极强的城市，要融入这个城市，就要了解这座古老的城市，就要继承这个城市的记忆，与当地人民形成共同的心理素质，才能成为“北京人”的一员。

民间文学是当代人民的集体文化记忆，是历代人民对自己家乡的颂歌，是情感的结晶。收集、整理和传播民间故事，就是留住当地人民的集体记忆，就是对当地传统文化的尊重。把刻在历代人民心中的故事形成文字记录下来，传播开去，促进聚居在当地人民的地域文化认同，共同心理素质的形成，是文化上的一项基本建设。文化是凝聚人心的旗帜和火烛，是当地人民的灵魂。在当前人员流动非常大的情况下，使来自五湖四海的人们尽快形成一个整体，进行地域性的文化建设，对于增强每一个地区人民的团结，是一项十分重要的内容。文化建设既要有图书馆、博物馆、文化馆等物质文化设施的建设，也需要有口头文学、民间歌舞、戏剧、音乐、美术等人体携带的活态文化建设。由于历史原因，这些存在于人民生活中的活态文化有的面临失传，有的面临消亡。民俗文化是民族文化的基因，经济越全球化，文化越需本土化。文化是未来经济发展的巨大能源。为了保护中华民族最活跃的文化基因，中国民间文艺家协会于21世纪初发起了民族民间文化抢救工程，号召各地编写《民族民间故事全书》。中华民族经过百年来的苦难，终于迎来了伟大的民族复兴。民族复兴首先是文化上的复兴，民间文学是重要内容。抢救民间故事，就是为人民心理历程树碑立传，是一件功在当代、利在千秋的先进文化建设工程，是尊重人民创造精神的实事。

东城区是北京市的核心区，是天坛、地坛、国子监所在地，历史上称为首善之区。这里既是宫廷文化集中展示之地，又有悠久的重视民间文化的传统。东四街道地处朝阳门内，清代属正白旗驻地，文化积淀丰厚，是老北京城内城市民文化最有代表性的地区之一。东四街道历届领导均重视文化建设，已形成传统，不断有创造，有建树，是北京群众文化建设上的品牌街道之一。他们先后编辑出版了《东四胡同故事》《东四名人胜迹》《奥林匹克在东四》等书，并成立了街道文学艺术界联谊会，在居民中营造了浓浓的文化氛围。2012 年春，街道工委为了落实东城区委建设“首都文化中心区，世界城市窗口区”的目标，决定在居民中开展民间传说和民间故事的征集工作，彰显胡同文化的魅力。把胡同的文化记忆留下来，是我们当代人留给子孙后代的财富，成为许多年过七旬老人的工作动力。这一代人经历过日伪统治、国民党统治时期和中华人民共和国成立后的各个时期，丰富的人生经历使他们产生了强烈的历史责任感，成为响应街道工委号召的主力。民间故事是非物质文化遗产，对于非物质文化遗产最好的保护方法是广大群众的亲身参与。北京要建成先进文化之都，民族民间文化是最基础的工作，是群众性的工作。东四街道办了一件得人心、符民意的事，半年时间就收到了十余万字的民间故事和传说。

时代在前进，每个时代均有人们爱听、爱说、爱传的故事，这些故事讲的是一些大历史事件或历史时期的细节，记录了当时的群众语言、生活情况。因此，这些故事有极高的历史认识价值、文学价值、审美价值和多方面的科学研究价值。为了对历史负责，也为了这样的事业能在今后的时代中得到继续，此书没有用《北京民间故事全书》一名；而是参考北京历史上按地域记录文物的《日下旧闻》书，而取名《日下传闻录》。“日下”，是北京的雅称；“传闻”说明是人民口耳相传的故事。这是一件为人民口头文学“树碑立传”的事业，是一件既有时代特色又将流传于世的工作。《日下传闻录·东四故事》的编辑成功，说明北京确实是一个口头文学非常发达的城市，北京人民是感情丰富，热爱家乡，热爱生活的人们共同体。不能让北京珍贵的民族民间文化在我们这一代人手中流失，而是形成书籍留给子孙后代，使这笔财富，成为建设先进文化之都一块块实实在在的“城砖”。

赵　书

2012 年中秋于北护城河畔

前　言

小巷庭院夜正深，红炉杯酒尚余温。院前积雪藏新绿，信步踏出几行春。

——题记

《日下传闻录》的书稿伴着新年的瑞雪如约而至，胡同院门红灯摇曳，映出融融春意。信步其间，故事里的欢声笑语与各色人物，喜怒哀乐与悲欢离合，甚至是百年沧桑与世事坎坷，仿佛都从这幢幢灯影中跳跃出来，让人回味无穷。

在胡同中生活工作多年，我自诩略通民俗历史、胡同文化，然而随着《日下传闻录》编纂工程的推进，才越发感到自己所学所知所感的不足，体会到置身如此厚重的文化历史中的我们，是何等幸运，身为胡同人的归属感与自豪感油然而生。编辑们通过一则则鲜活的故事为我们辟开了一个个文化窗口，打开了一扇扇通往历史的门，赋予胡同的斑驳古墙、老藤枯蔓以生命力，故事背后的文化感召力让我久久不能平静。作为读者，我明白，在东四这座拥有700多年历史的文化学校里，我们唯有通过不断学习与感受，方能体悟故事里朴实中的伟大、平凡中的崇高。

成为新时期东四的建设者，于我辈是一种宿命，也是一种使命。挖掘保护东四地区的非物质文化遗产，继承发扬东四民俗文化和胡同文化，实现文化的大发展大繁荣，是街道几代领导班子不懈奋斗的目标。在以“爱国、创新、包容、厚德”为核心的北京精神的指引下，在杨柳荫书记“推进文化强区，建设‘美丽东城’”的号召下，我们编辑出版了《日下传闻录·东四故事》，为庆祝北京建都860周年献礼。82篇稿件，是文化东四的魅力缩影，也是全体工作人员的智慧结晶。20余名故事采集员，50余名作者，不仅是传闻故事的采集编辑者，更是东四文化传承的播种员。作为编者，我深信，经年辛勤播种，一朝花开满堂。坚守文化创新的阵地，坚定地区文化自觉与自信，必能带领我们重拾这历经岁月沉淀的文化生命力，走向东四发展的美好明天。

东四三至八条勾勒出了胡同的肌理，传闻录中的故事则赋予了胡同灵魂，让它们尽管经历岁月沧桑但仍可永葆青春。在此，我要感谢参与本书编写的讲述者和记录者，感谢编委会的全体同仁，以及为本书的编辑出版给予过帮助和支持的领导和朋友们，你们的关注和支持给了我们前进的动力和不懈奋斗的理由，使得本书得以顺利出版。

早春的北京在瑞雪的笼罩下还带着冬天袭人的冷意，但日下传闻里流动的胡同真情却让我温暖。我想，东四之美有待于你我慢慢去发现品读和感受，更应该反复地去理解体悟和品味。愿本书能成为读者了解东四、认识东四的一把钥匙，带你穿过历史的烟云，品读胡同春秋，赏味文化东四。

东四街道工委书记　赵凌云

2013年春于东四五条胡同170号

传闻实录

CHUANWENSHILU

让更多的人分享以口头文学形式存在于老百姓记忆中的民间故事、神话传说。

让文化在故事中流淌……

八臂哪吒城

郑　毅

洪武三十一年（1398 年），明太祖朱元璋驾崩，嫡孙朱允炆即位（太子朱标已于洪武二十五年四月薨逝），是为建文帝。朱允炆即位时，诸王都拥有重兵，觊觎皇位，对年轻的皇帝威胁极大。特别是就藩于北平府的燕王朱棣，智勇有大略，屡建战功，曾得到朱元璋的赏识。他利用这一条件，积极地网罗人才，结交军事将领，伺机夺取皇位。建文帝为摆脱藩王的威胁，采纳齐泰、黄子澄等人的建议，准备从周王（朱棣同母弟）下手，开始削藩。这就使皇权与诸王的矛盾激化。同年七月，朱棣指齐泰、黄子澄为“奸臣”，举兵“靖难”，史称“靖难之役”。经过近四年的战争，于建文四年（1402 年）六月攻下南京，夺取皇位，改元永乐，是为明成祖。

朱棣为了巩固北部边防，决定迁都北平。永乐四年（1406 年）闰七月，派大臣宋礼等到四川、湖广、江西、浙江、山西采木备料。永乐五年，开始营建北平皇宫。永乐十四年，诏文武群臣集议营建北平城。永乐十九年（1421 年）正月，正式迁都北平府，改北平府为京师（即北京），改南京为“留都”。

八臂哪吒城，说的就是明成祖朱棣修建北京城的故事。传说当时明成祖朱棣手下有两个军师，大军师叫刘伯温，二军师叫姚广孝。明成祖朱棣命令他俩设计北京城的图样。他俩领旨后，便出去察看地形。

他俩看好了风水，找好了城址，找到了城址的中心点，两人背对背站在这个中心点上，一个往东走，一个往西走，各走五里地，就算东西城边，按照他们走过的地方画了一条线。然后，他们又各自回到中心点，一个往南走，一个往北走，各走七里地，就算南北的城边，按照他们走过的地方又画了一条线，形成了一个十字。他们按照这个里数画了一个框子，就各自回家了。

第二天，两人又出来了。刘伯温对姚广孝说："二军师，地方也步量好了，该画图了。我看，咱们分开，各想各的主意，七天以后，还在这儿见面。到那时，咱俩背对背，当场各画各的，你看如何？"二军师一听，正合他意，就说："行啊！就这么办吧。"俩军师就此分别离去。俩军师回到家后，吃也吃不下，睡也睡不好，脑子里老想着这画图的事儿。可是想了三天，谁也没想出路数。后来，两人都熬不住了，就迷迷糊糊地睡了起来。刘伯温睡着睡着，好像听见有人说话，仔细一听，这话音好像在说："照着我画，照着我画！"醒来一看，什么都没有。姚广孝呢，睡着睡着，也听见有人说话，仔细一听，话音也是说："照着我画，照着我画！"可是醒来一看，也是什么都没有。

一晃又是三天过去了，剩下最后一天，得到现场画图了。大军师刘伯温走出来，脑袋昏沉沉的，一路走，一路琢磨。忽然，看见一个红孩子在他前面走。他走得快，这红孩子也走得快；他走得慢，这红孩子也走得慢。他想，这红孩子到底是谁呢？就紧追上去。二军师姚广孝往前走时，也看见同样的一个红孩子，他也紧追不放。俩军师追着追着，碰到一块儿了，红孩子不见踪影了。再一看，原来正是他们约定见面的地点。刘伯温说："现在咱们可以分头画了。"姚广孝应声答道："行！"两个人就背对背地画起来。他们凝神静思，忽然两人眼前同时出现了那个红孩子的模样：头上梳着小抓髻，穿着红袄、红短裤，半截腿露着，光着脚丫。这件红袄很像荷叶边的披肩，肩膀两边有软绸子镶的浮边，风一吹好像是几条臂膀似的。两人一想，这不就是八臂哪吒吗?！两人一阵高兴，可是谁都不言语，各自照着想象中的模样画起来。

刘伯温这边，先从头画起，然后画胳膊、腿。姚广孝呢，也从头一笔一笔地画了起来。当画到最后一笔时，忽然吹来一股风，把画纸的一个角吹起来，不经意中，他就随手画了一笔。

两人都画完了，手递手地交换了图样。两人一看同时笑起来，原来两张图基本一样，都是八臂哪吒城，只是姚广孝画的图西北角上往里斜了一块（城西北缺一角）。姚广孝让刘伯温讲讲怎么叫八臂哪吒城，刘伯温说："这正南中间的一座门，叫正阳门，是哪吒的脑袋；瓮城东西闸门，就是哪吒的耳朵；正阳门里的两眼井，就好似哪吒的眼睛；正阳门东边的崇文门、东便门及东北面的朝阳门、东直门，是哪吒半边身子的四臂；正阳门西边的宣武门、西便门及西北面的阜成门、西直门，是哪吒另半边身子的四臂；北面城墙东侧的安定门、西侧的德胜门，是哪吒的两只脚。"姚广孝又问："那么，哪吒的五脏呢？"刘伯温说："那紫禁城就是五脏。"姚广孝还想问什么，刘伯温一看这架势，知道他想找碴儿，忙拿起图纸，指着姚广孝画斜的那一笔说："这就是你的不对了，这么好的都城哪能缺一角呢？"姚广孝说："大军师有所不知，哪吒的图形就是缺一个角。"两人争来争去互不相让，只好拿着图样去见明成祖朱棣。成祖朱棣一看，大为惊喜，正是八臂哪吒城，说："此城正中朕意，你们不愧是我的军师。刘伯温画的方方正正，还当大军师；姚广孝画的缺了一角，还当二军师。"刘伯温说："皇上，那修城时，以哪个图为准呢？"成祖朱棣面带微笑地说："东城照大军师的修，西城照二军师的修。"就这样，开始动工修起城来。

城修好后，一看姚广孝画斜的那一笔，正好是德胜门城墙往西与西直门城墙往北交接处，抹去一个角。20 世纪 60 年代，北京城墙没拆那会儿，城西北角就是斜的，缺一个角。今天城墙已经拆了，德胜门和西直门也只留下地名了。没有城墙的存在，也就没有缺角这一说了。

此文是根据《北京的传说》中"八臂哪吒城"改写。

（作者郑毅，原北京市钟鼓楼文物保管所所长。现居住在东四二条。）

金光洞兔儿爷的传说

赵 书 关宝翔

东四有座南新仓，因仓墙外的胡同叫东门仓胡同，久而久之人们也就把这座仓称为东门仓了。这座仓的仓神庙里，供奉着一尊金光洞兔儿爷。这位兔儿爷是位武将，神通广大，什么妖魔鬼怪都惧他三分。因为这位兔儿爷的师父是太乙真人，师兄是法力通天的哪吒三太子。三太子因助刘伯温建北京城立了大功，被封为太上城隍，专管天下条绳行业。别看这官名分小，权力可大得很。第一，这位太上城隍爷，专管记事。古人结绳为约，以结绳来记事。男孩开始上学，要想让小孩读书记得牢，就要到哪吒庙去求保佑，学好《四书》《五经》，好考个功名。第二，这位拿混天绳的小神仙，还能教人盘扣。女孩要想手巧，就要学会盘扣。过去人们不仅衣服上用盘扣，就连窗帘、彩灯、烟袋、荷包、项坠上都坠个盘扣，显示家中姑娘手巧。北京地区自辽代以来，穿衣服不是用打结，而是用盘扣，成了古代北京服饰一大特点。因此，北京有许多关于哪吒的故事。哪吒在北京当了太上城隍，就给师弟金光洞兔儿爷谋了个东门仓仓神的肥缺。为什么委派他这么一个官呢？兔子爱吃毛豆啊！

这金光洞兔儿爷法力很大，好抱打不平，一身侠肝义胆，却也菩萨心肠。民间有很多他的传说。

一是“义惩赃官，金锭变砖”。有一个仓官，因父亲患病久治不愈，生计困难而私卖公粮，被人举报，马上就要被抄家。仓官向仓神求饶，许愿全数退回赃款，今后绝不再贪半颗粮。仓神准了他的愿，把他家所藏金锭全变成了砖头。在他补上所贪全部赃款后，罚他身上长疮半年，并使其父身体恢复健康。

二是“仓兵盗粮，豆米成钢”。有一敖姓仓兵，私盗仓粮回家，未想到所盗之米、豆，皆如铁粒钢球，煮不熟炖不烂，而且砸破了锅，碰碎了碗。仓兵大悟，这是仓神教训自己，再穷，也不能监守自盗。于是向仓神请罪，从此忠于职守，不占国家粮仓一点便宜。

第三个故事是“大盗偷粮，心中发慌”。清道光年间，京城有一贼，名叫达本德。此人飞檐走壁，武艺高强，白天在城门楼檐顶上睡觉，晚上到各家王府去行窃，五城兵马司都拿他没有办法。达本德去各家王府行窃如同走亲戚一般，想拿什么拿什么，甚至把道光皇帝赐给王爷的玉如意都偷走了。可是，当他到了东门仓，他的本事怎么也使不出来了。他刚蹿上仓墙，迎面就看到一个头戴官帽、身上发光的兔子挡住去路。他去哪儿，这兔子就拦在哪儿，弄得他心发慌，腿发软，从没翻过东门仓的墙，更没有上过东门仓的房。有一次，达本德白天在一家戏楼顶上睡觉，见一名大武生演《伐子都》，十分精彩，忘了自己的身份，竟从棚顶上伸出头来大声喊“好”！赶巧九门提督正在台下看戏，于是大呼“捉贼”！在场官兵连同戏团武生，把剧场团团围住，达本德终于被生擒。审问时，达本德说：“全城王府、官宅，出入皆如平地，唯东门仓未能进入，似有神佛保佑。”此言迅速传遍全城，百姓们纷纷到东四购买“金光洞兔儿爷”，以保全家四季平安。

“金光洞兔儿爷”是仓兵用院内泥土制作，其兔儿爷金盔金甲端坐山石之上，山石中间嵌着两扇朱红大门，门上匾额为“金光洞”三个大字。查金光洞在今四川省江油市郊乾元山，传说是道教太乙真人修炼之地。东四的兔儿爷坐在金光洞上，比其他骑在各种猛兽或麒麟身上的兔儿爷，又多了一分神气。

（采录者赵书，著名民俗专家、北京市文史馆馆员、东四奥林匹克社区文联顾问；讲述者关宝翔，著名风筝艺术家。）

兔儿爷的传说

孙 君

兔儿爷摊（图片由京味画家杨信提供）

东四月光胡同里原先有座娘娘庙，庙里有一口供附近居民饮水的井。传说月宫的玉兔下凡到此，从此有了兔儿爷的传说。

有一年中秋八月，京城发生了瘟疫。成片的人病倒了，吃药不见疗效，老百姓急得没有办法，仰望天空月亮又大又圆，纷纷在院子里摆上供桌，焚香拜月祈祷月宫里的嫦娥拯救京城的人们。这时月宫中的嫦娥也透过月光，把人间发生的灾难和人们虔诚的祈求看得一清二楚，她难过地流下了泪水。于是嫦娥就派玉兔下凡，为老百姓治病除灾。

当玉兔化身武士来到京城时，天已经黑了。他走街串巷，挨家挨户地给病人治病，却不收一文钱。为了感谢玉兔的救命之恩，过意不去的人们就为玉兔送来御寒的衣服，玉兔推托不过只好收下，男女老少和各行的行头装束玉兔几乎都换过。还有一些人借给他“脚力”，玉兔的坐骑有毛驴、马、牛、羊，甚至还有狮子、老虎。实在太累了，玉兔就依偎在月光胡同娘娘庙的水井旁打起了盹儿，在熟睡中不经意地露出了本相，晨光中早起上街的人们惊奇地看见一位头上长着两只长耳朵、一张秀气的三瓣嘴、头戴金色头盔、身穿朱红蟒袍、颈戴绿色领巾、脚踩黑色厚底官靴的兔面人身武士。人们疑惑地议论着，玉兔在嘈杂的人声中醒来，睁开蒙眬的双眼。呀！真不好意思，显露本相啦。玉兔起身把从月宫里带来的药都撒在了井里，细声细语地对大家说：“我是奉嫦娥姐姐之命来给大家送药的，我回宫了，大家多多保重!”随即起身飘向晨曦中即将消失的月亮。不知谁喊了一声：“玉兔下凡了!”大家顿悟，这是天上的玉兔下凡为京城百姓消灾解难来了！人们依依不舍地和玉兔挥手告别。消息像一阵风传遍了整个京城，大家争先恐后地来到东四。喝娘娘庙井水的人排起了长队，一直排到东四牌楼底下。于是，“四牌楼南，四牌楼北，四牌楼底下喝凉水”在北京城里流传起来。井水被喝干了又漫上来，漫上来又被喝干。很多年以后，当喝干了的井水再也漫不出来后，人们就挖井底的泥泡水喝。还别说，挖出的井泥里真的有不少药渣子。

从此，京城的百姓就把玉兔当作吉祥善良的象征，以北京人特有的方式尊称为爷。人们用泥塑造出兔儿爷的形象：披红袍、穿铠甲、蹬朝靴、插令旗，威风凛凛，一副元帅模样。为了扬善驱恶，每逢八月十五都要供奉“兔儿爷”，当然陪伴它的还有“兔奶奶”。人们让善良的玉兔骑在凶猛的老虎身上，风光一天。供桌上的供品是兔子爱吃的萝卜叶、绿毛豆、脆枣还有鸡冠花，以感谢玉兔当年为老百姓治病除灾。

（作者孙君，退休教师。原居住在东板桥胡同。）

仓神韩信

张春梅

南新仓，俗称东门仓。坐落在东四十条东口路南。是明清时代的仓廒。仓内有仓神庙，供奉的就是仓神——韩信。

人们都知道，韩信是西汉开国功臣，是最杰出的军事家、战略家，是中国军事思想“谋战”派代表人物。被后人奉为兵仙、战神。这么一个赫赫有名的军事专家，怎么会跟仓神联系在一起呢？

传说，韩信从小家里很穷，父母双亡后，成了一个流浪儿。他无依无靠，平时寄人屋檐下，吃人残羹冷饭，苦度时光。后来，他偶遇南昌亭亭长（官名，秦汉时约十里为一亭，设亭长，其职为缉拿盗贼，监管旅宿并治理民事），便住在亭长家里。开始还好，但过了几个月，亭长的老婆就有些不满了，不是给韩信白眼看，就是说些难听的话。韩信虽穷，但也绝不受人欺侮，随后，他就辞别了亭长家。

韩信离开亭长家后无以为计，看到集市上有人卖鱼，也想以钓鱼为生。于是，他借钱买了鱼竿和鱼弦来到河边。但是坐了一天，不但一条鱼没钓上来，反而饿得肚子咕咕叫。这时，在河边洗衣服的一位大娘看到韩信饥肠辘辘的样子，很是心痛，便把自己的干粮分一份给他吃，一连好几天都是如此。韩信实在过意不去，伏身便拜，说道：“大娘，您天天给我干粮吃，我怎么感谢您呢？待我将来有了本领，一定会重重报答您的救命之恩。”老大娘听了，一阵心酸，叹了口气说：“孩子，我就是看你可怜，给你口饭吃，我能指望你报答什么呢？”

韩信虽穷，但从小聪明伶俐，特别喜欢读书，尤其爱好兵法战策，常与他人争论不休，非胜不肯罢止。因此有识之士经常夸赞他：以子之才，率百万之军，拜将封侯，何足道哉！

韩信也雄心勃勃，决心从军效力。他开始跟随项梁，兵败后又追随项羽。项羽只是封他做郎中（官名，汉代郎中属光禄勋，掌管车、骑、门户，并充任侍卫，外从作战），并不重用。后又归顺刘邦。开始，刘邦也只是封他为边连廒（一个管粮的小官），后又封他为治粟都尉，韩信仍得不到重用，这使他产生了怀才不遇的感觉。因此，他决意趁夜色离刘邦而去。这就出现了“萧何月下追韩信”的一幕。经萧何劝留和大力推荐，刘邦才封韩信为大将军。

韩信在任大将军以后，开始施展他的雄才大略，他东出陈仓，平定三秦；挥师东进，收复赵国；平定齐国，屡立战功，被封为齐王。随后，韩信又协助刘邦，设十面埋伏，打败了不可一世的项羽。韩信协助刘邦平定天下，建立了汉朝（史称西汉）。刘邦当了皇帝，是为汉高祖。

韩信追随刘邦打天下，虽然立下了大功，被封为楚王，但是，他并没有忘本，没有忘记曾经给过他干粮的那位老大娘。他派人把老大娘接到自己府中，还赐给她一千两黄金。韩信“千金一饭酬漂母”的举动，不仅展现了他的高贵品格，而且也很好地诠释了中华民族“受人滴水之恩，当以涌泉相报”的传统美德。

再说，刘邦当了皇帝以后，总是怀疑韩信功高盖主，日后难屈其下，便借萧何之手杀韩信。萧何出尔反尔，“成也萧何，败也萧何”，造成了千古一恨的冤案。

俗话说“民以食为天”，不管何时何地，上至高官，下至百姓，谁都离不开粮食。而韩信曾管理过粮仓，后又拜将封王。他“千金一饭酬漂母”的高贵品格和高超的军事才能使人们对他充满信任、敬仰之情。于是，就把他请出来，做了百姓天天接触的粮食行业的守护神。

仓神庙里供奉的是韩信的塑像，他头戴王盔，身披龙袍，腰佩宝剑，手持长矛。旁边还有四位说不上姓名的小神，其中一位面目狰狞者，据说是流年星宿中的大耗星君，专拿粮仓中的耗子。因此，不论是官仓的官兵，还是经营私粮的粮商米贩，都把仓神韩信供奉为祖师爷。

旧时，每年农历正月二十五日，被定为仓神诞辰日。届时，各地的官仓和粮商、米贩，都到仓神庙上香摆供，燃放鞭炮，祭祀仓神，祈求粮丰囤满、四季平安。

（作者张春梅，东四街道文明办工作人员。）

兔奶奶的娘娘庙

赵 书 徐仲华

大家都知道东四有条月光胡同，胡同里曾有座娘娘庙。早年间，这儿的香火可旺了。据说，凡是结了婚想要娃娃的，烧炷香就灵。有童谣这样唱："今年月牙拜娘娘，明年孩子炕上嚷。"娘娘庙名声越来越大，四九城的人也都慕名前来敬香。为远道而来的人找寻方便，人们就称它为月光娘娘庙了。月光娘娘为什么这么灵呢？据说，是月亮里的玉兔在这儿显得灵，玉兔怎么会在这儿显灵呢？我就给大家伙儿说说吧。

传说，很久很久以前，兔子、狐狸和白猿是结拜的好朋友，哥儿仨同向药师如来学道。有一天，药师如来说："我想派你们其中一个到月亮里给嫦娥做伴，但要看你们三个谁的道行合适。"三个伙伴你看我，我看你，不知怎么表达自己才能符合药师的要求，更不知怎么表示自己学道的水平。于是说："师父，您怎么说，我们怎么做。"药师如来说："我在当菩萨时，曾许下过普度众生的十二大愿，总需要有具体的药物来做灵丹。你们各自给我找一件最能表达你们善意的东西给我，我才好知道你们的道行。"不一会儿，狐狸拿来一串葡萄送给药师说："葡萄能使人聪明伶俐，又象征子孙昌盛，我深受其益，特送菩萨。"药师将其放在桌前，微笑不答。白猿也兴高采烈地跑了回来，手里托着一个大桃，对药师说："桃子味鲜形美，象征长寿，我最深爱，特敬菩萨。"药师又把桃放在桌前，仍笑而不答。最后回来的兔子两手空空地站到药师面前。药师问："你的东西呢？"兔子响亮地回答："就是我自己啊。只要菩萨需要，我跳到火里就变成一顿美餐，随时听从菩萨调遣！”药师合掌一笑：“善哉！善哉！玉兔深得佛法真谛，可以升天！”

于是，兔子有了学名——玉兔，登上了月亮陪伴嫦娥。但她从未忘记师父的佛法真谛，常常幻化身形下凡回到月光胡同，为邻居们办善事。于是乡亲们为了纪念她，修建了这座娘娘庙。再后来，听说玉兔机缘巧合也有了意中人，与兔爷同骑在一只红色老虎身上，被人们称为兔奶奶，一同在八月十五受百姓的祭拜。不管是玉兔也好，是兔奶奶也罢，兔子从未忘记儿时的家，仍然在这月光胡同、月牙胡同施展佛法、幻化行善。

（采录者赵书，著名民俗专家、北京市文史馆馆员、东四奥林匹克社区文联顾问；讲述者徐仲华，首都师范大学教授，居住在东四八条。）

晴娘

郑　毅

传说，清光绪年间，东四牌楼五条有一户人家，父亲在鼓楼前街一家绸布店当管账先生，母亲在家操持家务，生了一个俊俏姑娘，起名叫晴娘。晴娘长大后，不仅长得如花似玉，容貌出众，而且心灵手巧，善于剪纸。经她手剪的嫦娥奔月、仙女下凡、武松打虎、八仙过海等民间故事，活灵活现、栩栩如生，远近闻名。就连皇宫里的娘娘、公主也常差人买她的剪纸。有一年六月（农历）天降大雨，数日不停，京城水淹三尺，百姓烧香磕头也无济于事。

胡同生活（图片由京味画家杨信提供）

夜晚，晴娘坐在将要倒塌的屋里，左思右想，忽然想到，听说东海龙王的儿子趴蝮（音八厦）喜水，何不求他把雨收住。于是，晴娘精心剪了一条纸龙，供在祭桌上，又点燃三炷香，心中默默地祈祷。这时，晴娘眼前只觉一道闪光，纸龙腾空而起，飞出窗外，奔向东海，向龙王传达人间的祈求。龙子一面向龙王诉说人间的雨情，一面倾诉对晴娘的爱慕之心。龙王早就猜透了龙子的心事，于是差虾将到人间传旨，特迎晴娘为龙子妃，如若不从，水淹京城。晴娘为解救百姓免遭水灾，遵命潜入东海龙宫。一阵大风过后，晴娘不见了，天也晴了。人们为了纪念晴娘，每当六月连阴雨之时，便命闺中女儿们剪纸人，挂在门口，俗称“挂扫晴娘”。意为纪念晴娘舍身救助百姓，免遭水灾之患。

此文为作者根据民间风俗改编。

（作者郑毅，原北京市钟鼓楼文物保管所所长。居住在东四二条。）

齐化门的浪子

隋　静

早年间，在齐化门（今朝阳门）的门洞里，有一个老妇人，无论刮风下雨，还是天寒地冻，她都在那儿坐着小板凳，面前放一个柳条笸箩，里边放着针线和几块各色的旧布。因为她为人老实，针线活又好，找她干活的人不少。她每天从天亮缝到天黑，手冻肿了，脸冻得流水了，也不肯休息一天。因为她家里有一个好吃懒做的不孝儿子。

老太太年轻时守寡。穷人养娇子，唯一的儿子还是个不孝的忤逆之子。老妇人千辛万苦把儿子拉扯大，还给他娶了媳妇。儿子疼媳妇，不孝敬母亲。他不劳动，也不让媳妇干活。他对母亲的辛劳视而不见，每天把母亲挣来的辛苦钱，拿出去买点儿糖豆、大酸枣之类的零食哄媳妇高兴，等母亲回来只给母亲做点青菜棒子面糊糊。冬天，天不亮老太太就出去捡煤核，捡来的煤核媳妇烧自己屋里的炕。冻了一天的老人回来，只能住冷屋、睡凉炕。

儿子的不孝被东岳庙的小鬼们看到了，小鬼们要教育一下这个不孝子。夜里两个小鬼拿着绳子来到老太太家，绑了儿子就要走。儿子吓得大哭，连喊："媳妇救我！"媳妇和母亲都吓得跪在地上给小鬼磕头，求小鬼饶了他。小鬼对媳妇说："饶他可以，我们得绑一个人回去交差，放了他就绑你走吧！"媳妇闻听，吓得大叫："您饶了我吧，我不去，您还是把他绑走吧！"这时老太太跪行到小鬼面前说："求求大王放了我儿子吧，您把我绑回去交差吧。"小鬼看看老太太，说："您愿意替你儿子去死吗？"

老太太说："我愿意。再不好，他也是我儿子啊，是我身上掉下来的肉。"

小鬼说："他自己吃零食，吃好吃的，只给你吃棒子面菜糊，您不感觉这是对您的不孝吗？"

老太太说："儿子吃高兴了，我就高兴了。只要没饿着，我吃什么都行。"

小鬼说："他们睡热炕，给您睡凉炕，您不觉得凄凉吗？"

老太太说："儿子他们暖和了，我也暖和了，我冻点儿冷点儿全能受。"

小鬼说："这个儿子这么不孝顺您，为什么还要护着他、替他去死呢？"

老太太说："儿子不孝顺是我没教育好，我没有教会他如何做人，说到底还是我这个做娘的错。求大王放了我儿子，我跟你走吧！"

在旁边看着的媳妇，趁小鬼不注意，顺墙根溜出屋去，撒腿就逃走了。儿子看见跪地求饶的母亲和逃走的媳妇，悔恨不已，跪在母亲面前放声大哭，求母亲饶恕他的不孝。

小鬼们见儿子已经悔悟，就转身走了。从此浪子回头，勤劳肯干，孝敬母亲，成了一个真正的好人。而人们也就常常把"浪子回头金不换"的俗语指成是"齐化门的浪子"。

（作者隋静，原东四南门仓社区居委会社区工作者。现居住东四南门仓社区。）

狗为啥见猫就掐

李秀霞　张瑞兰

在很早很早以前，东四北顺城胡同住着一户金姓人家。有一年的冬天，金家长子外出归来路过西山，从山上捡回一条冻僵的小蛇，竟也真的救活并且养大了，还给它取了个名字叫尺头。随着小蛇日渐长大，金家人发现这是一条蟒蛇。尺头聪明、懂事，而且听话。不但看家护院，还会照看小孩，和家里的猫、狗也相处得很好，深受全家人喜爱。蟒蛇身体渐渐变粗变长，饭量也不断增加。当它长到比碗口还粗时，一顿饭就能吃掉全家人一天的粮食。金家人着实养不起，舍不得也没办法了。有一天，金家长子把尺头叫过来，对它说："如果再把你养在家里，全家老小就要饿死了。你回到山里去自谋生路，也许还能填饱肚子。"尺头听了主人的话，难过地低下头。"你要严格遵守一条规定，那就是不论在什么情况下都不许伤人、吃人。"懂事的尺头顺从地点点头。主人接着说："如果听说你吃人了，绝不饶恕，必杀无疑。"尺头和金家人依依不舍地告别后，一步三回头地进了山。金家人也没有不管它，隔上十天半月的，就往山里给尺头送顿饭，见见面。每到送饭时，金家人就到他们与尺头分手的地方高喊："尺头尺头，吃饭啦！"大蟒蛇就会以最快的速度爬到主人身边。

又是一年的冬天，天寒地冻，白雪覆盖了山上的一切，所有的动物全都缩回了深深的洞里。一天，有人到金家来告状，说尺头把一个过路的人吃了。金家人听到此事立即进山，把尺头喊了出来。尺头见到主人，羞愧地低下了头，对自己犯下的罪行供认不讳。但金家人却下不去手，不忍处决它。

面对主人的愤怒和不舍，尺头悔恨不已。为了报答主人的养育之恩，它决定自行了结。它让主人在它死后马上把它的眼睛挖出来，带回家作为纪念。交代完后，它把头高高地昂起，猛地摔向巨石，结束了生命。金家人按照尺头的嘱咐，含泪把它的眼睛带回家，制作了一个精致的玻璃盒子，把尺头的一双眼睛放进去，摆在家里最显眼的地方。结果金家人发现，这两只眼睛其实是夜明珠。

这件事不胫而走，知道的人越来越多，后来被一个贪心的富人听说了。他花钱雇了两个小偷，到金家把两颗夜明珠盗走，据为己有。金家人发现尺头的眼睛不见了，非常着急，这是尺头留给他们的纪念呀！他们发动所有的亲朋好友四处寻找，都没有找到。家里的猫和狗看到主人如此着急，也开始结伴找寻。它们凭着自己灵敏的嗅觉，顺着小偷留下的气味追去。翻过两座山后，一条很宽的河挡在了前面。猫不会游泳，望着湍急的河水发愁。狗卧在地上，让猫骑在自己的背上，小心翼翼地下了河。猫在狗背上吓得缩成一团，狗稳稳地把猫驮到对岸，猫的身上一个水滴都没沾上。上岸后，它们顾不上疲劳继续嗅着气味往前走。半夜时分，它们来到了一个大院的外面。围墙很高，大门紧闭，狗和猫使出浑身的力气从墙上蹿了过去，顺着墙边悄悄地溜进放夜明珠的房间。夜明珠把整个房子都照亮了，刚刚兴奋的狗和猫这时又泄气了，它们怎么进屋呢？聪明的狗围着房子转了一圈，发现了一个猫洞。它赶紧回来告诉了猫，猫顺利地钻进屋，把两颗夜明珠含在嘴里带了出来。它们迅速逃出了大院，跑上了回家的路。

找到夜明珠，狗兴奋不已，它想让猫匀出一颗，自己含着，猫不肯。狗退一步说想近距离地看看猫含着的夜明珠，猫还是不肯。狗无法安静下来，它们俩就这样一路闹着回到家，来到主人的房间。看到主人伤心地坐在那里，猫赶紧跳到桌子上，把嘴里含的夜明珠吐出来。主人一见立刻跳起来，一下把猫抱在怀里，喜笑颜开地抚摸着并连连夸奖。狗被主人遗忘了，愣愣地站在一边，似乎这件事情跟自己毫无关系一样。猫在那儿尽情地享受着主人的爱抚，连看都不看狗一眼。一会儿主人拿来很多鱼肉奖赏猫，猫也毫不客气地大吃小嚼起来。这时的狗也是又累又饿，过来刚要吃，却被主人拉到一边，说："猫找回了夜明珠，这是奖励给猫的。"狗看着在那儿狼吞虎咽根本就不搭理自己的猫，再也压不住心头的怒火，扑上去对猫一阵狂咬。虽然被主人拉开了，而且事后主人也知道了真相并对狗给予了补偿，但从此狗和猫便成了一对冤家，狗见到猫就会扑上去掐。

只是现在食物丰富，大鱼大肉都不缺，宠物狗和宠物猫已经不掐了。

（采录者李秀霞，东四六条居委会社区工作者，居住在东四六条；讲述人张瑞兰，东四六条居民。）

不提“酒”字

郑 毅

朝阳门内北小街路东烧酒胡同，清乾隆时称东西烧酒胡同。西烧酒胡同内有许多民间烧酒作坊，以酒味醇厚、四溢飘香而闻名京城。

胡同掠影（图片由画家况晗提供）

传说，在东烧酒胡同（后改名石道胡同，今已不存），住着两口子，丈夫是赶大车的，每天从通州运粮，到南门仓入库。往返劳累，早晚总想喝点儿酒，解解乏。媳妇操持家务，时常到烧酒作坊给丈夫打酒喝。一天听说有一位赶大车的壮汉，因早晨喝酒后，又去套车运粮，造成马惊人亡，吓得她酒也不敢打了。晚上，丈夫卸车后，回到家中，一看酒、菜全无，就有点生气。媳妇赶忙把出车祸的事，一五一十地跟丈夫说了，并且说：今后不许丈夫再喝酒。丈夫一听，便赌气地对媳妇说："只要你不提'酒'字，我就一口酒不喝。"就这样，媳妇忍着，不但不提一个"酒"字，就连酒的谐音都不说。一连好几天过去了，丈夫的酒瘾实在是憋不住了，就偷偷地传信给赶大车的俩伙伴，一个叫赵九忠，一个叫陈九壶，让他们提着酒壶，拿着韭菜，明天晚上到家找他，并且说好不要进屋，只能敲门。第二天晚上，俩伙伴按照商定好的，到了他家门口，啲！啲！啲！开始敲门。媳妇听见敲门声，便赶紧去开门，一看他们俩拿的东西，心里就明白了几分。丈夫知道是他的俩伙伴来了，就隔着门在里屋问："媳妇，是谁来啦？拿什么东西了吗？"媳妇既不说是谁来了，也不提拿的什么东西，只是向丈夫点头努嘴，意思是说你自己看吧。丈夫心想，这回没办法让媳妇说出"酒"字来啦，一急之下，气晕了过去。这可把媳妇吓坏了，边哭边叨念着怨恨自己："我真不该和丈夫赌气呀！为了一个'酒'字，把丈夫给气死啦！这今后让我孤苦伶仃的可怎么活呀！"媳妇的哭诉声还没落，丈夫猛然听到一个"酒"字，突然又缓过来了。媳妇眼泪汪汪，哭笑不得，只好认输了。但媳妇还是说："夫君，不让你喝酒是为你好，今后只许你不赶车时晚上回家让你喝二两，你看行不？"丈夫说："听娘子的。但是有一条，必须到西烧酒胡同作坊去打酒，因为那里的酒最醇香。"从此，两口子又过上了美满的小日子。第二年，还生了一个大胖小子。

此文根据传说改编。

（作者郑毅，原北京市钟鼓楼文物保管所所长。现居住在东四二条。）

皇仓救粮

郑 毅

传说乾隆年间，在朝阳门内小街（今称朝内北小街），住着一位阴阳先生，名叫赵五。他能掐会算，在东四牌楼一带，是一个很有名望的“神人”，当地人遇事都愿意请他帮忙。他也整日东奔西跑，为大伙排忧解难。每当春夏之交，正是北方地区麦子成熟的季节，坐落在小街东侧的皇仓都要“倒仓”（即把旧粮倒出，集中，腾出仓廒贮存新粮）。有一天，仓头韩得到总督仓场公署的指令：新粮正在起运，不日将抵京城入仓。他便即刻找赵先生掐算，择吉日“倒仓”，但赵先生没在家。第二天早起，仓头韩出门一看，火红的太阳在东方升起，蓝色的天空万里无云，他认为不会变天儿。为了尽快腾出仓廒，他便决定当日早饭后“倒仓”。中午时分，赵先生正巧路过南新仓门口，看见垛成小山似的粮袋，都摆放在皇仓大院当中。他便掐指一算，当日太阳落山时，必有暴雨来临，如不及时将粮袋入仓，经雨淋后，就会霉烂，造成重大损失。当时，赵先生也顾不上回家吃午饭，便赶紧找仓头韩，说明天气变化情况。仓头韩一听，便说：“昨天就去找您，但可巧您没在家，我早起一看天气很好，才决定‘倒仓’。您看这天儿，无云又无风，不会有变化吧?”赵先生说：“春夏之交的天气就像小孩儿的脸，说变就变。所有粮袋，必须赶在太阳落山之前入仓，不然就会被雨淋。”

赵先生说完就回家了，一边吃午饭，一边琢磨，心里头总是放不下“倒仓”这件事。当太阳偏西时，赵先生出门一看，西北天空已是乌云密布。仓头韩也看出了天气有变。北京地区有句谚语：“早看东南，晚看西北”。意思是说：早晨东南方向或太阳落山之前的西北方向，有大片乌云飘动，必然有大雨。仓头韩一看，要想把院里的粮袋全部入仓，至少还得两个时辰。于是，他一面指挥工人抓紧抢粮入仓，一面派人去请赵先生。赵先生也正在为此事着急。便立刻与来人赶到皇仓，并在仓神庙、土地庙前各点燃三炷香，然后，两腿盘坐在庙前。这时，乌云越来越厚，太阳渐渐地就要躲进山那边，赵先生来不及多想，只听他嘴里念念有词，突然一声大喊："定!"太阳真的就一动不动了。等工人们把粮袋都入了仓，赵先生才松了一口气。赵先生刚站起身来，太阳便滑到山后边去了。霎时，天空一片漆黑，一道道闪电划破黑暗，一声声闷雷震耳欲聋，西北风卷裹着暴雨，瓢泼似的下了起来。赵先生虽紧跑慢赶，但到家还是全身都湿透了。

对赵先生皇仓救粮的事，大伙都感到很惊奇，于是一传十，十传百，很快就轰动了"四九城"。说来也巧，皇仓救粮的事也传到乾隆皇帝耳朵里。皇帝闻听此事，觉得朕有这样忠诚勤劳的黎民，心中很是高兴，于是降旨，对赵先生重重奖赏，并责令仓头韩将银两亲自送到赵先生家中。赵先生眼见这白花花的银子送到家中，却不为心动，他一面表示谢恩，一面对仓头韩说："为皇仓救粮，施展点小法术，是我的本分。我一不求名，二不求利，只求平平安安地度过一生。皇仓救粮，最辛苦的、出力最大的是那些工人，请把这些银子分发给他们吧。"仓头韩闻听此言，感动得五体投地。从此，赵先生受到更多人的敬佩和尊重。

此文根据民间传说改编。

（作者郑毅，原北京市钟鼓楼文物保管所所长。现居住在东四二条。）

皇姑院里的关大姑

赵 书

东四有条小胡同叫石桥东巷，胡同虽小，但明、清两代在北京城却很有名气。因为这里原来有座庙，有皇家女儿在这里出家为尼。此庙明代叫圣姑寺，清代叫皇姑院。

俗话说“皇帝的女儿不愁嫁”，也就是说，皇帝的女儿说嫁谁，就嫁谁，绝不会嫁不出去。但事情并不尽如人意，关大姑就是一位没能嫁出去的公主，出家为尼，一辈子没能享受洞房花烛夜。

据说关大姑是一位才貌双全的怡官格格，很受嘉庆皇帝宠爱。根据清朝宗室传统，皇家公主一般要嫁给蒙古王爷的王子，以保持历代清朝皇帝与蒙古王公的甥舅关系，维护北方边疆的安全。这一年，蒙古正蓝旗的达王爷带自己的小儿子去承德拜见嘉庆皇帝。这位小王子骑马射箭、摔跤、耍幡样样全能，得到嘉庆皇帝的青睐，决定招他为额驸，把怡官格格许配给他。达王父子感恩叩拜，众王爷全都表示祝贺。怡官格格的亲事成了朝廷的大事，达王爷立即向皇帝进礼，准备明年春天给儿子完婚。正在宫廷和王府为他们二人筹办婚事时，达王爷的小儿子在一次赛马中从马上摔了下来，当场身亡。

在封建社会里，已经许配给人家的妇女，一旦未婚夫去世，就成了“半命人”，一生不能再嫁了，即使贵为公主，也不能再嫁。清朝皇室虽为满族，入关后对儒家文化全盘接受，比汉族有过之而无不及。所以，达王爷小儿子一死，怡官格格既不能嫁往蒙古王府，又不能老死宫中，只好依旧制，到皇姑院当了尼姑。怡官格格出家后，被人们叫作关大姑。这样叫法可能与她的法名有关，也可能与她叫“怡官”有关，反正她本不姓关。

关大姑生性善良，多才多艺。她自学医书，在庙内种了许多常用中草药，有时还到郊外或天坛等处去采药，采不到就自己出资购买，无偿为附近居民看病。据说惇亲王绵恺与关大姑是同母兄妹，他的三个儿子患的头疼病，都是关大姑给看好的。关大姑与其他大夫不同的是，她不但看病，还亲自抓药。因为她是皇家女儿，可到天坛去采益母草，所以人们认为她擅长妇科病。实际上她对许多疑难病症均下功夫研究，只不过来就诊的妇女多一些罢了。女人当大夫，这在当时是十分难得的事。据说关大姑70多岁了还能给人治病，后来在一次出诊路上，坐在一棵大槐树下无疾而终。关大姑去世后人们十分怀念她，她的几个侄子也十分尊敬她。据说惇亲王府的后人们每年三十晚上的年夜饭，都在桌上放一副空碗筷，意思是请关大姑回家过年。

（作者赵书，著名民俗专家、北京市文史馆馆员、东四奥林匹克社区文联顾问。）

雍正征毛竹

杨 波

据史料记载，雍正三年（1725 年）起，为了使京、通各仓所贮仓粮透气，不致霉烂，政府规定除山东、河南两省外，其他各省征收毛竹，随漕粮缴纳。

20 世纪 40 年代的南新仓仓廒

据说此事起因与南新仓有关。

雍正三年的夏季，正逢新米到京之时，由于北京大雨连绵，京仓各廒多被雨水所浸。雍正皇帝特派遣内务府总管来保查看各仓情况。来保在勘察过程中发现，京诸仓中，由于海运、禄米两仓地势较为低洼，仓廒被淹的情况较为严重。当他来到南新仓后，发现由于地势较高，仓廒并无大碍，心中颇为宽慰。他无意中看到一大廒内有几根大毛竹高出粮囤，不解其意。仓场监督急忙解释说，这是仿效江南之家藏米的做法，于收贮新米之时，采用毛竹高出粮囤之上，透泄粮中之水汽。来保听后大喜，回去后即禀报皇帝：京仓收储新米之时，虽有廒房气楼，恐不足以泄中间之湿热。诸仓应效仿南新仓贮米之做法，多用毛竹通气。每廒需用 5 根或 6 根较大毛竹。雍正皇帝当即采纳了他的建议，令除不产毛竹之山东、河南两省以外，其他各省漕船赴京时每船需带运大毛竹 2 根（长 2 丈，中径 5 寸），中毛竹 10 根（长 1 丈 2 尺，中径 2 寸），并对南新仓的仓场监督予以褒奖。

（作者杨波，南新仓商贸有限公司董事长。）

秃子王爷府

赵　书　常继刚

从前有一位老太太，一辈子生了好几个小孩，可是一个也没有活下来。因为王爷见她身强体壮，奶好，王爷每得一个儿子就把她召到府里给自己的儿子当奶妈。就这样，王爷的儿子一个个地长大了，可是老太太自己的孩子呢，却一个一个地饿死了。老太太一年年地老了，老伴儿也死了，只好到王爷家里当老妈子。

王爷有十个儿子是吃老太太的奶水长大的，他们每人脑后都拖着一条又黑又亮的大辫子。这十个儿子长大后，有的当文官，有的当武将，都神气得不得了。有的出门骑马，有的出门坐轿，可是就没有一个儿子惦记着老太太的好处。老太太每天在王府里刷碗、扫地、洗衣服，累得腰酸背疼。

有一天，老太太正在后花园扫地，忽然有一只喜鹊在老太太头上来回飞，喳喳喳叫着，老太太抬头一看，喜鹊一张嘴，吐出来一颗葫芦籽儿，落在老太太跟前。老太太拾起这颗葫芦籽儿，把它种在了花池子里，还搭了个小架子。过几天，这颗葫芦籽儿发芽了，越长越高，叶子铺满了葫芦架。可是叶子长得多，花儿只开了一朵。老太太也不管这些，照常给葫芦浇水施肥。老天不负苦心人，慢慢地，这朵花上还真结了个小葫芦。老太太每天看着这个小葫芦，越看越喜欢。

有一次，当武官的大阿哥到后花园来游逛，看到这棵葫芦就动起火来。他命令听差的：“这棵葫芦占这么大的地儿，赶快给我刨了！”老太太一听说要刨葫芦，急得跪在大阿哥面前说：“大阿哥，求求你看在我的面上，就留下这棵葫芦吧，等小葫芦长熟了再刨也不迟。”不等老太太说完，大阿哥伸手一把揪下了那个小葫芦，用劲儿向老太太脸上扔去，正打在老太太的脑袋上，鲜血顺着脑门流下来，老太太昏过去了。

过了很久老太太才醒过来。她抬头一看，大阿哥早没影了，葫芦秧也被连根刨了，只有一个沾了血的葫芦扔在地上。老太太拿起这个小葫芦，心里难受极了：俺年轻的时候用奶水养活了王府十个少爷，却饿死了自己的儿子。现在老了，种这么一棵葫芦，还被大阿哥刨了。难道自己连一棵葫芦都养活不了吗？老太太捧着葫芦哭起来：“葫芦儿啊葫芦儿，你怎么也这么命短哪?”

老太太哭着哭着，想起了自己死去的儿子，于是就用地上的泥捏了个小人儿。老太太捏了小孩儿的胳膊小孩儿的腿，又把那个小葫芦插在身子上当脑袋。老太太在葫芦上画了鼻子眼睛，还用血涂了红脸蛋，然后把这个小葫芦孩儿放在桃树杈上。

这个小葫芦孩儿在树杈上白天经太阳晒，夜里受月亮照，在一个大月亮夜里，小葫芦孩儿活啦！他伸伸胳膊踢踢腿，打了个哈欠，就在树上爬来爬去。这时天已经凉了，秋风一吹，小葫芦孩儿就觉得身上冷，尤其是脑袋上，一根毛也没有，冷得厉害。他就用那个葫芦脑袋撞树干：“冷死我喽!”哪！哪！哪！“冻死我喽!”哪！哪！哪！

小葫芦孩儿这么一折腾，整个王府里都听得见。大少爷、二少爷、三少爷……十个少爷带着听差的都跑出来了，在花园里找啊，找啊，连个人影也找不着。可是他们刚回到屋里，就又听到花园里头有人喊：“冷死我喽!”哪！哪！哪！吓得十个少爷都睡不着觉。

喊声也惊动了老太太，她披衣起身想到花园里看看怎么回事。刚来到那棵桃树下，一个光屁股的小孩就从树上跳下来，扑到她的怀里。老太太一看，原来是葫芦孩儿。葫芦孩儿叫着：“额娘给我穿衣服，额娘给我梳辫子!”老太太高兴得不知说什么好，连声应道：“好！好！额娘给你穿衣服，额娘给你梳辫子!”

老太太有了葫芦娃，屋里有人跟她说话了。

大阿哥听说老太太有了葫芦娃，气得两眼直冒火星，带着听差的闯进老太太的房子，一把就抓起了葫芦娃。

老太太说："大阿哥，我一辈子无儿无女，您就可怜可怜我，让我收下这个孩子吧!"

大阿哥说："这是妖精！必须用火烧，不除妖精，王府怎么能太平?!"

大阿哥让听差的在院子里堆起柴火，点起大火。不管老太太怎么求饶，葫芦孩儿怎么哭喊，大阿哥还是把葫芦孩儿一下子扔到火堆里。葫芦孩儿一到火堆里，小葫芦噼里啪啦地就裂开了。忽然，一颗葫芦籽儿冒着烟由火里头蹦了出来，"唰"的一下，迎面钻到了老太太的怀里，老太太仰面朝天倒了下去。别的老妈子七手八脚地将老太太扶起来，这时，大伙都惊呆了，你猜怎么着？老太太花白头发全变黑了，眼睛也亮了，背也直了，脸上的皱纹也都没有了，起码年轻了三十岁！

故事会（图片由京味画家杨信提供）

大伙儿正在吃惊，火堆里忽然又"嗖"的一声蹦出一颗葫芦籽儿，不当不正落在大阿哥的脑袋上。大阿哥头上的大红顶帽子一下着了火，连头发也烧光了，成了一个大秃瓢！正在这时，从火堆里接二连三地往外蹦葫芦籽儿，跳到谁的头上谁就烧得满脑袋大泡。不一会儿，十个阿哥脑袋上的满头黑发全烧光了。

大阿哥不但成了秃子，连眉毛胡子也全烧光了，由脖子到头顶，一根毛也没有，还一个劲儿地脑袋疼。他跑到屋子里对着镜子这么一看，都快吓傻了，这个样子怎么上朝去见皇上呢？急得他“哎呀”一声倒在地上，不省人事……

后来的事大家也都知道了，从此人们都管这家叫秃子王爷府。至今还流传着一首歌谣，讽刺这家秃子王爷府：

大秃子得病二秃子慌，
三秃子请大夫，
四秃子熬姜汤，
五秃子抬，六秃子埋，
七秃子从南边哭着跑过来，
八秃子说：你哭什么？
九秃子说：我们家死了个秃乖乖！
十秃子说：快点抬，快点埋，
小心秃葫芦籽，蹦出来！

（采录者赵书，著名民俗专家、北京市文史馆馆员、东四奥林匹克社区文联顾问；讲述者常继刚，评书艺人。）

“杠上飞”与“小辣椒”

赵　书

“杠上飞”是谁？是当年京城幡鼓齐动十三档中杠子会的练家，翻杠子的高手，正白旗下人，家住朝阳门内，大名穆齐贤。人们多称他“齐贤”或“齐二爷”。

“杠上飞”家的老姓是舒穆禄氏，是个大姓氏。跟顺治爷进关时，他家的祖宗是镞匠，从此世袭，每代挑缺补上名额。清代规定，增丁不增兵，兄弟再多，只能有一个挑缺，其余的兄弟在清初可以到新组建的驻防营，分配外地去。自道光爷登基后，一年不如一年，国库空虚，新增加的人口若挑不上兵，就只有回关外屯田，或到京畿的旗田里当屯户。因此在旗人家不敢多生孩子，如果是女孩还好，旗人女儿不愁嫁。生个男孩只好熬着，熬成老光棍。穆齐贤上有姐姐和哥哥，到他出生时，父亲一看又生了一个“带把儿”的，心想：真是讨厌！

清明节，新增的人丁要到档房登记，笔帖式问镞：“这孩子叫什么名字？”他说：“叫讨厌！”汉语讨厌到满语里叫哈三，笔帖式说：“那就小名写‘哈三’吧，阎王不惦记，这孩子好养。”而镞匠坚定地说：“大名也叫‘讨厌’！您说我这每月二两一的镞匠哪有钱养四个孩子？”笔帖式说：“这要上《姓氏谱》的，‘讨厌’你在家里叫，这谱上呢，我给您写上‘齐贤’。是‘见贤思齐’的意思。您要非把‘讨厌’二字上档，得请您哈拉（家族）的穆昆达（族长）来跟我说。”经笔帖式这么一说，镞匠也就没辙了，只好说：“那就随你吧。”就这么着，正白旗的人丁档里出了一个非常文雅的汉族名字——穆齐贤。

因为家里唯一的旗饷空额是由哥哥继承，穆齐贤生下来注定就是余丁。可老天爷对他很偏疼，16岁的大男孩，浓眉大眼，膀宽腰细，身材颀长，皮肤白皙，如同哪吒再世。不是“齐嫌”，而是“齐羡”。每次王爷和朝廷大员来正白旗巡视时，都统都让穆齐贤伺候，大员们见到这么受看的小子都夸奖，少不了给些赏赐。但喜欢归喜欢，谁也没有本事让正白旗增加一个名额，给穆齐贤一个正身旗人的身份。16岁挑不上兵，以后就没有挑缺的希望了。于是，穆齐贤拜东单牌楼藏记棚铺老板为师，学习搭棚技术，和其他后生在一起天天练习盘杠子，号称“十三太保”。杠子会在“幡鼓齐动十三档”香会中排在第八，叫作“杠子门上横”，供奉的祖师爷为鲁班。棚匠们为了避免干活时出事，需要练就一身抓、盘、翻杠子的本领。哪支香会练家本事大，说明这家搭棚的技术也好。十三太保全是余丁，什么搭棚、盘炕、替人顶班，糊风筝、抬轿子、当“子弟和尚”冒充和尚念经、办红白喜事都很在行。平日“活儿”最多的就是搭棚，天冷了屋内要糊棚，天热了院内要搭凉棚，再加上搭花牌楼等事，总有事儿干。

藏记棚铺全名叫东单牌楼公议助善杠子香会。当时京城内有名的杠子会很多，光内城左翼八旗驻地就有国子监万寿无疆幼童杠子、正阳门内左府公议助善杠子和东单牌楼公议助善杠子等香会，每年都要到东岳庙去走会。东岳庙的庙会最重视三月二十八日的东岳大帝诞辰，全城香会都来这里酬神拈香。

这一天要举行东岳大帝出巡的盛大庆典。东岳大帝圣像被放到八抬大轿内，由香客们抬着在街上巡察。大轿前有旌旗鼓乐导引，有凶神恶煞般的判官驱赶着披枷戴锁的“犯人”，后有各路香会边走边演，十分热闹。这“杠子”是幡鼓齐动十三档中很有特色的一档，主要是看人。就是同时有几档杠子会，只在一副杠子上表演，行话叫“天下一棵菜”。穆齐贤因玩杠子出色，被人们誉为“杠上飞”。他的大名穆齐贤，反而没有几个人知道。这“杠上飞”很有人缘，用现在的话来说，就是有很多“粉丝”，知名度很高。有人为了看他的表演，专门来逛东岳庙的庙会。

话说这一年的庙会，杠子会表演地点设在东岳庙的琉璃牌楼前，用四根叉架支起一根杠梁，放在大马车上，十几个人轮流表演。表演的套路号称“一百单八把活”，如单手大顶、左右顺风旗、哪吒探海等。由于杠子主要是展示技巧，所以着装非常简单；有的是赤臂穿彩裤，有的是上身着小坎，下身着灯笼裤。

上午巳时为杠子表演的最好时间，天气不冷不热，轮到“杠上飞”穆齐贤上场时，香客顿时多了起来。只见他头上盘起辫子，露出英青色的脑瓢，光着膀子，下穿彩裤，足蹬青色圆口布鞋，一跃而上。先是来一个“大纺车”，跟着就来一个“大顶砸钩”，接着是“二指弹”“一指弹”，高潮迭起，“好”声不断。尤其是姑娘们的喊声，更让这个平日让人看不起的余丁，劲头倍增。穆齐贤将杠子“上把活、中把活、下把活”连贯一起“动静结合、上下翻飞”真是出神入化，令人眼花缭乱，目不暇接。当他一个“燕子翻身”，跃下杠子稳稳站在大车槽上时，已是满身大汗。突然，一个旗人女子走到穆齐贤跟前，拿出手巾让他擦汗。看到这么俊俏的姑娘站到自己面前，上身赤裸着的穆齐贤很不好意思，赶快要穿衣裳。这女子说：穿什么穿！人家爱看的就是你这身疙瘩肉。她这么一说，弄得全场哄笑起来。穆齐贤窘得不知怎么办好。车把都管说：“人家信女一片好意，还不赶快收下！”在大家一片赞许声中，穆齐贤红着脸收下了手绢。

旗人女子不裹脚，所以一看就知道。熟悉北京街面情况的人清楚，这位女子也不是一般人物，是正白旗都统阿勒金布的宝贝女儿，人称“小辣椒”的陈二妞。陈二妞家并不姓陈，只是因为她大哥叫晨平，人称晨大爷，于是她就成了晨二妞。不知旗人称名不道姓习俗的人就以为她们家姓“陈”呢，“晨”“陈”同音，因此官称陈二妞。不管怎么说吧，这陈二妞是京城八旗名人，骑着大红马到处走，什么都敢说，哪里都敢去，是个天不怕地不怕的“假小子”。陈二妞性格像男孩，长得却很娇俏，所以人称“小辣椒”。这么健康美丽的少女，宫里选秀女时却没人敢把她推荐给皇上，怕这个“小辣椒”惊了驾，负不起这个责，所以直到17岁还满街转。

她确实看上了穆齐贤，回家就向当都统的阿玛说：“我要嫁给‘杠上飞'!"都统问:"什么'杠上飞'?"二妞答:"四参领十六佐领下喇叭营的穆齐贤!"都统明白了,想起了曾在自己前面站班接待朝廷大员的那个男孩,于是说:"这后生是不错,聪明、勤快,长得精神,有眼力见儿。可穆齐贤是个闲散,他哥哥刚挑了缺,他没法再种'铁杆庄稼'了。你们结了婚,将来怎么办?"陈二妞说:"那您就给他找个事儿干。"女儿的终身大事,当爹的当然要办。可八旗兵员是固定的,就是都统也没办法。真是天无绝人之路,嘉庆二十四年,三阿哥绵恺被封为多罗惇亲王,府邸在镶白旗下。新建王府,需由正白、镶白两旗各配10名包衣阿哈。良机不能错过,都统一句话,穆齐贤成了镶白旗惇亲王府的户下人,"小辣椒"陈二妞也就成了明媒正娶的穆陈氏。

这惇亲王名叫绵恺,是当朝道光皇帝同父异母的亲弟弟,善打弹弓,曾与当时同是皇子的道光皇帝共同击退过闯入紫禁城的义士。他与道光皇帝年龄相近,皇帝排二他排老三。由于他保卫紫禁城有功,刚过二十五岁就由郡王晋封为亲王。绵恺少年得志,居功自傲,举止轻狂,从不把铁帽子王、八旗都统和六部大臣放在眼里。大家对他行为不满,经常向道光皇帝告状。

惇亲王爷虽然权势大,亲王当了二十几年,妻妾好几个,但也有不如意的事,就是没有一个儿子。没有儿子谁来接王位?这一份家业又给谁?心中十分烦闷,于是他去朝阳门外东岳庙上香。亲王来了,这可是位大施主,道士马宜麟接待了他。马宜麟出身是正蓝旗下的旗人,绵恺对他也不避讳,就把自己要求子嗣之心愿告诉了他。马主持告诉他:要少发脾气多种树,定有神仙来相助。只要心眼好,孩子满院跑。对人宽,对己严,麒麟送子在眼前……惇亲王听了马主持的话,回王府马上又娶一房小太太,然后就大种石榴树。

惇亲王种石榴祈求生子的事,随着石榴树价钱的飙升传遍了全城。惇亲王府院内的石榴树,大的入土栽,小棵盆中养。穆齐贤是他家包衣,因为心灵手巧,也被分配负责种石榴树。大家均知这石榴树是王爷所爱,王府希望所在,所以看护起来十分小心。这年开春,小石榴树从屋中搬出来,放到院中甬道两旁。院内有的浇水、有的刨坑,一片繁忙。穆齐贤从屋内向院中倒动石榴花盆，下台阶时不小心被“返青水”滑倒，花盆摔破了。还未及收拾，恰被惇亲王看见。原来这一天是满族吃肉节，惇亲王去宫里吃肉，受到道光皇帝的训斥。他回府后看到甬道上小石榴树歪在一旁，一听说花盆是穆齐贤给摔的，顿时怒从心头起。因为平日里下人们都说穆齐贤本事大，因为他有三男三女；反过来王爷没一个娃，显然是没本事。对这件事，绵恺心中一直憋着一口气。此时不由分说，让人把穆齐贤绑起来打了三十大板，完后扔进了王府私设的牢房。

惇亲王发完脾气很快把此事忘了，可怜的包衣穆齐贤在牢房中一关就是小一年。陈二妞从穆齐贤“十三太保”把兄弟口中知道了这件事，在家天天等，月月盼，过了端午盼中秋，过了小年盼大年，直到第二年二月初一中和节还没放回家。陈二妞在舒穆禄氏全哈拉吃肉节上一起吃肉时，把穆齐贤因摔碎花盆而被关一年之事向族长穆昆达诉苦。穆昆达对她说：“今年清明，我要率正白旗舒穆禄哈拉男丁去祖坟祭奠。你请王爷恩典，让齐贤参加祭祖。”

管家把穆陈氏这个要求转呈给绵恺，绵恺也不敢拦阻穆齐贤去尽孝道。而穆齐贤之妻是正白旗都统之女，也不能得罪太狠。但他已过四十五岁了，妻妾已有七房，今年又没得上儿子，他把这怨气都撒在穆齐贤摔破石榴树花盆这件事上。他说：“祭祖可以，罪不能饶，什么时候我抱上儿子，什么时候他的罪名才能消。”

穆齐贤一听说王爷什么时候抱上儿子，自己什么时候才能被放出来，心想：“他生不生孩子和我有什么关系，我又没犯死罪，他关押我不合大清王法呀。我回家祭祖，还要被两名家丁押解，这是非要死在狱里了。”穆齐贤虽已近四十岁，又被关押了一年，可在牢房里坚持每天练功。因为陈二妞就喜欢自己这身疙瘩肉。为了陈二妞，他从不抽烟喝酒；为了陈二妞，他必须要逃走。仗着自己有“杠上飞”的功底，腿脚还相当利索，趁着家丁不注意，他翻过了坟地阳宅的墙。家丁们根本追不上穆齐贤，只好眼睁睁地看着他跑了。

穆齐贤结婚二十年，在王府当差，每月有一两多纹银。陈二妞绣花做手工活，也挣些零花钱。再加上结婚时都统给的丰厚嫁妆，他俩育有三女三男，日子过得是有滋有味。人们说："嫁人就嫁穆齐贤，夫妻恩爱苦也甜；不拈花来不惹草，不喝酒来不抽烟。""找女就找陈二妞，大胆爱你不怕羞；丈夫风光街上走，全凭妻子一双手。"这是一对让人羡慕的同甘共苦的恩爱夫妻。

穆齐贤跑了，按清朝法律，逃旗是个大罪，全家都要发配边疆。为了不让妻儿受牵连，穆齐贤写下休书，令陈二妞自行改嫁。他宁肯犯逃旗大罪，也不愿回王府不明不白地坐牢等死。他怀揣"休书"，连夜进城，准备到佐领处请罚，可刚一进家门，被王府派来的家丁抓个正着。穆齐贤喊："二妞，你改嫁吧，别再管我！"二妞喊："当家的，你不用怕，二妞有本事把你接回家！"穆齐贤被五花大绑押回王府。

惇亲王问："你为什么逃跑？"

穆齐贤答："我不知什么时候才能免罪，不愿不明不白地死在狱中。"

王爷听了十分生气："你这是咒我永远也抱不上儿子了？"于是命家丁将其痛打，扔进王府的水牢。听说自己的丈夫被扔进水牢，陈二妞急得如同发了疯，她跑到交道口顺天府大堂鸣冤。府尹说这是旗内之事，顺天府管不了。她找镶白旗都统，都统说王爷是天潢贵胄，得由宗人府管。她找到宗人府，宗人府说没有圣旨，谁敢动亲王？眼看着自己的丈夫在水牢中受罪，自己却告不下状来，陈二妞只好去东岳庙告"神状"，请东岳大帝帮助自己救夫。二十多年前东岳大帝生日，促成自己和穆齐贤的婚姻；今天我再次请东岳大帝爷给我做主，让丈夫回到我身边！陈二妞在大殿前当众咬破中指，写了血状：

"我夫名叫穆齐贤，惇王府中管花园，
不慎摔了石榴树，一关就是一整年。
王爷种树为祈子，祈子未成将他怨，
如今下到水牢里，生死已在一旦间。"

车把都管也算乡约耆老，是有资格参加公所组织的历代皇帝教条学习的人。他说："二妞，我看这事得找都察院。记得太宗皇帝（皇太极）说过'凡有政事悖谬，及贝勒大臣有骄傲瞒上、贪酷不法、无礼妄行者，许都察院直言无隐，即所奏涉虚，亦不坐罪；倘知情蒙蔽，以误国论。'求神不如求人，求人不如求己。只要你敢上告，我就陪你到底。"陈二妞说："不就是挨竹板、滚钉板么，为了穆齐贤，我早已生死不计！"

车把都管见她如此坚决，心说：此女子真英雄也！于是坐上车头说："我陪你去都察院！"车把都管亲自驾车，陈二妞在车上高举着"血书"，不怕抛头露脸，直接来到了都察院。

都察院早已接到东城兵马司的报告，说有个叫穆陈氏的妇女在东岳庙的庙会上为自己丈夫喊冤。陈二妞手举血书上告惇亲王府私设监狱之事，传遍了全城左、右两翼八旗兵营。八家铁帽子王爷纷纷表示应该严查有无此事。在众王爷和八旗都统的过问下，都察院稽察宗室御史处接受了陈二妞的"血书"，另拟奏折上报道光皇帝。皇帝听说有民妇血书，让都察院直接呈上原物来御览。看了陈二妞的"血书"，道光皇帝认为"民妇可嘉"；认为自己的弟弟"生不了儿子，拿下人撒气"，是给皇族丢脸，给旗人丢脸；而王府私设监狱违反《大清律》。道光皇帝立即下旨领侍卫大臣亲自带亲兵前往查实。领侍卫大臣乃朝廷正一品大员，也有爵位在身，又有圣旨在手，惇亲王只得由他在府内到处查看。很快，查出了监狱和水牢，大臣命把在押"犯人"全部放出，请皇帝定夺。穆齐贤从水牢放出时已全无昔日风采，但肌肉仍然丰满。因为他为了陈二妞，始终坚持锻炼。由于在水牢中浸泡，下身有的地方已被泡烂，十分可怜。陈二妞领着六个子女到王府前迎接，抱着穆齐贤泪流满面，开口大骂惇王爷做事极端。

道光皇帝见了领侍卫大臣的察验奏折，知道惇王府内设监狱的情况属实，十分生气。他下旨把所关 76 名"犯人"全部释放，由王府出资抚慰；惇亲王降级一等为郡王衔，罚俸三年。

此事轰动京城。人们纷纷说：民女告倒了烧酒胡同惇亲王，这是东岳大帝显了灵。惇亲王是在道光十六年六月被降为郡王的，本来生不了儿子就已经对不起祖宗，现在又被民女告倒，在宗室面前丢尽脸面，绵恺越想越气，这位不可一世的王爷一气之下病倒了，至十二月初四一命呜呼。道光皇帝闻之又生恻隐之心，恢复其亲王爵，谥号为“恪”。最终，绵恺还是没有儿子，其亲王之爵由道光帝第五子奕宗承袭。有歌谣说：“东亲王、西亲王，比不了烧酒胡同惇亲王。惇亲王，辫子长，就是没有小儿郎。包衣哥，命真长，民女告倒了弹子王。弹子王，气性大，呜呼哀哉晏了驾!”

至于穆齐贤和陈二妞，民女告倒亲王没罪也有罪。镶白旗都统奉命下令驱逐他们一家出旗，自谋生路。传说被出旗的夫妻俩去了天津卫，在运河上谋生发了家。有人说他们每年都要到东岳庙上香，一来就是几大车人，所率子孙辈一大群，出手十分大方。还有人说，穆齐贤家上供与众不同：别人上供是用蜜供或点心，他们上供却用盐，因为“盐”与“贤”谐音。穆齐贤都五十多岁了还在杠子上练两手，陈二妞满头白发了还能骑马上山……

百年来“杠上飞”和“小辣椒”的故事，一直被传为佳话，久传不衰。有人说穆齐贤和陈二妞都活过了八十岁，无疾而终。

（作者赵书，著名民俗专家、北京市文史馆馆员、东四奥林匹克社区文联顾问。）

九卿吊弓匠

赵 书

东四街道有条弓匠营胡同，在清代这里是正白旗驻地。因为胡同里住的都是正白旗的弓匠，所以才有了弓匠营胡同的名称。别看是弓匠，也有接近皇上的时候。清代在1644年进关时，多尔衮是摄政王，掌握实权。顺治皇帝、孝庄皇太后，是绝对权威，不能把名字写在佐领下，这三位皇朝最高统治者的名字均写在所在旗的佐领上，因此，镶黄旗、正黄旗、正白旗也就俗称“上三旗”了。其他五个旗称“下五旗”，顺治帝以下的各代王爷一般均分到下五旗去当王。上三旗的优势是可以到皇城以内去当差，直接伺候皇上；下五旗是伺候本旗的王爷。打起仗来，八旗按五行方位排阵，不分上下高低。如果有战功，可以“抬旗”，汉军旗可抬为满军旗，下五旗可抬到上三旗。

话说弓匠营中有一个老弓匠，世袭弓匠长，每月拿二两八钱饷银，是个一人吃饱、全家不饿的单身汉。老弓匠老姓为钮祜禄氏，名叫常富，排行老二，因此人称富二爷。富二爷结过婚，妻子生孩子时因难产母子双亡。过去，女人生一次孩子，就如同过一次鬼门关。过去了，就子孙满堂；没过去，就撒手人寰。自从妻子去世后，富二爷就没再娶。四十多岁了，还是一个人过日子。富二爷每天练功，有一身好武艺，尤善射箭，能拉硬弓，不但射得准，箭的力量也大，一箭能把他们家的街门射透。有这么一年，富二爷在虎枪营当差，由于朝廷要求必须有拉硬弓的人当护卫，因此富二爷有了随乾隆爷去木兰围场秋狝的资格。所谓“秋狝”，就是行围狩猎。这次秋狝在

北弓匠胡同（图片由画家况晗提供）

最后合围时，圈住了一只大狗熊。按说，皇帝打猎在木兰遇到熊不算什么大事，他十二岁时就曾用火枪击倒过熊，从而得到祖父康熙的赏识，说他胆量过人，遇乱不惊。可是这次不同，乾隆帝年过五十，仍争强好胜，本来在“看城”中休息，一见有大熊，非要自己亲射不可。乾隆帝为了强调“国语骑射”，不让兵士持火枪，均骑马射箭。乾隆皇帝骑马奔向狗熊，距离十丈时从马上射出一箭，狗熊应声倒下。众将士齐呼“万岁”，欲上前捆绑邀功，未想到此狗熊受了伤还能重新站起，劲大无比，连着打倒几个近前的侍卫，摇摇晃晃直奔皇帝而来。正在大家不知所措时，一支利箭直穿狗熊的咽喉，狗熊立时毙命。射箭者不是别人，正是神弓富二爷。皇帝转危为安，心中大喜：我八旗将士中仍有硬弓射手，国兴有望！于是将其唤到身前，勉励一番。乾隆帝想到自己十二岁时火枪击熊，也是受伤之熊倒地复起，是祖父用火枪一枪让复起之熊毙命；这次又是中箭之熊倒地复起，是一名钮祜禄氏的弓匠长解除危险，与自己生母同一姓氏，十分感慨，于是顺手把手上射箭用的翡翠扳指脱下来，赏给了常富。回京之后，皇帝又命户部赏银一千两；命礼部拟旨，抬常富为侍卫章京，领七品俸禄，世袭；命工部为其修缮房屋……一时间，平日不见官员的弓匠营胡同热闹起来，几乎天天有鸣锣送礼者来拜访。

大家都知道，富二爷是个老光棍，无论世袭什么官职，也无人接替；无论留下多少钱，也无后人继承。清朝有个习俗，叫作“过枝子”，就是同族人可以过继给无后者一个干儿子。如果本人健在，也可认一个干儿子，叫“义子”。尤其是乾隆爷赏的那个翡翠扳指，更是无价之宝，价值连城。于是，许多人都打起了想继承富二爷财产的主意。钮祜禄氏是满洲八大姓之一，这个家族历史上曾出现好几位皇后，因此当官的也不少，六部中均有此家族中人。自从富二爷从围场护驾归来，每天前来攀亲的大员络绎不绝。不到十天，竟有九名六品以上大员认富二爷为义父。收一名“义子”就得请一次客，摆一次宴席，热闹一天。十天下来，富二爷累了，平日滴酒不沾的他，每天喝得酩酊大醉，一个普通弓匠，哪里见过天天有这么多大官围着他转的？究竟收了多少个“儿子”，他自己也记不得了。第十一天头上，正好是重阳节，九个儿子齐来拜寿，轮番敬酒，富二爷这一醉后就再没醒过来。刚过四十的富二爷，就这么被折腾死了。

富二爷一死，他的世袭爵位由谁来继？皇帝御赐的扳指由谁来承？偌大一个家业归谁所有？这些都马上成了问题。九个“儿子”都说自己是正宗。有的主张按拜“爹”的先后，有的主张按家谱中血缘远近，有的主张按官职大小，有的主张大家均分……于是，谁来给富二爷打幡、摔盆的事情，闹上了顺天府大堂。按满族习俗，皇帝继位均是在皇子中好中选优来确定，其他世袭职位也不是必须长子继承，出殡时由谁给亡者打幡、摔盆，谁才是公认的继承人，所以九个“儿子”都争这个名分。此事轰动了“四九城”，惊动了朝廷，乾隆爷听了龙颜大怒：为一个扳指，九位皇族大员不顾脸面去争着给一个弓匠当“孝子”，朝廷颜面何在?！于是，乾隆爷降旨：由宗室贝子玉善严查。因为玉善家住东四，可就地查办。玉善会同刑部查案结果，把九位

“孝子”大员全部免职流放至黑龙江。没过几天，城内又传说被流放的人有偷偷回京城的，说是玉善受贿给开了口子。因玉善是宗室，皇亲贵胄，一般大臣审他，他一口咬定，绝无此事，吏部官员拿他也没有办法。乾隆帝得知消息后又一次震怒，他决定亲自审理此事，随即差人把玉善传到宫中，小声对他说：你我均是太祖之后，你说实话，我可赦你无罪。玉善想：君无戏言，若不讲实话，会有欺君之罪。于是说：回皇上，国舅爷给我一百两金子，让我放他侄儿一条生路。罪臣不敢得罪国舅爷，就照办了。

没想到，乾隆帝一听就翻了脸，使劲一拍桌子说：你就不怕得罪朕吗？来人，把这欺君之臣送到宗人府查办！

玉善被宫廷侍卫拉走，乾隆仰天长叹：朕贵为天子，怎么没有一个知心？皇族九个大员，为一个扳指去认弓匠为父；皇族一个贝子为了一百两金子就敢背叛国君！他这么一想，觉得自己十分悲哀。玉善遭到革职削去宗室籍，与逃回京的那位大员同被流放去黑龙江。富二爷丧事由佐领承办，乾隆帝所赐扳指又回到了皇帝手中。

乾隆皇帝一年比一年老了，手抚扳指越发感觉孤独。有时想，是不是对钮祜禄氏这九个大员处理得太重了？可是不处理贪官怎保江山社稷？这时，钮祜禄氏青年侍卫——正红旗的和珅，进入乾隆皇帝的生活。和珅极会领会乾隆皇帝心思，很快就飞黄腾达，成了清朝最大的贪官。当然这是后话，人们在评价乾隆皇帝时常说他，处理了九个小贪官，培养了一个大贪官。据说和珅贪污之钱，富可敌国。后来，嘉庆皇帝继位立即处理了和珅，留下了那句顺口溜：和珅倒，嘉庆饱。

（作者赵书，著名民俗专家、北京市文史馆馆员、东四奥林匹克社区文联顾问。）

大慈延福宫里的故事

孙文华

大慈延福宫山门正面

朝阳门内大街路北当年有一座大庙，叫大慈延福宫，它是明成化年间建造的。因供奉天、地、水府三元之神，民间俗称“三官庙”。天长日久，三官庙几乎成为大慈延福宫的正名，而原本的官称则被人们渐渐地忘记了。它的遗址就在今天老外交部大院的东侧，现仅存东路一组大殿，而中路和西路，早已因老外交部盖楼而消失了。我曾在中国文化遗产研究院见到过一张老照片，三官庙的气势和规模之大，远远不是一般的寺庙所能比的。就是今天，从现存东路的殿堂看，依然可以感觉到这座庙宇当年的规模。据老人们说，当年每逢开庙之时，东至朝阳门，西至东四，香客摩肩接踵，络绎不绝。传说，明成化以后的皇帝，都曾到三官庙上过香，特别是崇祯皇帝经常到庙中进香。关于这位皇帝和三官庙的历史渊源，有一个流传很广的传说。

相传，明末李自成领导的农民起义军不断壮大，在他们占领山西太原，目标直指京城时，惊恐万分的崇祯皇帝就又来到三官庙，向三神求助。抽签时，崇祯皇帝心手合一、虔诚地祈祷着，愿神灵保佑大明江山不要毁在他的手上。当抽出签时，崇祯皇帝的心都快跳出来了，用颤抖的双手举起那根签一看，正好是个“有”字。崇祯皇帝高兴极了，认为这显然是说“大明江山有救了”。

可没过几天，又传来消息，起义军已经兵临城下。这下，崇祯皇帝可慌了神，急忙找来测字先生想问个明白。测字先生问：“圣上抽的是什么签?”崇祯皇帝说：“我抽的是个‘有’字呀。”测字先生掐指一算，缓缓答道：“圣上莫怪，大明江山，气数已尽。”崇祯皇帝急问：“这明明是‘有’，怎么就完了呢?”测字先生说：“请圣上看，这‘有’字拆开，一个是‘ナ’字，一个是‘月’字。‘ナ’是大字少了一捺，‘月’是‘明’字缺了一个‘日’，这‘大明’不就少了一半吗?”崇祯皇帝一听，非常生气，当即口谕：此庙永世不得香火！真真是皇上金口玉言无人敢违，三官庙从此再无香火，但明朝气数终究没能挽回。京城被破后，崇祯皇帝走投无路，自缢于煤山（今景山）东麓一棵老槐树下（这是好多人都知道、讲了多少年的老故事了）。

大慈延福宫天官坐像

清乾隆年间，三官庙得以重修，渐渐开始有人进香。有人说崇祯皇帝抽签大明亡，此庙不吉，不来上香；也有人说此庙能判断凶吉，神明灵验，遇事儿只求三官神。反正是公说公有理，婆说婆有理，各自跪拜各自的神。三官庙虽没有了整日的香火缭绕，门前却形成了极具规模的集市，吃喝玩乐应有尽有。尤其是“卖估衣”的，摊位极多，在京城小有名气，曾被称为“估衣街”。大家也许还记得侯宝林大师著名的相声名段《卖估衣》，说的就是这条街上的事儿。

（作者孙文华，解放军军事医学科学院毒物药物研究所政治部干事。）

吉兆胡同的传说

孙文华

夕阳下的胡同（图片由王燕芬提供）

以前，朝内北小街路东有条胡同，叫吉兆胡同，与东四四条东口隔路相对。那条胡同我曾走过很多次，是一条很不规则的南北走向的胡同。胡同向北的尽头，又分出两条更窄的小胡同，分别叫吉兆东巷和吉兆西巷。这几条小胡同的地理走向很像“鸡爪子”，所以，很早以前人们管这条胡同叫鸡爪胡同。因“爪”和“罩”的发音相近，人们也叫它“鸡罩胡同”。据说，旧时京城有两条鸡爪胡同，一条在西城，现在叫北礼士西五条；而另一条就是东四地界儿的这条胡同了。

传说，大名鼎鼎的北洋军阀段祺瑞就曾居住在鸡罩胡同，而鸡罩胡同的改名也和段祺瑞有关。段祺瑞曾是袁世凯的得力干将。袁世凯死后，段祺瑞任国务总理。中华民国临时执政府成立后，段祺瑞执政，搬到这条胡同居住。堂堂执政大人住在“鸡罩”里，就是不迷信，也觉得不舒服、不吉利。

他的属下就向他建议："鸡罩"与"吉兆"音同字不同，寓意又很好，不如把"鸡罩胡同"改为"吉兆胡同"。段祺瑞听了十分高兴，马上命令北京警察总监把胡同名称改为吉兆胡同了。

胡同内的小院（图片由王燕芬提供）

此种传说很为盛行，流传也很广。许多同事、朋友和居民曾向我提到过这个传说。我起初极信，并把它记录下来。后又想查实一下，自己也好增长更多的知识。结果，在许多资料和史书上都有这样的记载，我更加笃信。但一次翻阅清史地图时，突然发现，在清乾时期，这条胡同就已经叫吉兆胡同了。一时无语。细细想来，段祺瑞 1924 年 12 月就任中华民国临时总执政时，真正的住址是吉兆胡同北边的仓南胡同 5 号。这里原是多罗恭勤贝勒府，此府主允祜为清康熙第二十二子，现在是部队的营房。5 号是在仓南胡同的东口、吉兆胡同的东北方向，离此地有上百米。而吉兆胡同没有一处大宅，段祺瑞也就不可能住在这里。但是，仔细想想，一个堂堂的"临时执政"，怎么能容忍"鸡罩"这个不雅的名称在自己官邸附近存在呢？正如鲁迅先生在《论他妈的》一文中说：人一旦发迹，家谱也修了，雅号也有了，那么当然不甘心居址言不雅训。人们这样传说和计较段大人的住处，不能不说是民心所指。"三·一八"惨案是人们永远抹不去的记忆，刽子手是人们给他最合适的称号。于是改名的传说也就越传越远，越传越真了。

（作者孙文华，解放军军事医学科学院毒物药物研究所政治部干事。）

马玉贵升官记

高　明　高寿慧

东四朝内北小街路东曾经有条叫烧酒的胡同，胡同虽不长，但因酒气飘香，名气很大。清代时这里住过一个嗜酒如命的王爷。这位王爷是当时皇帝的亲弟弟，在皇上面前说话很有分量，不敢说是言听计从，却也听之八九。

话说在一个下雨的早上，天刚蒙蒙亮，王爷入宫上早朝，走到午门时看到一个人正跪在雨中向皇宫行礼，脑门上已磕出了鸡蛋一样大的包。王爷感到奇怪，就吩咐身边的随从询问，原来是新选广东柳水县巡检马玉贵叩谢天恩。王爷心里想：什么马玉贵，纯粹是马遇鬼！你在这儿叩头，谁能看得见？王爷这么一想，倒把“马遇鬼”这个名字记住了。王爷进入朝房后，遇到入京朝见的两广总督，想起刚才的事很好笑，便对总督说：“贵属下有个叫马遇鬼的……”话还没有说完，太监就传王爷上殿了。总督没听出王爷说的是“马遇鬼”，错以为王爷要照顾马玉贵，回任后就升了马玉贵为县官。过了几年，总督准备了礼物让马玉贵进京送给王爷，但马玉贵不知道进王爷府要送引进费，被门官骂了一顿，叫他四鼓时候再来，他却当了真，半夜就等在府外。偏巧的是又遇上王爷入值，赶忙送上礼物和书信。王爷路上打开书信观看，见到其中专门提到了马玉贵这么一个人，感到莫名其妙，因为他只记得有个马遇鬼，早已忘了那个雨中谢恩、头上有包的马玉贵了，想了一路也不明白总督的用意。到了上朝的时候，皇上要王爷举荐一得力人选调到直隶任职，他急切间想不出合适的人来，顺口说出了马玉贵。皇上马上夸奖王爷了解大清，准了王爷的提名，从此马玉贵这个人就飞黄腾达了。

人们不知道马玉贵有什么功劳能够不停地当官、当大官，却记住了这位爱喝烧酒、一喝就喝多了的王爷。

（采录者高明，北京艺术与科学电子出版社编辑；讲述者高寿慧，原北京无线电联合厂工人。）

轰动京城的命案

孙　菲

清末，北京城里最富有的有“八大家”。据马旭初老人回忆，“八大家”里有仓韩家、梳刘家、钟杨家、盐业银行岳家、五老胡同查家、西鹤年堂刘家、瑞蚨祥孟家和兴隆马家。仓韩家住东四牌楼北三条胡同（今门牌43号），人称“仓头韩”，负责管理皇家粮仓。

管理粮仓是个肥差，多年来，积累了不少财富，所以，被列为当时北京最富有的“八大家”之一。

仓头韩只有一个独生儿子，老两口像宝贝一样守护着，希望将来能传宗接代，光宗耀祖。然而就在民国初年秋的一天，学校早已放学，但儿子却迟迟未归，老两口万分着急，赶紧派管家四处寻找，但毫无音信。不日，传来消息，说让家人筹备一笔巨款赎人，若不兑现，就收尸。

原来仓头韩的独生儿子是被人绑票了。

仓头韩虽然家道富有，却是个出了名的老抠门儿。他不愿意舍财，当即就向警局报了案。随后，又到报社刊登寻人启事，第二天就见报了。绑匪一看财路断了，便当即决定“撕票”，并使出了极其残忍的手段。

案发不久的一个清晨，仓头韩刚推开临街的大门，一眼就看见儿子的尸体悬挂在门外的一棵树上，惊吓得魂不附体。他儿子的眼睛和嘴里糊满了石灰，看起来是被呛死的样子惨不忍睹。

这桩案子当时轰动京城。

（作者孙菲，总院社区居委会社区工作者。）

姜昆和干妈的故事

孙永红

认识姜昆老师是很多年前的事儿了。他从小就生长在我们东四这地界儿，他妈妈曾经还是我们南大街居委会的主任呢。尤其是近几年，姜老师不但关注我们街道的建设发展，还为我们的奥林匹克体育文化中心题写了馆名。这次听说我们要编写胡同故事丛书，非常感兴趣。他不但辗转找出了自己早年间写的一篇稿子《小小官司》，还向我们讲述了极富传奇的出生故事。于是征得姜老师的同意，我作为记录者把姜老师说的整理出来讲给大家听：

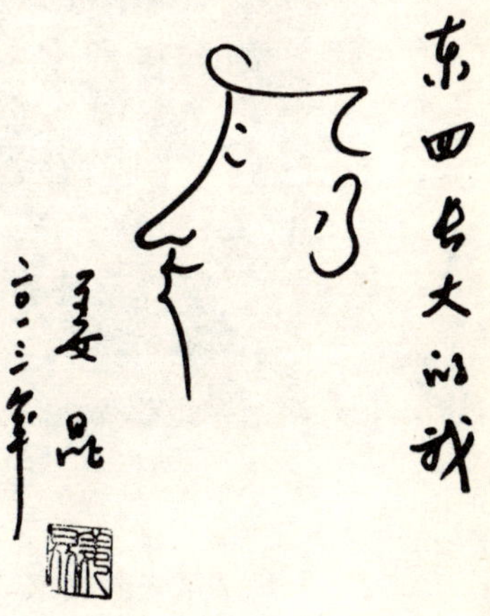

姜昆自画像

1950 年，我出生在隆福寺东边一个叫孙家坑的小胡同。之前，我的哥哥和两个姐姐都夭折了，最大也就在三四岁的时候没了。现在想起来，得的就是肺炎，那个时候叫痨病，没有盘尼西林就一点办法都没有。

我妈妈生我时害怕得不行，已经死了三个孩子了，这第四个再经不起没了，怎么也得给养活喽。可怎么办呢？这时有邻居给我妈指了一条道：找一个命硬的全乎儿人给这孩子当干妈，兴许就救过来了。那个时候我有个三大爷，就是我爸爸的堂兄，住在吉祥胡同后面的剪子巷。三大爷开了个做切面的小作坊，三大妈那时已经生了四个孩子，个个健康活泼。于是，我妈赶紧找到了三大爷家，都是自家兄弟，这本就不成问题。所以，生我的那天，三

隆福寺大街东口（北京市规划院赵树强提供）

大妈早早来到我家。我生下来之后，三大妈就把她的缅裆裤（就是老辈儿人穿的那种肥肥大大的裤子）拿过来，在裤裆中间剪了一个口，从那个缅裆裤里边给我顺出来。意思就是我也是她生的，是她生的不是好养活么。我三大爷家的大哥叫姜志新，二哥叫姜志强，于是按顺序给我起名叫姜志远。认了三大爷三大妈这样的干妈干爹后，我果然是好养活。关键是我干妈后来又生了四个，她一共生了八个孩子都活了。而我妈也生了八个孩子，前面三个都没留住。自从有了干妈，从我之后的两个弟弟、两个妹妹，我们五个都活下来了。现在我们这姊妹十三个，个个都很好，而且还都很有出息呢。

（作者孙永红，北京市民间文艺家协会会员、东四奥林匹克社区文联秘书长。）

三 名家名店

MINGJIAMINGDIAN

曾经的名门望族、达官显贵，不同寻常的出身背景都给他们后代带来了什么样的别样生活？历史的更迭，意识的转变，是什么让百年老字号历经风云沉浮，今时今日仍然门庭若市。

康熙资助同仁堂

刘绍振

北京的老字号大多发祥于南城。

满清入关占领北京城后，成为胜利者的旗民居住在内城，也就是前门楼子以北，而把汉人住户和买卖商号以至于戏园子、酒楼、茶馆、澡堂子什么的，一锅端全轰到前门楼子以南的外城。就是外地来京赶考的举子、做买卖的商人也只能在外城居住。这么一来，反倒应了那句老话：无心插柳柳成荫。不仅促进了外城的发展，新盖了大量高低不齐青砖土坯不一的房屋，还因此形成了许多长长短短、宽宽窄窄、规矩或不规矩的胡同。时候不长，外城反倒比内城繁华热闹多了，大栅栏胡同便是闹市的中心。内城的旗人为了找乐子、买东西，也不得不出前门直奔外城，也即是南城了。

话说康熙皇帝平三藩、收台湾、灭噶尔丹、征沙俄大胜后志得意满，却得了一种浑身奇痒的顽疾。御医用尽了丸散膏丹各种名贵药剂，不但不见好反而瘙痒更甚，折腾得康熙皇帝彻夜难眠。左右侍候的太监侍卫就恭请睡不着觉的皇上到南城大栅栏走走找乐以缓解瘙痒。

康熙皇帝和两个侍卫微服出城，穿过五牌楼来到了大栅栏胡同东口。侍卫上前叫醒把守胡同的堆子兵打开木栅栏，主仆三人沿着东西走向的街道，观赏南北两面店铺商家。突然，康熙皇帝看见道南有个一间小门脸的药铺，亮着昏黄的灯光，靠近几步能听到里面有琅琅的读书声。皇上点头赞许，自言自语道：古人曾道小药铺里也藏真人参，我何不让这里的先生瞧瞧病呢？于是，他示意侍卫门外等候，单人推门而入。

屋里一豆灯光下，有个三四十岁的男子正伏案攻读。康熙皇帝猜想，此人定是坐堂先生了。那位先生见有客人夜登门，起身问道："这位爷，深夜造访有何指教?"

康熙皇帝一边隔衣搔痒一边说："我浑身奇痒，遍体起小红点子，请了名医无数，都不能药到病除。今夜路过贵号，烦请先生给看一看。"

先生叫康熙皇帝解开上衣，上下前后打量一阵，道："没啥大病。您平日操劳过度，再加上饮食山珍海味、燕窝鱼翅过多，故内火外溢，身出红点，奇痒自然相伴。您能来小店，算是找对人了。"说着，他从药架上取下一个黑陶药罐子，然后铺开一块白布，把药罐子里的药全部倒出，足足有八九斤。

康熙皇帝一愣："这么多？什么时候才能吃完?"

先生道："这是大黄，不可口服。您回府上，将这些药加上百斤水煎煮三个时辰，撤火倒入大澡盆里，待水温不烫手时，您浸泡一个时辰再洗浴全身。少则一天，多则三日，即可止痒去火痊愈。这药您先拿去，治不好病，我分文不取。"

康熙皇帝提药回到宫中，如法炮制洗浴，顿觉浑身清爽。到了第二天，红点退去，瘙痒消失，龙心大悦。当天晚上，他又微服到了小药铺，还没张嘴，那位先生笑呵呵地说："您是送药钱来的吧?"康熙皇帝说："真是药到病除，佩服佩服。多少银子你只管说，甭替我省着。"先生道："区区草药，何谈银两。昨晚怕您不信，才信口说来。我见您气宇非凡，只想在京城里交个朋友，至于银子就不说了。在下冒昧问一句，您的尊姓大名?"康熙皇帝眼珠一转："在下姓龙，单字名生，一介书生。"

先生拍手赞道："好姓名。学生姓乐名梧冈，是个落第举子。因无颜见江东父老兄弟，只得凭祖传医术在这大栅栏街上赁房开个小店行医糊口，夜半攻读以待大比之年谋取金榜题名，光宗耀祖。"

康熙皇帝说："乐兄何必一棵树上吊死？以你的医术，在下可以托人举荐你进太医院当御医，岂不也是鱼跃龙门，比金榜题名也不差。"

乐梧冈抱揖相谢："龙兄所言极是，不为良相便为良医，不才无任良相的本事，但有悬壶济世的祖传技艺。我不想做只为一家一人的御医，只想倘若有本钱开个大药铺，以解天下百姓病痛为己任。"

康熙皇帝听了不但不生气，反而竖起大拇指连连夸奖："有志气，甚合我意！官，谁都能做；医，未必人人都行。当个圣手名医，救助苍生百姓，真乃君子所为。你不是缺钱少本吗？我不知钱为何物，却有几个管钱的朋友，我给你写个便条，你去内务府找他们，没多少，但够你开一个京城第一大药店的。"

乐梧冈连连摆手说："龙兄，我只是随便说说，您还当真啦！您也是一介书生，比我强些有限，等你发了大财我再找你借。你可千万别求人搭脸的，叫我不落忍。"

康熙皇帝抄起开药方子的纸笔，低头边写边问："你的药铺打算起什么宝号？"

乐梧冈不假思索道："同仁堂。这是我摇铃串街行医老爹的夙愿。"

"这个堂名不错！将来你的药铺开大了，可别忘了我呀！"

"受人滴水之恩，当以涌泉相报。我的买卖若有腾达之日，不光按本加息还您银子，还要为您龙家世世代代诊病供药。"乐梧冈说。

康熙皇帝把写好的字条交给乐梧冈，说："大丈夫一言既出，驷马难追，同仁堂为龙家供医供药，龙家也不离同仁堂。"说罢一揖相别。

天亮后，乐梧冈怀着有枣没枣打一竿子的好奇心找到内务府衙门，从怀里掏出龙生写的字条递了过去。不大工夫，出来一位头顶三眼花翎的官员，弯腰高举那张字条说："乐先生，本官奉当今皇上旨意，银两如数备齐，请您亲自查验。"

乐梧冈先是懵了，后又醒了，原来龙生是皇上呀！天子，天子，神龙之后，可不是叫龙生吗？他顺着内务府官员手指一瞧，康熙皇帝为他准备了半屋子白花花的银子。

有了银子还愁有办不成的事？没多久，同仁堂药铺就在大栅栏拔地而起，真的成了京城第一大药店。

您问康熙皇帝到底赞助同仁堂多少银子？不知道！可是二人相约同仁堂为大清皇家世代供药确是真的，老北京人都门儿清。

（作者刘绍振，北京民间文艺家协会副主席，原《民间文学》杂志社主编、社长。）

溥仪的小名叫“午格”

贾英华

作者（右）与溥仪二妹在家中

上世纪70年代初，我家为东四八条居委会所辖，于是跟溥仪遗孀李淑贤建立了密切的朋友关系。打那儿起，我便开始留心溥仪的逸事，后来采访三百多人，撰写成了《末代皇帝的后半生》。

然而，有一些大家所罕知的故事，并没写进这本书里。今年，正值宣统皇帝溥仪“逊位”100年。披露这些关于溥仪鲜为人知的故事，是我从采访过的三百多人的录音中摘出来的。

溥仪的小名叫午格，甭说大家不知道，溥仪直到五十多岁还不知道自己的小名叫什么。他在查父亲载沣的日记时，才知道自己的小名。当时，他发现里面有个地方贴着一张小黄绫，非常奇怪，好奇地揭开一看，上面有两个字——午格，他这才确切地知道自己的小名就叫“午格”。

那他为什么叫“午格”呢？因为溥仪的出生至少占了四个“午”字——溥仪出生这一年正赶上“丙午年”，这是一个“午”；在十二生肖中，“辰龙巳蛇，午马未羊”，所谓“午马”，溥仪就是属马了，这又是一个“午”；他又是“壬午月”的“午时”出生，这就又有两个“午”了，一共占了四个

"午"。所以，溥仪的小名就这么来啦。

午格的童年受三个女人的影响较深。第一个女人，就是大家都知道的慈禧太后，她作出了让溥仪进宫的决定，并由此决定了溥仪一生一波三折的命运。第二个女人叫刘佳氏。溥仪是刘佳氏第一个嫡孙，按照醇王府里的老规矩，长孙归祖母教养，所以溥仪刚出满月就给抱到了刘佳氏身边，由她一手带到了两岁零九个月。第三个女人叫王焦氏，是溥仪的乳母，给溥仪喂奶直到九岁才断奶。溥仪在《我的前半生》中说："乳母，是宫中唯一使我保留了人性的人。"也许是爱屋及乌吧，特赦后的溥仪一度想娶乳母的孙女为妻，由于各种原因这事没成。

第一个女人人尽皆知，就不在此赘述了。今天我们就来简单说说溥仪童年的另外两个女人。

第二个女人刘佳氏

光绪三十四年（1908 年）旧历十月二十号傍黑，载沣回府传旨，宣溥仪进宫当皇上，还没等载沣说完，刘佳氏立时吓昏了过去。刘佳氏突然昏倒，已不是她第一次犯病。今天，我就来给大家讲讲刘佳氏病根的故事。

光绪二十二年（1896 年）五月初八，老醇亲王奕譞的嫡福晋——也就是慈禧的亲妹妹叶赫那拉·婉贞去世，虽说慈禧太后跟她这个妹妹一向不怎么和睦，可终究是姐妹啊，听到了这个消息，慈禧大发雷霆！她故意挑了一个大雨滂沱的天儿，直接闯进了醇亲王府，名曰为妹妹"吊丧"！按照王府的旧规矩，刘佳氏作为长辈，要带着醇亲王府上上下下在院里跪接，只要慈禧不发话，这些人就谁也甭想起来。慈禧在屋里慢悠悠品着茶，冷眼瞅着院里黑压压一片淋着大雨下跪的人群。突然，慈禧大发雌威，下令把她妹妹最值钱的珠宝首饰全拿出来扔在地上，又亲自用脚在上面踩了一遍，一边踩啊，还一边恶狠狠地喊叫："真的，那踩不碎，就给我搁棺材里陪葬！如果是假的，必须立马给我扔喽！"慈禧那可不只是在发脾气哟，她想乘机验验珠宝的真假，是怕醇亲王府糊弄她故去的妹妹。

慈禧这一闹，前前后后共持续了好几个小时，刘佳氏也就在院里淋着大雨跪了好几个小时，身体本就不好的她从那天开始就落下了病根。

再说刘佳氏听到溥仪进宫的圣旨后吓晕过去，也是有原因的。这次溥仪进宫比光绪当年进宫还要小一岁。光绪长期囚禁在瀛台多惨啊！那还是慈禧亲妹妹的儿子呢，她能不担心嘛——简直凶险莫测啊。而且王府里小孩成活率很低，就说慈禧的亲妹妹婉贞，她一生生了五个孩子，可存活长大的也不过就只三个。溥仪，那可是刘佳氏的心头肉啊！

第三个女人王焦氏

溥仪在《我的前半生》中，用了两个字形容王焦氏——卓越。王焦氏是溥仪的乳母，皇上的乳母那可不是什么人都能随便当的。王府选乳母，参照的全是宫里的标准。什么标准呢？最重要的当然是看乳汁好坏，但首先要选对人。选人的标准主要有两个：一是要体貌端正，二是必须得要良家妇女。

最重要的步骤就是检验乳汁。这是一个秘不外宣的方式，现代人闻所未闻：先要把乳汁直接挤进白瓷盘子里，放到阳光下暴晒后阴干，从色、味、状这三方面来检验——有变成血色的，有难闻的腥味或异味，还有出渣儿的，这都得淘汰。那什么样算“好乳汁”？必须晒过后洁白如脂——羊脂玉的“脂”，只有这样才算合格，达到这标准，那可不是一件容易的事，可以说百里无一二。王焦氏出身贫苦的农民家庭，一家人两度逃荒到京城，她十六岁那年，半卖半嫁给了京城的一个差役，这差役还有肺病。她刚生下一个女儿，丈夫死了，她带着女儿和公婆，一家人的生活陷入了困境。没想到，天无绝人之路。王焦氏跟末代皇帝溥仪的缘分，也恰恰由此开始。其实溥仪还没出生，醇王府就张罗着给他找乳母，前来应聘的有二十多人。王焦氏最终以品貌端正和乳汁稠厚被选中，给溥仪喂奶，直到9岁才断奶。

（作者贾英华，著名晚清研究学者、中国传记学会副会长。曾居住在东四八条。）

外蒙古亲王车林巴布

冯其利

东四三条7号、13号、14号，有房100余间，在1923年之前是外蒙古亲王车林巴布的王府。他生前收集大量的“子弟书”曲本，称为“车王府曲本”，是一笔文化财富。我今天从他的世系、与怡亲王允祥的关系等，把车林巴布介绍一下。

车林巴布的先世

康熙年间，喀尔喀蒙古（即现在的外蒙古）有两位对清廷忠心耿耿的王爷，一位即超勇亲王策凌，一位是智勇亲王丹津多尔济。车林巴布就是这位智勇亲王丹津多尔济的后人。

丹津多尔济是土谢图汗部落扎萨克、多罗贝勒西第什哩第二子，康熙四十五年承袭扎萨克、多罗贝勒。雍正元年西北用兵时，封丹津多尔济为多罗郡王。八年，以军功晋封和硕亲王。十一年，因事降郡王，乾隆元年恢复和硕亲王。乾隆三年卒。

《清史稿》第28册卷210，8463页，有“喀尔喀土谢图汗部扎萨克、多罗郡王”的世袭表，车林巴布为丹津多尔济的六世孙，祖父那逊巴图，父亲鄂特萨尔巴咱尔。车林巴布在光绪二十一年十一月承袭扎萨克、多罗郡王。

全国政协文史资料选辑第96辑140页，有马非百先生撰写的《百足之虫，死而不僵》，副标题是“一个没落蒙古贵族家庭的地租剥削及其他活动”，介绍与“车王府曲本”有关的车王府。1918年的郡王车林巴布，时年55岁，8月销差回旗，9月13日晋封亲王。车王当即献出良马一匹。《实事白话报》1918年9月第77号载：“驻京外蒙古扎萨克、亲王车林巴布献紫色良马一匹。9月19日早晨晋献，蒙清室嘉奖，颁赏古墨四匣，尺头五卷。亲王当即谢恩。”

车王府与怡亲王府的关系

康熙皇帝第十三子怡亲王允祥第四女，生于康熙五十三年（1714年）十月初十日，母亲为福晋兆佳氏。雍正初年，雍正帝把她抚养在宫中。雍正七年（1729年）封和硕和惠公主，十二月下嫁智勇亲王丹津多尔济之子多尔济色布腾。和惠公主在雍正九年十月初三日去世，年仅18岁。额驸多尔济色布腾在四年后（雍正十三年二月）也辞世了。二人年龄都不大。公主坟就在三元桥旁边的静安庄。

而在东四三条的车王府，虽有房100余间，但无王府中的正殿等建筑物。并且紧挨着怡亲王的北墙，当初应是公主的陪嫁。车王先世由外蒙古进京，这里是“招待所”或“办事处”。清末，郡王车林巴布才在这里常住。

车王的本家

车王的本家有三支，我知道两支。

一位鄂博噶台，又写作鄂多台，籍贯写“喀尔喀图什业图汗部落中右旗”，为喀尔喀公衔头等台吉、参议院议员、公府翊卫副使。住鼓楼西甘水桥22号。他后来住西四大红罗厂，车王府曲本流出是经他之手。鄂多台在1921年9月2日病故。

鄂多台长子车林端多布，字伯山，1922年8月12日为总统府顾问；12月1日，任参议员。曾到伪满洲国，做侍卫官。1949年之前，死在宣武门外七井胡同。

鄂多台第二子车林桑都布，字仲山，经商。死在20世纪50年代。

鄂多台第三子车林诺尔布，字叔山，国大代表，“文革”后死在茶淀农场。

鄂多台第四子车林扎木苏，痴呆。

另一支，没有鄂多台那么活跃。鄂索尔图，字子彬，1945年前后去世，60多岁。

鄂索尔图长子车林扎噶尔，字仁山，1967年前后去世，也是60多岁。

鄂索尔图第二子车林敏珠尔，字乐山，幼殇。

鄂索尔图第三子车林干奇尔，字地山，1911年生，1980年卒，无子女。

车林扎噶尔长子益熹，改名王元伯，1923年生人，我拜访过他。

车林扎噶尔第二子车坤一，1929年生人，在武汉。

车王的本家还有车林旺宝、车林瓦齐尔、车旺理克津、车林多尔济、鄂尔海、鄂博噶台等，在此不一一赘述。

现东四三条胡同北侧有一条通向东四四条胡同的横胡同，由此向东的一片院落即是车王府老宅。虽然门前依旧是老树高台阶，却早已成为不同单位的宿舍区。

（作者冯其利，著名清史专家。）

端郡王载漪及其子孙

冯其利

说起端郡王载漪（音 yī），有的人会很陌生，做一下解释。

溥仪著《我的前半生》中，提到“内廷学生”中有他三个侄子，分别是“小瑞”“小秀”“小固”。“小固”即恭亲王溥伟第七子，不在我们今天的话题之内。其他两位均与端郡王载漪有关系。“小瑞”即毓嵒（音 niè），他的祖父为原封郡王衔贝勒载濂，父亲为头品顶戴溥偁（音 chēng），叔父二品顶戴溥修。而“小秀”原名毓岫，祖父为原封不入八分辅国公载澜，父为头品顶戴、副都统溥倬。这里，贝勒载濂行大，端郡王载漪行二，辅国公载澜行三。

当下北京书画界，不知道画家溥雪斋的人不多。画家溥雪斋即贝子溥伒（音 jìn）。其五弟溥毅斋，即贝子溥僩（音 xiàn）；六弟溥松窗，即二等镇国将军溥佺（音 quán）；八弟溥庸斋即头品顶戴溥佐。这四兄弟之父为贝勒载瀛（音 yíng）。载瀛为端郡王载漪的四弟。

载濂、载漪、载澜、载瀛四兄弟之父为道光帝第五子惇勤亲王奕誴。奕誴的王府，俗称“五爷府”，原址在朝内大街烧酒胡同。

惇勤亲王奕誴故事二则

奕誴四哥是咸丰皇帝，慈安、慈禧是他的四嫂。六弟是恭亲王奕訢，七弟是醇亲王奕譞，八弟是钟郡王奕詥（音 gé），九弟是孚郡王奕譓。

奕誴喜欢通州葛渠村的烧酒，连他的坟地都选址在东边的张辛村。有时他借着酒劲顶撞慈禧，慈禧也对他无可奈何。

有一次，六弟奕䜣的轿夫争强好胜，超过了奕誴的轿子。奕誴到恭亲王府借来这些轿夫，让轿夫抬着轿子绕世界转，让他们知道了五爷的轿子超不得。

奕誴对自己的轿夫是宽容的。有一次轿夫失手把奕誴给蹾了。轿夫跪着禀告："谁让您是敦王爷呢?!"奕誴默然受之。

《述恩儆嗣记》是康熙帝第十六子庄亲王府长房长孙的记事书。说同治年间，庄亲王奕仁的福晋钮祜禄氏、穆扬阿之女，仰仗自己是慈安皇太后家里人，欺凌本家。对道光年间庄亲王府分家时的规定不予执行，本家多年得不到应分得的银两。庄亲王府长房载焘等人状告到宗人府宗令惇亲王奕誴。奕誴不但主持公道，而且面告两宫皇太后，"两宫震怒"，事情得以解决。

载漪发配西北

1900 年，贝勒载濂、端郡王载漪、辅国公载澜和庄亲王载勋支持义和团，杀"二毛子"，火烧教堂，攻打东交民巷的日本和英国使馆。八国联军攻入北京后，他们成为"肇祸诸臣"。端郡王载漪被革爵，发配新疆。载漪岳父为宁夏阿拉善王，于是他就滞留于甘肃武威，未往新疆西行。

载漪先前过继给瑞敏亲王奕誌为嗣，承袭郡王，府邸并不在东四地段，在西城官园。府邸在 1900 年被焚毁。光绪二十八年（1902 年）六月，又降旨命载漪"仍归本支"。这就意味着，他无路可走，只能回朝内大街"五爷府"。

载漪 1921 年的活动

1921 年 3 月下旬，载漪带着侧室 1 位、女 3 名、长子溥儁侧室 2 位、溥儁子女 10 人，连同常随祁元庆、"管事"陈广裕等 20 余人，带着已故长子溥僎夫妇的灵柩，由甘肃来到北京。将溥僎夫妇的灵柩停放在朝外东岳庙后，来到朝内大街“五爷府”。这时因其四弟载瀛已承袭贝勒，“五爷府”已改称“瀛贝勒府”。

当晚，载漪与载瀛兄弟二人一起用餐。

4 月 1 日，还请十一条太医全顺前来诊治，载漪步履如常，唯神志颓唐。

不日，外交使团给中国政府外交部发出照会：“外交团深为诧异，若经贵政府允准，最为违背辛丑约章，不得不严重抗议。”京师警察厅认为载漪病已痊愈，勒令载漪返回甘肃。载漪呈文，请宽限数月。

于是，在以后的日子里，日本人仓田康太郎、蒙藏院副总裁、金鱼胡同英国医生孔聂士、德国医生狄博尔等接连不断到府上为载漪诊治。认为：载漪“系年老体衰，腰膝受寒，不能行动。饮食减少，不时作喘，恐有蛊症之虞。即使竭力调治亦难奏速效。”

5 月 10 日，载漪由家人陪同住进中央医院三层，占用 5 间特别优等室。据说，将军王怀庆遣医官那丹珠前来告之，住院费用由督署和京师警察厅公摊。

7 月 1 日，外交使团专门派来医官为载漪检查身体，医官报告：“身体壮健如常，尽可旅行，似无再行逗留京师之理由。”

7 月 15 日，载漪呈文京师警察厅，说无起程川资。京师警察厅总监殷鸿寿颇有微词，认为“全系说梦话”。可能是中国政府希望载漪早日返回甘肃，7 月 28 日国务院核复：“该革爵赴甘川资应由中央酌给，至到甘后费用应由甘省酌筹。”京畿卫戍总司令部拨款 2000 元，以便载漪起程。

9 月 9 日，中校恭讷春、科员奎瀛全程陪同，巡官玉章、巡长德寿于晨 6 时到达府门，将 6 车行李由溥僪押送至火车站。11 时，载漪等人乘马车 6 辆前往京汉路火车站，上的二等专车。皇族中，贝勒载润之子二人到车站送行。

10 日火车到达郑州车站。有河南督军署稽察长马鸿恩、郑县知事陈箴等在站台迎候。12 日河南督军省长赠送载漪大洋 300 元。

《爱新觉罗宗谱》甲册 64 页记载：载漪“民国十一年壬戌十一月二十二

日辰时薨，年67岁。”可见，载漪确实患有疾病，才获准出省就医。但经过数省，未遇良医，不得已来北京寻找西医诊治。不可思议的是，已过20年，外交使团还没忘了这位“肇祸”之人，还向中国政府发出抗议照会。

载漪孙辈与西北军将领结缘

1923年5月，冯玉祥陆军检阅使兼西北边防督办。1924年第二次直奉战争中，冯玉祥将军阵前倒戈，发动“北京政变”。1925年1月，裁撤陆军检阅使，冯玉祥专任西北边防督办。

冯玉祥部亦称西北军，所部有几位将领与原端郡王载漪孙辈、溥僎的子女接触较多，并与溥僎之女喜结良缘。

溥僎第四女嫁给了冯安邦。冯安邦所部42军，先后参加阻击日军的忻口会战、台儿庄会战、大别山北麓作战。1938年11月3日，在大别山北麓对日作战中，军长冯安邦在前线，被炸弹炸伤殉国。

溥僎第七女，嫁给马千里。马千里，山东沂州人，大学、军事武术传习所毕业。历任西北军第九军少将级军务处长、第七方面军少将级秘书长、陇南区百货税务总局局长、陕甘统税局局长、陕西省政府顾问、山东省政府顾问、山东省联庄会员训练总会中将级会长、少将级教育长，兼任济南市自来水公司董事长、山东省国防训练委员会主任委员，第11战区长官部中将级高参。

1964年4月5日，他给周总理写过一封信，时年62岁。其子马麟，曾为中国人民大学工经系教授。

溥僎第八女罗毓凤，嫁给孙连仲。孙连仲在山东台儿庄会战时，担任第二集团军总司令，指挥对日军作战。抗战胜利时，被授予11战区司令长官，率部来到北平。罗毓凤在西北军部队医院参加过医务工作，在北平市平安里办过四维学校。夫妇赴台。罗毓凤，1986年2月23日去世，享年76岁。孙连仲，1990年8月14日逝世，享年98岁。

孙连仲长女孙志淑嫁给了宋哲元之子。

溥僎第九女毓珍，嫁给门治中。门治中，1944 年任华北治安军司令。日本投降时，孙连仲虽被任命为 11 战区司令长官，远在西北，对北平鞭长莫及，遂任命门治中为华北先遣军第九路军总司令，先期进驻北平市，维护治安。门治中虽任伪职，但之所以选中他，是因为门治中是孙连仲的连襟。门治中，住在南弓匠营甲 31 号。门治中不久即赴港定居，60 年代卒于九龙。门治中生于 1888 年，活了 70 多岁。毓珍晚年在美国生活。

溥僎第十女毓莲，嫁给鲁崇义。鲁崇义曾任 30 军副军长、军长。1944 年 11 月，专门负责长江上游的防守。1949 年，鲁崇义率领所部在成都起义，曾任四川人大常委会副主任。

溥僎之女也有未嫁给西北军将领的。如溥僎第六女毓嘉，属猴，2000 年去世，90 多岁。毓嘉嫁给刘玉臣，他毕业于美国哈佛大学，曾在两淮盐运局工作。

溥僎第十一女，未婚而卒，葬于香山万安公墓。

大阿哥溥儁

光绪二十七年（1901 年）十月，上谕："著撤去'大阿哥'名号，并即出宫。加恩赏给入八分公衔，毋庸当差。"而其父载漪在光绪二十八年六月，命"仍归本支"。溥儁的去处就是朝内大街原"五爷府"。这时"五爷府"改称"瀛贝勒府"（斜街 12 号），且已分家。现存的"恒亲王府"在胡同南侧，原为马圈，当为溥儁改建，不提。

溥儁后来到毡子胡同阿拉善王府居住，是他有姑爷身份，不像一些文章所说的窘迫之状，远无衣食之虑。

（作者冯其利，著名清史专家。）

惇亲王府里的少年时光

爱新觉罗·毓嵒

惇亲王府是清代北京许多王府中的一个，位于朝阳门内北小街烧酒胡同。烧酒胡同东头是死胡同，与府门、倒座相连。我幼时住在后花园，府东墙开一随墙大门，门牌是“府夹道 6 号”。惇亲王府后墙外是吉兆胡同。第一代惇亲王绵恺为嘉庆皇帝第三子，谥曰恪，无子，道光皇帝以第五子奕誴为嗣，袭惇亲王。由于惇亲王奕誴行五，故惇亲王府又称五爷府。

我的家族

我的曾祖父惇亲王奕誴为道光帝第五子。其四哥即咸丰帝奕詝，六弟即恭亲王奕䜣，七弟即醇亲王奕谖（末代皇帝溥仪的祖父），八弟即钟郡王奕詥，九弟即孚郡王奕譓。道光二十六年（1846 年）正月，曾祖父奉旨过继给嘉庆帝第三子惇亲王绵恺，承袭惇亲王位。曾祖父有五个儿子：长子即我的祖父载濂，光绪十五年（1889 年）袭贝勒，加郡王衔，后因庚子事变获遣，削爵后终日在家“闭门思过”。病故后，溥仪赏银元四千治丧，葬于门头沟葡萄嘴。二祖父载漪，初封贝勒，光绪十四年（1888 年）加郡王衔，光绪二十年（1894 年）为奕誌嗣子，袭端郡王，庚子事变时以罪革爵发新疆永远监禁，光绪二十八年（1902 年）命仍归本支。三祖父载澜，光绪十五年（1889 年）封不入八分辅国公。庚子事变时一同获罪发遣。四祖父载瀛，光绪十五年（1889 年）四月封为二等镇国将军，光绪二十八年（1902 年）诸兄长不得志，他承袭贝勒。四祖父载瀛的长子溥伒（即溥雪斋）、五子溥僩（即溥毅斋）、六子溥佺（即溥松窗）、八子溥佐（即溥庸斋）都是当代书画家。五祖父载津，同治四年（1865 年）四月封为二等镇国将军，不到 38 岁病逝。惇亲王府的几组院落，依次由东向西分别住着四祖父、三祖父、五祖父。而二祖父住在东边的小院，我的祖父住在后花园西侧的后厢房里，祖母住西厢房九间。

祖父和他的两个兄弟丢爵后，家庭经济来源受到严重影响，从此惇亲王府走向衰败。我的父亲溥偁为祖父的长子，祖母费莫氏是原任驻藏大臣文硕之女。溥仪还在紫禁城时，赏父亲头品顶戴，任乾清门侍卫。在我六岁（即溥仪出宫）时，父亲不再做什么正式工作，只在京汉铁路局做过短期的职员，后来在家教书。我的母亲富察敬贵是个温良、贤淑的女子，生了我哥哥敏岱、姐姐菊英和我。我最小，生于 1918 年阴历四月初八，取名敏喦。

童年生活

我很小的时候，府里还很排场。府里每生一个孩子就请一个奶妈，各屋都有保姆。父亲“上朝”时，身边有太监伺候，之外还有买班、跟班。记得我住的房间陈设有母亲结婚时用的大躺箱、硬木柜子、条案、硬木桌椅等，上面摆着胆瓶和各种景泰蓝、瓷器。书房里悬有御赏的“福”“寿”字和名人字画，书柜里有看不完的书籍。

我们全家人都信佛，经常去雍和宫拜佛。姑姑是位虔诚的佛教徒，每次去，她都要给神像撒檀香，烧炭饼。我从小就愿意过年，因为过年时拜完佛，大人要给小孩压岁钱，每人一两吊大铜子，我高兴地用它买鞭炮，放着玩。家里还专门请雍和宫的白喇嘛做我的师父。为了图吉利，白喇嘛给我卜卦，说我将来穷。为了改变这个命运，白喇嘛要我天天念“财宝天王”咒语，他说这样我将来才能发财。叔父溥修也是虔诚的佛教徒。他带我去寺庙时，总在瓶子里装上藏红花，四十九天后，瓶里发出声音，生成“滋生丸”。我小时候只要一有病，大人就赶忙拿出它来让吃下去，一吃，病就好了，也不知是“滋生丸”发挥了药力，还是自己的抵抗力战胜了疾病。因此在我幼小的心灵里，认为神佛是威力无穷、神秘莫测的。

在兄弟姐妹中我最小，父母对我尤其娇惯，从来不责怪我。哥哥比我大七岁，姐姐和哥哥年龄相仿，他们俩经常避开我在一起玩。我和叔父溥修的女儿毓灵筠年龄差不多，我们俩就在一起玩。惇亲王府房子多、院落也多，我们经常一起捉迷藏或追逐嬉戏，有时也磨铁钉、抓蛐蛐或搭房子玩。花园里草很多，由于管理不善，草疯长得很高，小孩子站在里面，外面瞧不见，我们就拔掉一些草，在空地上用泥堆房子、过家家玩。我是男孩子，从小精力过盛，身体又灵活，整天不是蹦啊就是跳的，一会儿钻进树洞里，一会儿又爬到树上摘果子吃，一吃就吃个够。毓灵筠是个胆小的女孩子，只要找不到我，就急得哭起来，等我从树上扔下枣子什么的，她又乐得合不拢嘴。总之，后花园成了我和妹妹的天然乐园。

长大一点，家里开始教我们读书，读的是“四书”“五经”等。记得哥哥、姐姐是由叔父溥修辅导读书的，我和妹妹毓灵筠由父亲辅导。父亲要求很严格，读不好就打，但每次打完我又心疼地给我许多好东西吃。父母亲对我从小就寄予厚望，盼我能文能武，出人头地。除了教我念书之外，又请了一位叫张寿亭的镖师教我和哥哥习武。大哥练枪，我练棒。听张镖师说，他曾被人推下过山崖，由于会武功，抓住了山腰的一棵小树，然后攀着岩石又跃上了山顶，我听了心里佩服极了，心想，有朝一日，我也能有身好功夫多好哇。于是，我天天刻苦练习，早上起得很早，晚上睡得很晚，一心想做个有本事的人。经过一阶段的刻苦训练，功夫还真有长进呢。后来，父亲调奉天墨缘堂做事，我习武的事就中断了。

家庭败落

当我六岁时，我的母亲突然得病身亡，这对于一个正需要母爱的孩子来说，无疑是个沉重的打击；对于三十多岁的父亲也如当头一棒。在我的印象中，父母亲平时相处得特别好，他们之间从未红过脸，也未吵过嘴。父亲听到噩耗，一下子就昏死过去了。他悲痛欲绝，整日不思饮食，只是默默地坐着流泪。

就在母亲去世这年（1924年），溥仪离开紫禁城，“小朝廷”结束了。“小朝廷”当初给的赏银终于用完了，我家只好坐吃山空，全靠典当家财补贴家用。

不久，祖母也去世了，这给全家的生活又抹上了一层更深的阴影。父亲为了照顾我们这几个孩子，带着哥哥、堂弟搬到了祖母曾经住过的九间西厢房居住。父亲整日无精打采，情绪低落，不想工作。为了使他从痛苦中解脱出来，经舅爷费志琮介绍，他勉强娶一个军阀的姨太太做续弦。可父亲还是整天想着我母亲，根本无心和这个姨太太过日子，不到一年，他们就分手了。

我的姐姐菊英，眼看到了出嫁的年龄。经人介绍，准备嫁给陈增寿的儿子陈邦直。姐姐因为信佛，不愿结婚，便让人给剃了光头，表示抗婚。父亲看到姐姐这样，气得浑身发抖，说不出话。姐姐抗不过家里，最后还是嫁到了天津。

从此，父亲忧伤过度，一蹶不振。在困惑不解时，他写了封遗书交给我的干爸。我干爸一看慌了手脚，立刻把外院大门的看门人良泰叫来，让他日夜守在父亲身边。晚上，我和哥哥、四弟及父亲睡在西厢房西南角的大木炕上，良泰睡在东南角父亲的书斋里。有一天清晨，我从蒙眬中被惊醒，听着哥哥着急地叫着父亲，我揉揉眼睛，看到父亲的被窝是空的，人早不知去向了。我们立刻把良泰叫醒，分头四处去找。终于在花园的一棵树上找到了父亲的遗体，他已自缢身亡了。这一天是1931年旧历四月二十四日。按照规矩，父亲死后每天有喇嘛和僧人来念经，僧人在灵的北面，喇嘛在灵的南面，停灵七天，直到把父亲入葬。我当时14岁，就已经失去了双亲，心里难过至极。

父亲在世时，家里的生活还能凑合维持。父亲不在了，生活就越来越艰难。我们几个孩子只能由叔父溥修来照管。因为他信佛，经常要去雍和宫，每次去花销很多。他自己又没本事，也不能出去工作，只好典当祖产。他整天吃喝玩乐，还经常把唱大鼓的人请到家里鬼混。为此，婶婶总是和他争吵不休。由于支付不了过多的开支，佣人一个一个地被辞退。最后只剩下一个老妈子和我姑姑一起做饭。姑姑还管家，没钱了就四处去借，还不起就当东西。家里的金银首饰和硬木家具几乎都当了。全家的伙食由原来的四菜一汤降到吃大饼、咸菜。

王府末日

父亲死后，我和大哥、四弟、佐八叔、佺六叔五人还继续读书，请了唐太老师给我们上课（因唐先生系二叔父溥修的老师，所以我们称他“太老师”）。我们在四祖父院里读了一段时间后，我和哥哥毓岱又到南长街内灯笼库胡同的一所私塾学习做文章。我虽然感到孤独，但终究是十四五岁的孩子，只要一玩起来就什么都忘了。我经常和哥哥爬到花园南厢房的平台上放风筝或爬到树上玩。叔父只要看见了就把我训一顿。我无处可去，只好找老保姆的儿子玩。他比我大几岁，我们经常在一起弹玻璃球。按家里规矩，我们身份不同，是不让在一起玩的。可我不管这些，怕家里人瞅见，我就和他到门口去玩。

由于家里生活拮据，叔父不肯找别的工作，只能到天津溥仪那里去找差事。叔父三天两头不在家，婶婶下午一两点才起床，中午饭吃得很晚，我就尽情地、无拘无束地玩。我和哥哥糊的风筝可房间那样大，摆在两间屋子里，晚上我搭上三张椅子，就睡在风筝旁边。姐姐从天津回家探望时，把她吓了一跳，晚上说什么也不敢在这个屋子里睡觉。

惇亲王府越来越冷清，人越来越少。到了晚上漆黑一片，只有几盏孤灯像鬼火一样闪着青光，在风中摇曳着，时暗时明，给整个王府增加了几分阴森恐怖的气氛，似乎昭示着惇亲王府已经走上了穷途末路。每到晚上，大人、小孩都不敢出屋。毓岱看到此景，就从外面买来灯泡和电线，准备安在惇亲王府的庭院和屋子里，但姑姑坚决反对。她说电灯能电人，也不让人去靠近，让毓岱把灯泡和电线扔到院子的大缸底下，似乎才保险。

1931 年“九·一八”事变之后，溥仪在日本人的扶植下跑到东北，成立了“满洲国”。叔父溥修到天津日租界宫岛街静园上班，掌管溥仪遗留在那里的财产，溥仪每月给叔父一些钱，全家人的生活才稍有好转。但终因抵不住叔父流水似的挥霍花销，日子还是入不敷出。于是叔父想出了让全家迁到天津住的主意。经他安排，我们来到天津，住进日租界永平里 3 号、4 号、5 号。由于我年岁小，还不能工作，家里让我到英租界陈增矩家通读古文和《通鉴辑览》，后来又到日本人远山猛雄家学习日语。

我们搬到天津以后，叔父把惇亲王府后花园的木料卖掉，听说卖了一万现大洋。惇亲王府后来交给了四祖父载瀛的第五子溥僩（音 xiàn），也承袭固山贝子。他整天挎枪打马，不务正业，最后只好把惇亲王府剩余的部分也卖掉了。

1936 年冬，叔父溥修把我和哥哥毓岱叫到跟前，问我们愿不愿意到长春溥仪身边做事，并说将来能到日本留学。我们听了当然很高兴。因为我已 18 岁，也该有个工作了。于是，我和哥哥准备好行装，在叔父的带领下乘火车去了长春。我先在伪满宫内府的学习班学习，后来做了溥仪的侍卫。

1945 年 8 月，我随溥仪被捕，在伯力收容所，溥仪立我为“皇子”。二十几年相伴生活，我的命运一直和溥仪连在一起，尝尽了苦辣酸甜。我追随溥仪生活的二十余年已有文章另述，本文只对我的青少年时代做个回忆。

回首往事，逝者如斯。历史带走了惇亲王府的过去和腐朽的封建制度，带来了新中国的腾飞和我的新生。

（作者爱新觉罗·毓嵒，清惇亲王奕誴的曾孙，伪满时期当过溥仪的侍卫。原居住在东四烧酒胡同里的惇亲王府，已故。此稿原载《东四名人胜迹》一书，此次转载有所删节。）

诗书曾伯祖——徐世昌

郝洪乐

北京古时候也称京师。东四这地界儿真可谓是京师胜地，其胡同肌理里的形成自元代始，已有近八百年了。随着时代变迁，京城很多地方已经失去了原来的味道。可是，东四地区还大体保留着古都原有的风貌，实为幸事。

1909 年，曾伯祖徐世昌卸任东三省总督一职后，便入住东四铁营胡同，成为一位老东四人。直到 1922 年，被军阀逼迫下野隐居津门，在这里居住了十四年之久。徐世昌对这里的人文环境十分喜爱，并给自己的宅第取名为“弢园”。十几年里，写了很多诗歌记述在“弢园”的生活，颇为生动有趣。这首诗便记述了邻里之间的和谐与美景。诗曰：

东邻多种桃，西邻多种柳；辛苦两邻人，春光为我有。
晨起赋小诗，诗成邀邻叟；柳既舒长眉，桃亦开笑口。
桃柳富春华，藩篱自分守；千古此芳邻，相将为良友。
笑呼林舍翁，年年来饮酒。

如今要寻觅“弢园”的踪迹，一棵地标性的大树应该目睹了时代的变迁。这棵树就是位于铁营 10 号院门口不远的高大的椿树。它的年龄恐怕比我们在世的人都大。徐世昌宅的正门（已拆除）就坐落在这棵粗大的椿树西面，坐北朝南，宽敞的广亮大门，大门直接落地不设高台阶，方便人员进出。大门两侧一对倒八字形的影壁，影壁前左右各置放一块汉白玉上马石。

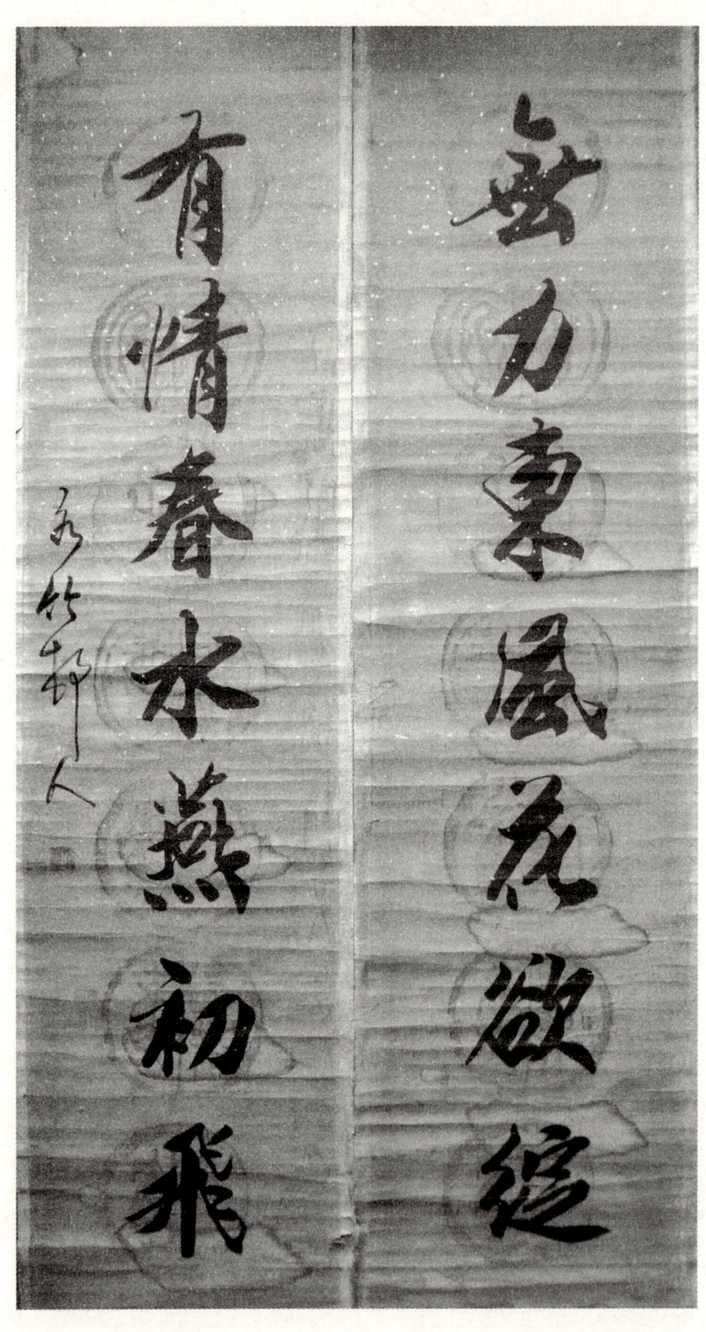

图为徐世昌书法手迹

大门外正南路南处，矗立着一座一字形影壁（该影壁前些年刚刚被拆除），形成了一道醒目亮丽的街景。一位八十多岁的老邻居讲道：“那时候咱们门口这片儿宽敞得很，高大的门楼，磨砖对缝的影壁，宽大的汉白玉上马石，想想心里都觉得敞亮。”是的，这就是建筑艺术给人们留下的难以忘怀的情结。“弢园”西面以住宅为主（现为166中学），东面是园林部分，并建藏书楼一座，名为“书髓楼”。徐世昌一生与书为伴，他喜爱藏书，且位显官高，藏书自然方便，达十万册之巨。特请同年好友桐城古文大家贺涛之子书目专家贺葆真（字性存）作为幕宾为其编纂藏书目录，经数年之久，终著成《书髓楼藏书目》八卷。著录经部四百部，史部一千部，子部八百部，集部五千部，共有七千余部，数量颇可观。间有稿本、明刊本，而主要为清人诗文集，专录清人别集书约二千七百种。徐世昌面对自己浩瀚的藏书，心中荡起无限的遐想。赋诗一首以释情怀：

藏书

藏书十万帙，所读能几何？黄农上古世，存书以无多。
唐虞开智化，经籍始纷罗，大文炳日星，奇绩奠山河。
传世既已遥，至道平不颇，删订待尼山，邹鲁闻弦歌。
祖龙动烈焰，焚书政烦苛，汉兴重儒术，故老苦编摩。
卷轴日已繁，四部复殊科，充栋不能容，藏弃入山阿。
宛委在何处，古本不可得，东观化烟云，柱下亦失职。
秘典气吐虹，舶载入异域，海内有心人，储藏恐不及。
高楼上切云，牙签美锦袭，四壁散古香，观者簪履籍。
我堂名退耕，我楼名书髓，校书蓬莱归，插架分图史。
宋刊与元椠，古墨殊可喜，巍然汲古阁，至今存毛氏。
校雠聚群彦，陈列勤十指，可以教孙曾，可以惠乡里。
耄年不废学，僻居独乐此，敢云拥百城，日隐乌皮几。
白云护我书，饭疏而饮水，相将守百年，如是而已矣。

新中国成立以后，徐世昌家后人，为了给这些藏书找个好的归宿，便找到北京隆福寺的“修绠堂”，“修绠堂”过去曾经营过徐世昌著述和编辑的书。“修绠堂”第二代主人孙诚俭（字助廉）深恐此批文献散失，随即找熟人范文澜先生帮助。经多方努力之下，终将这批清人著作由徐氏家族捐赠国家，收藏于中国科学院图书馆。

徐世昌一生喜耕种、爱桑麻，园中遍种各种树木，海棠、石榴、苹果、鸭梨，品种繁多，梅兰竹菊，一应俱全，紫藤萝、葡萄架必不可少，一年四季花果飘香。还有一弯曲池，岸边太湖石玲珑剔透，池内红荷随风，鱼儿自得其乐，荡舟其上，悠然自得。他还时常带领家人开畦种菜，辛勤浇灌。并以诗歌记述这愉悦的心情。诗曰：

一亩之园舍之东，分畦种菜呼园僮，日日浇溉补天工，辘轳转水输连筒。
青葱蓊郁晓烟笼，短篱高架嵌玲珑。芦菔豆荚椒芥葱，瓜壶茄苋芹韭菘。
世间滋味此无穷，民间此色哀泽鸿。侯门鲭馔驼与熊，投箸不食气如虹。
焉知蓬门处士风，秋灯夜雨敲疏桐，晨饥藜藿腹难充，白首著书说黄农。

1918 年秋，徐世昌被推选为民国第五任大总统后，因为感觉自己年龄较大(时年 63 岁)，感叹道：“必至心有余而力不足。精神不注，丛脞勘虞，智虑不充，疏漏立见。恐以救国者转贻国羞，以救民者适为民病，无以对我全国之民。邦基甚重，非所敢承。”一再推让。然而，代总统冯国璋、总理段祺瑞、旧时皇亲国戚及各国驻华使节也纷纷来到“弢园”劝就。10 月 10 日，徐世昌轻车简从，乘坐私家车从“弢园”起程至中南海与冯国璋进行总统交接仪式，走上了中华民国大舞台。后来，其属下曾建议为了大总统出行方便把东四五条胡同走向取直。但是被徐世昌婉言谢绝了，传统观念中“民为重、君为轻”的思想，在他的行动中得以体现，他不希望周围百姓因此受到烦扰。

（作者郝洪乐，徐世昌曾侄孙女婿、徐世光曾孙女婿。现居住在东四六条。）

徐世昌私家“吕祖庙”

郝洪乐

东四铁营胡同10号院是座有百年历史的建筑，这座青砖灰瓦、拱斗飞檐的老屋，曾是徐世昌私家的“吕祖庙”。

1882年6月，正值顺天壬午科乡试，时年27岁的曾伯祖徐世昌偕25岁的胞弟曾祖徐世光，在亲朋好友的资助下，从河南踏上了北上进京赶考的旅途。到京后，寓居在宣南南横街圆通观，与天津的严修（后成为大教育家）为邻。试毕，大家都怀着忐忑不安的心情期待着金榜题名，备受煎熬。严修建议二人道：“据说前门外琉璃厂吕祖庙的签最为灵验，能够卜出凶吉福祸。”于是，二人随一位年纪稍长的仁兄柯劭忞前去求签。二人虔诚跪拜后求得一签，上面写道“光前裕后，昌大门庭”八个大字，算是吉利的“上签”，二人很是高兴。发榜时，世光在前世昌排后，作为弟弟的世光中第75名举人，世昌得154名举人。二人双双中榜。所以徐世昌认定签中之“光前”是指其

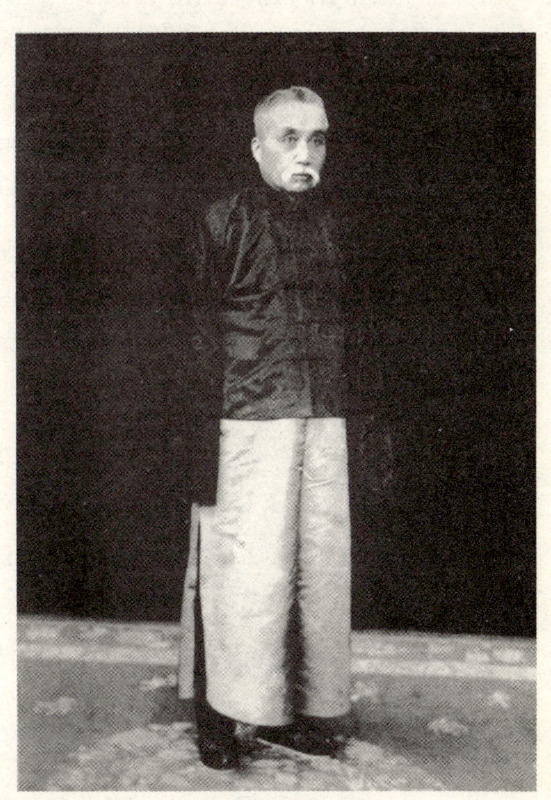

徐世昌

弟，而“昌”字恰指自己。莫非这是兄弟二人将来能重振家风，光大门庭的预兆？从此，徐世昌对吕祖的神通广大深信不疑，每日必在吕祖像前顶礼叩拜，从不间断。

1886年，兄弟二人再次进京赶考，徐世昌中进士，入翰林院且步入仕途。1909年，徐世昌卸任东三省总督回到京城。因以前一直寓居在京，并无房产，好友唐绍仪便将铁匠营之宅赠与徐世昌。徐世昌为此宅取名“弢园”，并在与“弢园”一巷之隔的10号院建起了私家的“吕祖庙”，以一座过街楼与“弢园”相连。该院落分为南北两院，北院除建造“吕祖庙”外，便广植松柏；南院建有歇山顶灰筒瓦二层小楼一座，名为“听松楼”。有高大的东房六间，前廊后厦；南三间名曰“冲和斋”，北三间名叫“寿石山房”。西面十四间游廊名曰“墨妙廊”。外墙一米多高的虎皮石墙基，内墙面上镶嵌有六朝时期及唐代残碑石刻。北面五间小北房。四面游廊环绕，院中一座太湖石堆砌的假山，并有高槐几株，树荫铺地。闲暇时，徐世昌不必经过两个院的大门，从跨越胡同的过街楼即可来到10号院。叩拜吕祖后，如有闲暇，再到南院，品茗、读书，或听松、抚琴，还可饱览前贤墨迹，绝无他人打扰，实乃修身养性的好地方。他的一首小诗道出了此时的心境。诗曰：

小 院

高槐三五树，小院绿成荫；碧草千丝细，苍苔一寸深。
碑残存字迹，句好铸诗心；长昼无人至，横琴独赏音。

徐世昌酷爱中国传统文化，对诗、书、画均有心得，一生诗词歌赋五千多首，楹联万余副。在中外朋友眼中，徐世昌是一位画家、书法家、诗人、士绅、学者、政治家，并非过誉。

后来，爷爷徐一达（徐世昌胞侄，徐世光之子）就一直居住此院，我夫人小时候经常来此院看望爷爷。那时的感觉，就是院落特别深邃空旷，特别是到了晚上，甚至感觉有点怕怕的。随着时代的变迁，不知不觉演变成今天这个样子。听老街坊讲，院中的假山拆除后就地掩埋了。所以，现在院中地平面比过去高了许多。记得两年前，院中翻盖小房时没挖几铁锨即发现并“出土”了一块太湖石。这些太湖石还是徐世昌从淀北园运来的。（清朝时位于海淀的镜春园和领鸣鹤园统称淀北园。八国联军入侵后，园林遭到抢劫，以后便荒废了。徐世昌租来，时常与家人亲友到此进行耕种活动。期间发现了不少埋在风沙里的太湖石，便运至城里堆积假山、点缀池畔。上世纪30 年代，徐世昌后代将两园林赠与了燕京大学。）他有一首诗记载了这段故事。

移太湖石

西郊得废园，顽石磊磊多；中有太湖云，岁久藏荆莎。
爬剔见光恠，瘦骨森嵯峨；嵌空魄透漏，万穷宿云窠。
輂致入城来，第宅如严阿；置我曲池旁，洗涤荡春波。
未雨莓苔润，长夏藤荫罗；秋深出冷艳，红紫牵薜蘿。
风炉在其侧，茶烟上乔柯；对之动诗兴，题字点青螺。
柴门镇日开，客有米颠过；忽具袍笏拜，呼兄乐如何。

老街坊还说，院子西南部位埋藏着一块很大的石碑。当年（20 世纪 60 年代）拆除西面游廊时，墙面上的石碑都被公园运走了。廊外那一块石碑太大，不宜搬运，所以就地放倒掩埋了。今日恐怕早已被世人遗忘。

（作者郝洪乐，徐世昌曾侄孙女婿、徐世光曾孙女婿。现居住在东四六条。）

祖爷爷留下的故事

朱延琦

朱启钤，贵阳开阳县人，1872 年生于河南信阳。幼年丧父，因生活所迫，随母亲及弟、妹回母亲娘家（湖南长沙）寄居于外祖父家。自幼的异地颠簸与寄居生活，促使他过早成熟，形成机警干练的办事才能。在先祖的亲属中有一人对朱启钤一生起着非同一般的重要作用，这就是朱的姨父——瞿鸿机（原任四川学政，后任工部尚书、军机大臣等职）。瞿鸿机认为朱有非凡的办事才能，虽难从科举进身，但若登仕途，不难自发，遂为其捐一小官，时为办事员，从始仕途生涯。虽在基层，但朱办事严谨、果断，备受百姓及下属之好评，也受到上方重视。后瞿进京时，特邀他随行进京赴任，在北京结识了徐世昌、袁世凯等人。

朱启钤与社区

中国有句俗话“昙花一现”，形容要一睹昙花之容的不易，养植甚难。先祖生前甚爱昙花，精心培育，他养昙花在京城是颇有名气的。每年夏末花开时节，他便邀街坊四邻来院里赏花。我记得当时街门大开，院内人来人往，有画家，也有摄影家。先祖平时晚上十点睡觉，因昙花一般开在午夜十二点左右，这几天他会陪着邻里至深夜。谈笑间共享昙花之清雅与一现。直到现在，东四八条的老住户还记得此事，并传为美谈。先祖去世后，儿孙们将昙花捐给了他创建及热爱的中山公园。

朱启钤（中）90 大寿与朋友及亲人合影，从左至右，左一为王世襄，左六为梁思成（摄于 1961 年）

朱启钤与北京城建

清帝逊位，民国肇兴。先祖民初任内务总长时，首先对京城中的清规戒律逐一清除。开通皇城东西两侧之通路（即今日之南北长街、南北池子），使交通通畅。为了供给京城居民游息之所，先祖于民国三年开放天安门西侧的社稷坛为公园，名为中央公园（即今中山公园）。京都创建公园，自此而始。先祖政余之暇，从事于公园之建设，无时或已。先祖酷爱公园中之千年古柏，倍加爱护，一一记之于册。敦嘱园丁，善加护理，其所以能依存于今者，先祖之功，不可泯灭。

公园之经费，依赖于官府者微不足道，先祖乃组成董事会，任董事长。所谓董事会者实际上是先祖的僚友及士绅所组成，由他们共同集资，加上园

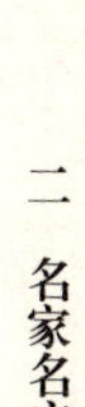

中租息和门票的收入，赖以维持开支。40 年左右的惨淡经营，逐年增添景物，蔚为大观，直至解放后，由政府接管。今日中山公园之规模远非昔比，已名闻全国，并列为北京名胜之一。先祖曾著《中央公园记》，记述创建之始末，由朱邀其亲属，当时的著名书法家玉双公（孟锡钰）正楷书写，勒石镌刻，列于公园正门右侧“十年浩劫”刻石被毁，幸有拓片尚存，稍可慰藉。

早年间，先祖把中南海南侧的宝月楼下层改建为“新华门”，在门里建起一座大影壁，遮挡内部景象（即现在题写着“为人民服务”的那座影壁），在门外路南建起一长溜儿西式花墙，在美化街衢的同时，挡住路南的外国兵营。他拆除大清门内东、西千步廊，长安左门、长安右门汉白玉石槛以及两侧宫墙，在红墙瓦解之后，寻常人的身影，终于出现在昔日的皇家广场上。从东西交通上，他打通天街，使东、西城贯通；而在南北交通上，打通修建了府右街、南长街和北长街、南池子和北池子，并在南街口设计了拱形街坊门，既在形色上与皇城红墙统一，又使东西长安街一览平直。

北京内城的南大门为正阳门，正阳门之前为一箭楼，正阳门与箭楼之间有瓮城围护，前门外的大街即前门大街，居民人口稠密，茶肆酒楼，鳞次栉比。商店戏园，均汇于此。然而前门外与内城之交通，只限于门楼的洞口，当然形成拥挤堵塞之事实。先祖掌内务，对于北京的城市规划，早已胸有成竹，于是决定拆除瓮城月墙，疏通道路。当时有人反对此举，认为拆毁古城，破坏风水，罪莫大焉。先祖敢冒当时天下之大不韪，毅然兴工，将瓮城拆掉，正阳门两侧原与月墙结合处，凿开豁口，于是内外城的交通，顿时舒畅。这也是长安街最初的雏形。

拆掉几段城墙，虽非难事，而渣土之外运，却是难以解决的问题。幸而京奉铁路（北京至奉天即沈阳）和京汉铁路之起点，均处于前门之东西两侧。利用铁路，外运渣土，问题得以解决。嗣后又开通和平门，当时也是为了电车通路而开出豁口，其后开凿豁口以利交通的例子，自是而兴，直至解放后北京城的城墙全部拆除。

前门箭楼，已成为孤立的建筑。解放前，它成了北京城的标志，如今已被天安门所代替。当年动工时，在开工典礼上，先祖手持银斧，破土动工。

改建正阳门，打通东西长安街，开放南北长安街、南北池子，修筑环城铁路。袁世凯为了表示对朱的支持，还特制一把银镐，上刻“内务部朱总长钤奉大总统命令修改正阳门，朱总长爰于一千九百十五年六月十六日用此器拆去旧城第一砖，俾交通永便”。朱于开工典礼日即用此镐拆去旧城第一砖。后来朱一直珍藏着这把银镐，朱去世后由他的后人将这把纪念镐赠给清华大学建筑学院，现珍藏在清华大学建筑学院。

朱启钤捐款

1921 年徐世昌任总统时，法国巴黎大学授予他一个名誉博士学位。徐派先祖为专使赴法接受学位。到达巴黎后，先祖得知我留法勤工俭学学生生活非常艰苦，有的长期处于饥饿状态。当下，他即捐国币五万元予以资助，他办事认真，亲自将这笔款交给学生们。留法学生曾推举徐特立给先祖写信，深表谢意。此事受到法华教育会和留法贵族学生的攻击。

1946 年 4 月，徐特立写的《回忆留法勤工俭学时代的王若飞同志与黄齐先生》一文中，谈到此事：“平民留学生和贵族留学生两营垒的对立，在法国最为明显。徐世昌任总统时曾捐国币十万元。徐的代表朱启钤到法时，捐款五万元，其名义均都救济勤工俭学学生。但前十万元是支给法华教育会间接分配，结果得款者不是勤工俭学学生，而是不勤工俭学学生。后五万元直接分配给勤工俭学学生。因此法华教育会出版的报纸，对于徐世昌是登报致谢。对于朱，则称之为收买勤工俭学学生的收买费。”

解放后，徐特立老人为先祖在法捐款一事，让章士钊先生向先祖转达谢意。有章老给先祖的便签为证：兹有二事奉告：一、前日中央特立来访，称民国十一年公过巴黎，适值勤工俭学学生濒于饥饿，公慨然拨增国币五万元。谢函乃彼起草，嘱为公追述此事，深致谢意；二、昨夜毛公（按：毛主席）约谈，于公手录鄙人极感兴趣，因详询公之起居各状。倾服之意，溢于言表。对于拙作亦颇称道，迥与外间浮浅议论不同。

1964 年 2 月，先祖逝世后，全国政协派许宝骙同志整理先祖遗留的历史文件，其中就有留法勤工俭学学生收到捐款人的签名册及感谢信。这些历史文件一并转送到南京第二档案馆保存。

先祖平生厉行节俭。他出生成长在晚清时期，虽身为高官，但在他身上却没有当时社会上的坏习气。他平时极反对赌博、纳妾、抽大烟和大吃大喝。尽管被周恩来誉为“朱家菜好吃”，但也是招待个别好友，绝没有大摆筵席的事。在日常生活中仅举两件小事：上世纪 50 年代初在市场上买白砂糖，全是用漂白的布袋装，布袋打开不到一平尺，袋上一面印着“抗美援朝，保家卫国”及一只和平鸽，一面印着砂糖品质、重量，记得是土产公司生产的。先祖就让人把包装袋留起来，洗净当手绢用。二三十块手绢，一直用到 1964 年病逝。家里吸完烟的烟盒，先祖从来不让人扔，打开后放整齐用夹子将一边夹上，因一面是白的，可以写字。先祖老年耳聋，他平时和人交谈，多用笔谈，这烟盒纸正好起了作用，其实当时七条口百货店卖的便条本才 5 分钱一本。

先祖对自己的母亲极为敬孝，逢母的生日、忌日他均要亲自上供。平时像春节、五月节、八月节、冬至，家里均要上供。直到 1963 年，先祖才对大家讲，他平时不信神、鬼、宗教，除他母亲生、忌日及春节外，他上供是为把大家召集起来，使大家意识到家的存在。当时他外孙章文晋说：你是共产党员，共产党不信神鬼，但对长辈还是要得的。你就不要和他们一样磕头了，鞠躬吧。

先祖在我国近代经济史上是一个能人、名人，是一个成功的实业家。他在那个半封建半殖民地的社会，就深深懂得实业救国、实业兴国的道理。他在办实业，搞经济建设方面给我们留下许多成功经验。

先祖自八旬后听力渐退，收音机及 1959 年开始有的电视与他无缘，他了解社会基本是靠报刊、杂志及旁人转述。家里订了很多报刊，我记得有《人民日报》《参考消息》《北京日报》《北京晚报》《红旗杂志》《前线》杂志及《新观察》《旅行家》《考古》《人民画报》《民族画报》。这些画报是他每日必读的，他看得非常认真、仔细。

谈起读报，笔者也深受他老人家教诲。我当时十余岁，闲暇无事便翻看报纸。我看报无非是看电影广告，看完随手一放，一直是如此。老太爷叫我到跟前，说：“大人看报，看的是大事，大事均在第一面上。别人的报让你看，你看完了，要给人家按原样码放整齐才是。要把报名朝外，像报纸刚送来那样，这才是尊重人。要想让别人尊重你，你必须先尊重别人，在平时干什么也要如此处置才是。我看完报也是如此按原样弄好，就是你的报纸，看完了，别人可能也要看，你码放好，也是尊重人。我这么大的年纪了，能做好，你一个小孩子怎么做不好?”这是老太爷唯一的一次批评我，我立时面红耳赤。但自那以后，直至今日，四十余年来，我看完报纸，均按祖爷爷教诲，按原样折好放整齐。不但是看报，在生活上也是如此。回想起来，老太爷壮年历任官宦，主治京市市政，大事小事做得非常圆满，直至今日被人称道，可以说是他在人生功底上扎实，这人生功底与小事的多年积累是分不开的。

先祖生前待人非常客气，平时他看到工人来修房、修水电、送煤，他都亲自为人备茶、备烟招待。记得他曾说过：世界之大，莫不过于今天，工人二字相加便是“天”字，我当初也是匠人出身。

先祖一生，在建筑上倾注的心血最多。自1929年便主理古建的研究。他创立了中国第一个古建研究机构——中国营造学社，他自任会长。尽管在当时学社有外部捐款，但最主要的经济来源还是先祖本人的资助。他在当初也曾是一个收藏家，但在学社经济紧张时，他出售了自己收藏的缂丝制品，资助学社。

（作者朱延琦，朱启钤先生的曾孙。现居住在东四八条。此稿原载《东四名人胜迹》一书，此次转载为节选。）

忠诚的爱国主义者——胡厥文

孙永红

胡厥文于抗战胜利剃胡须前后对比照

在阳光卫视《口述》栏目记者的帮助下，我终于有机会见到了已故全国人大副委员长胡厥文老人的次子——北京空军装备技术部研究员胡世华老师。走进世华老师的家，但见洁净整齐的居室中，满墙都是照片、书法和字画。世华老师指点着，一一告诉我：

这是新中国成立初期，毛主席在上海召开工商业者座谈会时，与父亲亲切握手的照片，是我在《中国出了个毛泽东》的光盘中翻拍的；这是1960年全国人大会议期间周总理和父亲握手交谈的照片；这是父亲在他的书房“不老斋”书写的照片；这是父亲给我们夫妻俩的题字；这是父亲在建党六十周年时亲自作词并书写的条幅……听着世华老师的讲述，翻看着他为父亲编写的回忆录，我仿佛看到这位出生于江苏嘉定名门望族的胡厥文老人传奇而伟大的一生，忍不住把世华老师的讲述和我所知道的厥老在东四居住时期的事记录整理后奉献给大家。

厥老（在我所见到的书中，人们都这样称呼胡厥文老人，在这里我斗胆也这样称呼，是源于我深深的敬意）出生于19世纪末的江南重镇江苏嘉定（现划归上海）。胡氏家族是当地的开明绅士，他们热心捐助、疏浚浏河、济渡荒民、开设义庄等，不仅获得乡邻的称赞，还曾被清嘉庆皇帝批立牌坊“胡氏安定义庄碑记”加以表彰。也正是家庭的熏陶，培养了厥老勤奋、善良、克己、向上的优秀品格。但是由于当时中国外受帝国主义列强的侵略和掠夺，内受封建主义的腐朽统治和盘剥，国家风雨飘摇，人民濒于绝境。青年时期的厥老和许多仁人志士一样，亲眼见到贫穷、落后就要挨打的事实，在苦难中多方寻找富国强民之路。26岁那年，厥老在上海创办了著名的新民机器厂，开始了实业救国的生涯。他当时的口号就是：“外国能造的，新民厂也能造。”很快，他的企业从一个发展到五个，也从机器制造业发展到五金、砖瓦等。就在他全力以赴创建国内名牌时，“九·一八”事变爆发了，国难当头，焉能安业？厥老又全身心地投入到民族救亡运动中。“一·二八”淞沪抗战，他充分利用自己的实力和影响，团结同业，动员组织几十家企业拆迁机器到沪南建立临时工厂，赶制手榴弹、炮弹、地雷、水雷等支援前线。几十天里，他日夜奔忙，根本没有工夫理发剃须，直到胡须满腮也全不顾及。同伴们笑问他是否要当“美髯公”，他回答：蓄之以记国难，等赶走了倭寇再剃。就这样，不到40岁的厥老，胸前飘拂着盈尺的长髯。“八·一三”全面抗战开始，他组织上海的数百厂家内迁至四川、湖南、广西等地。这一重大举措，不仅最大限度地保留了国家民族工业的火种，为支援抗战作出了卓越的贡献，还为内地工业的发展打下了基础，成为中国爱国工商业界的光荣，也成为抗战史和中国工业发展史上光辉的一页。1941年，厥老为了更好地支援前线，在湖南祁阳创办新民湘厂，在湘江边的住宅，院门上题写着“耐村”二字，表示抗战是持久的，要耐心等待；西房挂着“静观日落”的匾额，意指要亲眼看着日寇战败；而在院中的甬道上是用石子嵌上的“抗战必胜，建国在政”八个字，是针对蒋介石“抗战必胜，建国必成”的八个字，寓意建国能否成功，要看政治是否清明。而厥老的胡须一留就是14年，大伙称为“抗战胡子”。直到抗战胜利日寇签字投降之日，厥老才剃掉长长的胡须。在剃须前后不仅拍了全家福照片，还各照了一张“二我合影”像，似父子，又似兄弟。并特意作了一首《薤髯乐》，来表达欢快的心情。其中诗的最后几句是：

昔年敌阀昂头笑，今日酋皇俯首哀。
雪耻欢难已，除胡亦快哉！
有酒方新醅，愿与诸君狂饮三百杯。
共庆和平彼岸同登乐，
尤喜老大离乡少小回。

支援抗战，组织工厂内迁，尤其是在湘桂撤退中，厥老亲身体会到了国民党政府的腐败，国民党军队的无能和民营工厂的悲惨处境，深刻感到：工业界人士不能只埋头经济而对时局坐视不问，应对国事公开发表主张。于是，厥老作为迁川工厂联合会理事长，联合中华全国工业协会、中国国货厂商联合会、中国西南实业协会、中国战时生产促进会等五个工业团体联合发表声明，提出十项政治主张：要求国共合作，组织国共两党和其他各党派的联合政府，团结全国人民共同抗日……这是我国民族资产阶级第一次公开发表对时局的政治主张，当即在山城引起很大震动。

1945 年厥老有机会见到周恩来、董必武、王若飞、邓颖超等中共领导人，听他们分析中国和世界的形势，讲共产党的建国方针和政策，同他们结下了深厚的友情。有一次，他当面向毛主席直问：抗战已结束，现在要和平建国，共产党为什么还要保持自己的军队？毛主席向他讲了没有人民的军队就不能保障人民权利的道理。毛主席的话使厥老留下了特别深刻的印象。共产党人的坦荡胸怀、平易谦和和实事求是的精神，使他进一步相信，共产党确是一心为人民的、忠于国家的。共产党所坚持的和平民主的建国主张，正好表达了他的内心意愿。

而后不久，厥老和黄炎培、章乃器、施复亮、孙起孟等人一起发起组建中国民主建国会。一大批爱国工商业家和上层知识分子进一步团结和觉悟，纷纷从实业救国和教育救国的道路奔上了民主救国的大道，从而逐步登上了政治舞台。

全国解放以后，厥老怀着极其兴奋的心情投入新中国的建设，先后担任上海市政协副主席、副市长等职。

1950 年朝鲜战争爆发，中国人民志愿军按照毛泽东主席的命令，迅速向朝鲜境内出动，协同朝鲜同志向侵略者作战。在抗美援朝的热潮中，厥老亲自主持召开了上海工商界抗美援朝保家卫国动员大会，参加了上海工商界抗美援朝保家卫国示威大游行；组织工商界订立爱国公约，捐献飞机、大炮，号召青年学生参军参战。在这当中，厥老不仅是利用自己的威望和影响为祖国的利益呼喊，同时以身作则，身先士卒。他除了把自己平日里的积蓄全部捐献外，还把在国外当教师的女儿寄回的外汇也全部捐给了国家，还鼓励与支持正在天津北洋大学读书的次子世华人朝参战。从此，世华老师把自己的一生献给了中国空军。同时，世华老师一直保留着父亲当年的赋诗：

中华好儿女，去国赋长征。飞雪随歌舞，狂风带笑迎。
壮士制暴力，热血染和平。宁作英雄想，乃输救世诚。

1952 年，厥老作为祖国人民赴朝慰问团总团的副团长，亲赴前线 38 天。他走遍了朝鲜东海岸线的每一条山沟和每一个阵地，在枪林弹雨中把祖国人民的心愿和数以千吨计的慰问品送到了志愿军战士的手中。

1966 年夏，厥老奉调进京，担任民建中央常务副主席，主持民建工作，他住进了北太平庄铁狮子坟的一个小院。

厥老曾与孙起孟先生说过这样一番话：我这个人，秉性倔强，谁都不要想靠权势压我，我不吃这一套。我所以接受共产党的领导，不是平白无故的，可以说是我总结几十年亲身经历得出的结论。我生于甲午战争后一年，半辈子吃尽了内乱、外侮、国家四分五裂、一盘散沙的苦头。惨痛的经验告诉我，只要有内乱，外侮就迟早要来。解放初期，我对共产党的领导，在理解上确有些简单化，以为“党怎么说，我就怎么做”，自己不需要动多大脑筋。我还以为，党总是正确的。后来慢慢看到共产党并非一贯正确，也犯错误。党员人数众多，不好的或者由好变坏的虽占比重很小，但是确实有。这种情况使我很矛盾，有时甚至痛苦不安。经过左思右想，我认识到，共产党也是个党，共产党员也是人，都生存在现实社会里，干的是前人没有干过的事，如果一点错误都不犯，一个不好的党员都没有，那倒是怪事。周总理是我所接触中的最令我钦佩、敬重的一个共产党员。有一次和他交谈中说到上述问题，完全出乎我的意料，他谈了他经历中犯过的错误。他还告诉我，他出身于士大夫家庭，受过封建教育和资本主义教育，也曾沾上洋气，以为凡是新的都好，是在长期革命斗争中才逐渐转变过来的。周总理的谈话不仅没有使我对共产党的领导产生怀疑，发生动摇，反而使我的理解和信念更加扎实、更加坚定了。

厥老在自家院中打太极

从此厥老把周总理看作自己一生的第一知己和最崇敬的一代完人。

1973 年，厥老患结肠癌做了手术。1975 年全国人大第四次代表大会召开前，周总理三次找到厥老，问他的身体，问他的想法，当然也谈到祖国的未来和党的希望。总理考虑了厥老的身体和年龄，但又希望在关键时刻能得到厥老的支持和帮助。于是，厥老在 80 高龄时，毅然承担起了全国人大副委员长的职务。在当时的民主人士中，厥老是最年长的国家领导人。厥老真是全身心地要帮周总理一把。

1976年初，在得知周总理逝世的噩耗后，厥老放声痛哭、悲痛至极，当日写信给邓颖超倾诉节哀珍重，并赋诗：

庸才我不死，俊杰而先亡；恨不以身代，凄然为国伤。

邓大姐接信后，当即打回电话，要求厥老节哀保重。

伤感之余，厥老再也不愿剃胡子了。万没有想到的是，仅隔了半年多一点的时间，朱老总、毛主席也驾鹤西去。悲痛让厥老毅然留起了长长的胡须，再不曾剃过。铁狮子坟的小院的门前，留下了厥老和家人悲痛的照片。

1976年底，厥老一家搬到了东四的朝阳门内北小街123号，就在东四三条东口，静悄悄的小院毫不起眼。世华老师告诉我：父亲对他们六个子女要求极严，说："人贵独立"，我供你们上大学，要你们从小养成勤俭的好习惯，学到为人民服务的本领，以后你们自己去闯，只望你们能给国家多做些事。在父亲的指导下，世华兄妹六个学工、学农、学科学、从军，分别在各地、在各自的岗位上为祖国尽职尽责。随着父亲的地位越来越高，他不愿子女与他一起生活，怕使第三代产生优越感，养成"少爷""小姐"作风，他也不愿为子女调动给组织上添麻烦。所以一直独自生活到近80高龄，患肠癌手术后，才在许多人的再三建议下，把只有一个孩子的女儿调到身边。父亲说：我的生活条件好，世荃只有一个小孩，有影响也只影响一个吧。

在东四的这些年里，厥老为祖国、为民族工业依旧不停地忙活着。1977年，82岁高龄的厥老亲赴上海找民建、工商联的同志谈话，了解上海工商界的情况，商谈如何恢复和开展两会的活动。1978年，厥老再次赴浙江杭州、福建厦门、湖北武汉等地考察，针对落实有关经济政策和安排使用政策等问题提出建议。1983年10月，88岁的厥老在中共中央邀请党外人士座谈会上讲道："休戚相关，荣辱与共"这八个字就是我对待中共整党以及党的全部事业的立场。就这样，厥老每年都会到不同的省区，针对不同的情况组织工作……外出考察、谈话、写文章几乎占据了厥老的所有时间。但厥老似乎还不满足，工作之余他还兴致勃勃地每天写诗、作词，练太极。他为自己的书

在书房“不老斋”（1982 年摄）

房题写了“不老斋”的匾额，并赋一首七言绝句：

花满阶除绿满庭，乔楸翠柏郁森森。
其间有个人难老，镇日高歌乐太平。

他还说他有一个野心，要活到 2001 年，到那时，中国实现了四个现代化，他将成为跨越三个世纪最快活的老人。

时间真快，厥老离开我们已 20 多年了。厥老一生所走过的道路，代表了中国民族资产阶级爱国主义思想的必然发展趋势，就是从实业救国向社会主义救国的升华。这位为国家民族命运前途奋斗了近一个世纪、为振兴民族经济拼搏了 70 年、创造和领导中国民主建国会同中国共产党风雨同舟战斗近半个世纪的爱国老人，将深深记在中国民族史书上。而今天，我们可以告慰厥老的是，他企盼的四个现代化基本实现；香港、澳门回归祖国；奥运会成功举办；世博会完美召开……我们的祖国已巍然屹立于世界民族之林。

（作者孙永红，北京市民间文艺家协会会员、东四奥林匹克社区文联秘书长。照片由胡厥文之子胡世华提供。）

孟小冬在东四三条

李钟秀

自20世纪20年代起，东四三条旧门牌25、26号，便是“冬皇”孟小冬的家。孟小冬独住26号，她的父母及弟弟孟学科及子侄，住在25号。孟小冬出入，都走25号大门。因此，26号大门，永远是闭着。斯时，她已拥有“冬皇”美誉。但，她的家门永远关闭，门可罗雀，既无官僚政客的豪华车辆，也无同行的踪迹。东四三条26号，充满着神秘。

孟小冬在《借东风》中饰诸葛亮

这时，孟小冬已与梅兰芳离婚，心情自然不快。孟、梅之间的那段爱情，是十分纯洁与真诚的。他们二人的结合，有他俩主观上的相互爱慕，也有客观因素的促成。两人的分手，有他们各自性格的局限，也有客观的干预。无论是合，还是离，在某种程度上看，都不是他俩所能左右的。特别是离异，更不是他们的本意。

但毕竟是两个成年人之间的事情。只因，孟小冬与四大名旦之一的梅兰芳是社会名人，是公众人物。围绕着这段婚姻，舆论拼命在他们的伤口撒盐。流言蜚语唯恐天下不乱。

起初，孟小冬曾到天津小住，并且皈依了佛门，茹斋念佛。但，媒体继续穷追猛打。

1933年9月5、6、7三天，天津《大公报》第一版连登三天《孟小冬紧要启事》。这是在他们离婚后的第二年。在忍无可忍的情况下，孟小冬“说话”了。如一声惊雷。这位看似弱女子的“冬皇”，反击了那些造谣、诽谤者。“启事”言简意赅，把她的身世“略陈梗概”，又简述了那段婚姻后，铿锵有力地声明：“自声明后，如有故意毁坏本人名誉、妄造是非、淆惑视听者，冬唯有诉之法律之一途。勿谓冬为孤弱女子，遂自甘放弃人权也。特此声明。”

当年，以一个年仅26岁（虚岁）的成名坤伶，在报纸上公陈自己的隐私，该有何等大的勇气和气魄。其情凄楚，拼却全身之力，直指那些散布流言蜚语、造谣诽谤之徒。她相信“世间自有公论，不待冬之赘言”。

同是社会名流、同受舆论诽谤，影星阮玲玉令人惋惜地自殒，而孟小冬却勇敢地站起来，捍卫自己的人权。实在令人敬佩。

孟小冬（1907—1977），原名若兰，字令辉。原籍山东，生长在上海。祖父和叔伯们都是名伶，堪称梨园世家。孟小冬8岁从姨夫仇月祥学孙（菊仙）派老生。当年在无锡、上海演出。14岁在上海演《宏碧缘》扮骆宏勋。因她扮相英俊，嗓音宽亮，受到观众欢迎。

这时，孟小冬的戏路驳杂，常唱的戏，既有《逍遥津》之类高亢激昂的须生戏，也有《十八扯》之类南腔北调的玩笑戏，甚至连台本戏和时装新戏，她都来者不拒。

1925年，18岁的孟小冬经高人指点，北上京津深造。事后孟小冬对友人说：“我是从小学艺唱戏的，但到了北方后，才真正懂得了唱戏的乐趣，并且有了戏瘾。”

北方之行，特别是在北京，成就了孟小冬走上“冬皇”的宝座。

为孟小冬操琴的孙佐元，被京剧界尊为“圣手”。他曾在清廷供奉，后为京剧泰斗程长庚、汪桂芳、谭鑫培操琴，深谙谭（鑫培）派艺术。

孟小冬初到北京时，北京的京剧舞台还是男女演员分演时期，即男女演员不能同台演出，女演员要组坤班，即全部是女伶，方可演出。那时，连观众席位也男女分开。男观众在楼下，女观众在楼上。男观众称“官客”，女观众称“堂客”。一家人看戏，除非是包厢座，全家人可坐在一起，否则，也要依性别而分开。

孟小冬首次出台，搭永胜社坤班，于1925年6月5日在前门外大栅栏三庆园夜戏演出。以后搭崇雅社坤班，在城南游艺园演出。由于散戏很晚，一个年轻女子深夜回家，纵使乘人力车，也很不安全。城南游艺园位于先农坛，孟小冬家住东四三条，路程也是很远。一次半路上，她被坏人抢劫，劫走了金钱。从此，她每次演出，都由她的父母护行。常常是三辆人力车，母亲的车在前，孟小冬的车居中，父亲的车在后。

北京京剧舞台，明星璀璨，流派纷呈。孟小冬独独喜爱余（叔岩）派。余派表演艺术简洁含蓄，富于凝聚力，耐人咀嚼和寻味。当时，京剧界对谭、余两派，各持看法。学谭的，讥讽学余的走火入魔；学余的，则讽刺学谭的抱残守缺。孟小冬在操琴手孙佐元的调教下，也学了不少谭派看家戏。孟小冬对谭、余之争不予支持。她说：“谭、余原属一脉流传，谭派剧艺博大精深，自成一家；余派择其精粹，另辟蹊径。”她生动地以诗圣杜甫比谭鑫培，认为余叔岩应为李商隐或黄山谷。她说：“剧艺之成就，面目虽异，而造诣之深则相同。明乎此，那么谭、余之争似乎是多余的了。”

经过多年的私淑余派和辗转求拜，余叔岩终于收孟小冬为徒。1938年10月21日，孟小冬在前门泰丰楼拜余叔岩为师。在收孟小冬的前一天，李少春在泰丰楼拜余叔岩为师。余叔岩对这两名学生，非常满意。在收孟小冬之前，有人问过余叔岩：“你看当今学老生的，谁最接近你的戏路？”余叔岩毫不犹豫地说：“孟小冬很好，是块材料。”

余叔岩倾其所有，从理论到表演，悉数传授给孟小冬。在学习两个月后，余叔岩为检验学习效果，在当年12月24日，安排孟小冬在新新戏院压轴演出《洪羊洞》。孟小冬饰杨延昭。余叔岩早早来到剧场。他到后台化妆室时，孟小冬已扮好戏，等待老师指示。余叔岩一见，大喊：“杨六郎快死啦!”

原来，《洪羊洞》表现的是杨六郎病入膏肓、无力报国时的心理路程，同时，形体也由弱到衰到死。孟小冬的妆化得惨白了。于是，孟小冬洗了脸，按照余叔岩的指导，重新化妆。她在脸上敷上粉，又在眉眼之间与额头上，淡淡抹上一点胭脂，然后用热毛巾在脸上一捂。俄顷，取下毛巾，脸上显得非常鲜明润泽。这时，余叔岩说了句：“这个‘热手巾把’太重要了。”这是余叔岩多年琢磨出的独特扮戏方法。

在化妆室，余叔岩从勒头的部位、吊眉的方法，在实践中，一一指导。

孟小冬（坐者）和王敏彤身着旗装合影

孟小冬化妆结束，余叔岩让孟小冬静坐养神。他叮咛：“你现在就是大宋元帅杨延昭，忧国忧民，忠心耿耿，只是身染重病，有心无力。你要表达出生理与心理的矛盾和无奈。这就是最入戏的杨延昭。”说完，退出化妆室。

演出全过程，余叔岩在观众席上静静观看。

观众喝彩声不绝。

谢幕后，余叔岩到后台对孟小冬说：“今天很好，以后你要学任何戏，对我说吧。”

看过《洪羊洞》的《天风报》主编、戏剧评论家沙游天写了篇《冬皇外纪异言》，文章记有：“当今冬皇，名震四海，光被九州。”从此，“冬皇”之名，不胫而走。论其道贯谭、余，可谓实至名归。

有了“冬皇”之誉的孟小冬，始终怀着对余派艺术无上的崇敬，兢兢业业，锲而不舍地追求。自拜余叔岩为师后，每天下午三至五时，自己在家里吊嗓子。吃过晚饭，由琴师王瑞芝陪同，乘车到宣武门外椿树头条余叔岩家学戏。

余叔岩家经常高朋满座，差不多要到晚十一时左右，客人才散。送走客人，余叔岩到西厢房，由王瑞芝操琴，开始课徒。余叔岩授课时，不喜欢学生记笔记。他认为这会影响学生全神贯注地看、听他的授课。于是，孟小冬全凭头脑记住要领。而且，在余叔岩授课时，孟小冬始终站着听课，这也使余叔岩很高兴。

天天如此。每天下午五六点钟，从东四三条出发，到宣外椿树头条余府学戏，由王瑞芝陪同，持续五年。到晚年余叔岩身体不好，尽管如此，他仍悉心传授他的技艺。孟小冬是余门弟子学戏时间最长、得到真传最多的一位。自从立雪余门之后，孟小冬的技艺有了突破，一跃而在当时众多名须生之上。

1943 年，余叔岩病逝，人们再也见不到他的演出。而此时的孟小冬演唱水平已达巅峰，人们把孟小冬视为当时研究余派艺术的活标本。

抗日战争时期，孟小冬很少演出，再加身体有病，与外界很少接触。她的生活，始终使人感到神秘。1945 年 8 月，日本无条件投降，京剧界为此拟举办一场义演。当红京剧演员言慧珠偕几位友人，登门邀请孟小冬。进到西厢房客厅，言慧珠特意浏览，发觉房间非常古雅，墙壁上都是些名人字画，桌上是名贵的古董。屋子里既庄严，又简单，没有一丝奢华气氛。言慧珠说：“这个房间代表女主人的个性。”关于义演，他们曾有些顾虑，担心孟小冬因身体不好而婉拒。不料，孟小冬慨然应允，并说：“咱们八年所受的痛苦，现在该吐气扬眉了。我高兴得不知怎么好。虽然我身体不好，就是勉强挣扎上台去嚎，我也情愿！”

（作者李钟秀，原中国妇女出版社社长。曾居住在东四三条。本文老照片由著名清史专家贾英华提供。）

侯先生的礼物

萨　苏

我幼年的时候，住在北京东四的一条胡同里。

东四胡同的房子都很老，很讲究的院子都是高门楼，门口有雕刻着狮子或者葵花的门墩，一个院子都是好几进。可惜既是文物，又要住人，加上知识青年返城，大搞搭小平房运动，每个古色古香的四合院都给搞得不伦不类。往往一个滴着灰油的烟筒嘴边，就是一幅前清时候的花鸟画，精巧的砖雕让洋灰抹了半截。

胡同里头都是国槐，到了初夏槐香飘溢，沁人心脾。我们的民族勤劳忠厚，槐树最能体现这种民族精神。潇洒飘逸，又不那么剑拔弩张；从容端庄，又和市井很亲近，且随处都可生长。槐树能活很多年，比松树不差，潭柘寺甚至有唐槐。

街坊里记得最清楚的，还是侯鑫女士。侯鑫女士是侯宝林先生的女儿，有和她父亲相似的眉毛和嘴巴，为人热情而厚道。在侯鑫女士的院子里，萨曾经见过几次侯先生，记得他的形象是褐色的鸭舌帽盖住头顶，穿着格子的比较长的大衣，因为见到他都是在院子里，没有看到他脱了外套是什么样。他的脸比较长，眉毛也很长。不过侯先生在生活中并不是爱说笑的人，从不记得他给大家讲过笑话。他来，家里就像没有人一样，连收音机的声音都很小，因为院里有一家工人上夜班的，怕吵了人家。他是很慈祥、很有文化的那种类型，简单地概括，是一个典型的忠厚长者形象。

侯鑫女士说，她父亲做艺和做人一样认真，不是那种天生的笑星。他并不希望自己的后代从事文艺工作，而希望他们能够从事科技方面的行当。侯鑫女士擅长医学和绘画，但是更令她父亲满意的是二儿子侯耀华，他是个成绩很好的化学工程师。至于他后来忽然走火打进艺术圈，一变比他弟弟还火，老爷子大概根本没有思想准备。

1966 年“文革”开始了，这股野火把东四胡同里的门墩、狮子破得面目全非，今天走在那些幽深的胡同里，您可以看到几乎没有一个狮子是完整的。红卫兵留下的斑驳的斧劈刀痕，诉说着一个荒唐的时代。石头的狮子不能幸免，肉身的人又怎么能够逃脱呢？我的祖父也被批斗了，理由是来抄家的红卫兵搜出了几匹上好的布料，如获至宝地审问老人剥削的历史和变天的阴谋。我的祖父浑身颤抖，两行清泪。红卫兵在院子中点火把几匹布付之一炬。我的祖父是 15 岁坐在火车顶上闯关东的硬汉子，大概这是他成年后唯一的一次流泪。祖母讲这件事的时候也是浑身颤抖。当初公私合营时，弟弟到法院告他，劳改到老爷山，在人家看管之下管果木，我的祖父都不曾想不开，可是对这几匹布他要流泪。因为家道完了，而我有三个姑姑，这是我的祖父想方设法给女儿们留下的嫁妆。飞腾的火焰可能在告诉我可怜的老祖父，用什么送女儿们出嫁呢？写到这里，就想到网上时不时看到“文革”红卫兵们的回顾，他们津津乐道当时的派别，让我们知道有新红卫兵、老红卫兵，还有当时的纯洁与冲动。而在萨这个普通中国人的眼里，无论是新的还是老的，一个也不想原谅。

祖父被批斗的事，侯先生知道了。有一天就来了个小伙子，说是侯先生的徒弟，侯先生让他给我的祖父送来一棵树。祖父看看，是一棵小树苗，还有一封信。大概的意思是：您院子里还有地儿吧，送您棵树吧。桃三杏四梨五年，我的这棵是桃杏，您试着种种，看看是三年能结果呢还是四年？字里行间，没有一个安慰的字儿。我小的时候对这个很不理解，长大了才明白这树苗代表的含义。无论三年还是四年，它代表的意思都是一样。

那就是——希望。

有了希望，不论三年还是四年，都过得很快。我的祖父把它种在了跨院里。不知道是三年还是四年，我小的时候，就是吃着这甜甜的杏子长大的。

萨的眼里，没有比春天杏花盛开时更美的季节了。侯先生没有骗人，这真的是一棵桃杏树，果子特别大，特别蜜。我的祖父活到 86 岁，他去世的那年，侯先生已经走了好几年了。

侯先生走得很安静。那时候我的祖母去探望侯鑫女士。侯鑫女士告诉她，老爷子临终的时候，拉着侯鑫的手不松开，好像有心事。末了儿，等没人的时候，说，我求你个事儿。爸爸对女儿这样说，显然是非常罕见的了。等侯鑫女士答应了，老爷子才说，菜市口东街原来有个饭馆，我当年说相声的时候穷，家里人口多，就借了人家两袋面。这么多年了，你去看看，那家人家还住在那儿吗？或者访访人家的后人，替我还给人家。侯鑫女士说着就流泪，说，老爷子脸皮儿薄，就一辈子背着这个债。老爷子说，生前不好意思说，死后，要还了这个债，他在那边儿才心里安生。

后来萨走南闯北，碰上过好多次不知道该怎么办的时候，想起侯先生这句“心里安生”，就有了答案。

今天和北京的祖母通电话，说起来侯鑫女士，就想起了侯老先生的故事，也想起了东四的胡同……

（作者萨苏，著名旅日学者。从小生长在东四四条。）

用平常心做伟大事的楷模

金　磊

2012年5月20日，是令人难忘的日子，国内建筑与文博界近千人自发来到八宝山革命公墓为他们敬仰的罗哲文送行。说到罗老对中国建筑文化遗产保护与发展的贡献可以大书特书的地方很多，这里不仅有他为中国传统建筑保护提出的“四原”原则（原形制、原结构、原材料、原工艺技术），有他发起成立中国长城学会、被誉为“万里长城第一人”的壮举；有他倾力为我国加入《保护世界文化与自然遗产公约》所做的努力及为大运河“申遗”的牵挂；还有他关心20世纪建筑文化遗产、关心北京古城保护、关心北京东四建筑文化的片片深情。

罗老（右一）和作者在一起

殿阁亭榭泼为墨，诗论赋文绘丹青，是罗老从事伟大事业的写照。但熟悉他的人总会感到罗老对再难的事总是面带微笑，特别是面向基层“小事”他更兢兢业业、从不懈怠、有求必应、全力去做。以胡同、仓廒为代表的东四地区物质文化遗产是元、明、清三朝古都城市规划的写照，它恰似北京人生活的一大“奇迹”，成为传承北京历史文物遗产的重要“基因”。在2006年，为迎接中国第一个“文化遗产日”（6月10日），我和已故中国文物研究所刘志雄先生多次找到罗哲文老，请他讲述东四胡同建筑经典的精彩之处，并请他为东四街道办事处主办的“品味东四艺术作品展”题词。老人欣然同意，并于2006年6月6日与时任国家文物局局长的单霁翔、国家文物局顾问谢辰生等一同高兴地出席了展览，并为提升东四建筑文化留下了珍贵的遗产。罗老不仅是中国建筑保护大家，还是建筑摄影高级“发烧友”，他的资源中除了他丰厚的阅历外，还拥有自身原创的大量全国各地古建筑图片。2005年1月，天津百花文艺出版社出版了他和杨永生的《永诀的建筑》一书，在前言中他特别表示，“我是毕生从事古建筑保护与研究的工作者，尤好摄影和收藏古建筑照片，对失去的古建筑有着深厚的感情和爱好。”翻阅该书会发现，在这本仅百十幅珍贵照片的集子中不仅有全部的北京城郭的图片，还有东四、西四牌楼，东单牌楼，东、西长安街牌楼的照片。如果说罗哲文等人的《永诀的建筑》为我们记录下曾经的建筑辉煌，那么在罗老仙逝的今天我更想说，恰如“万里长城永不倒”一样，罗公哲文的伟大精神永存。

2011年7月，经国家文物局批准创办《中国建筑文化遗产》杂志，罗哲文担任名誉总编。一年来我总是在他对建筑文化遗产保护思路指导下，学习他笃学敬业、用平常心做着伟大事的精神，不断感受着老人一点一滴为传承并保护建筑遗产贡献心智的言与行。请罗老放心，有您崇高的风范及无私的奉献精神，我们会与东四街道共同努力，续写出更美好的北京胡同“故事”，并保护好大运河“申遗”的北京段“粮仓”，让更多的人感受到源远流长的东四文化。

（作者金磊，北京市人民政府专家顾问、《中国建筑文化遗产》杂志社总编辑、东四奥林匹克社区文联副主席。）

罗哲文老与我们

孙永红

一位可敬的师长、一位可亲的长辈、一位著名的国宝级古建筑专家，罗哲文先生就这样离我们远去了。听闻这个消息，我不敢相信自己的耳朵、不敢相信自己的眼睛、甚至不愿相信自己的判断。距离上次见到罗老，这才两三个月，怎么就再也见不到了呢？和罗老相约的几件事还没成行，怎么就如灰飞烟灭了呢？在许多人眼里，国宝级专家、著名学者是那么高、那么远的神，可罗老对我而言就如同单位里平易近人的老领导，自家里和蔼可亲的一位长辈。几天来，罗老仿佛又回到我们街道，为我们东四胡同四合院保护工作出谋划策……

罗哲文

记得那是2006年初夏，也是这样的一个季节。刚刚成立不久的东四奥林匹克社区文联主席团成员坐在一起，踌躇满志地要为奥林匹克社区做几件像样的事。中国文化遗产研究院文史资料室主任刘志雄、北京人艺一级编剧梁秉堃、北京市《建筑创作》杂志社主编金磊、北京青年报著名京味画家杨信等。几番研讨后，大家一致决定要在中国第一个文化遗产日举办“品味东四”展览。当时大家都是在完成自己本职工作后，利用业余时间来帮我们街道做事的。时间紧、头绪多、工作量大，大家还都是初次相识，第一次联手干活。前来参展的作者也都来自“四九城”不同单位、行业，不同年龄、性别。面对这些各有所长的业内专家、行家和学者，我一直是懵懵懂懂、忐忑不安，甚至打下手都不知从何处帮忙。当筹备工作稍有眉目，大家又把目光投向更高的目标：希望有一位德高望重的先生为展览题名。那是我第一次听到罗哲文先生的名字，后来我才知道他是著名建筑学家梁思成的学生，知道了他被国人称为“中国长城第一人”，知道了他和单世元、郑孝燮并称我国文物古建保护“三驾马车”等等许多广为流传的故事。当时，罗老是第一次听到有这样一个小小街道，有这样许多想法、做法。刘志雄主任是下班后去罗老家的，回到家就立刻给我打来电话：罗老答应我们的请求了。至于什么时间写好，我们根本不敢奢望，怎么也得十天半月吧。不承想，第二天一早，罗老就亲自通知刘主任：我写好了，你来取吧。刘主任拿来的不仅有为我们题写的“品味东四艺术作品展”展名，还有一幅“文物保护工作在基层”的横幅。

“品味东四”艺术作品展，在中国第一个文化遗产日到来时如期开展。其开展规模对我们而言，可以说是一个里程碑。罗哲文先生、谢辰生先生和国家文物局局长单霁翔亲临剪彩，还有国家、市、区及相关单位的领导、专家等近百人。参展的作品有中国文化遗产研究院馆藏的几十幅老照片，有专业和业余摄影爱好者从不同角度拍摄的东四胡同、四合院，有书画家描写胡同人家的书法、绘画作品，还有普通居民手工制作的东四牌楼木质模型、泥塑娃娃、砖雕四合院等等三百余件。展览的轰动效果也是出乎我们预料之外的，展期一拖再拖，参观者络绎不绝。罗老的“文物保护工作在基层”横幅，至今仍悬挂在奥林匹克社区体育文化中心展厅。中心南北楼梯内墙上至今悬挂着巨幅老照片。而罗老题写的“品味东四”，不仅是一个展览的名称，也成为街道对外宣传的一个专用名词。

在以后的日子里，罗老和东四有了剪不断的情缘。东四人把罗老当成自家长者般敬重，罗老也把东四当成自家般地关注、关心，有求必应。

在胡同四合院保护呼声渐起时，罗老就和众专家多次来东四实地考察，并向我们提出“修旧如旧”的具体实施意见。这才有了我们东四三至八条胡同楼门院雕花的重现，也才有了六条6号“厚德载福”倒字的重见天日，也才有了四条62号修缮迁居之喜，也才有了东四四合院微循环改造试点的成功。

我们忘不了罗老出席在皇家粮仓举办的关于“古建保护，以文养文”的高层论坛；

我们忘不了在2007年中国第二个文化遗产日，罗老出席《东四名人胜迹》新书首发；

我们忘不了罗老在南新仓为“大运河摄影展”获奖者颁奖；

我们忘不了罗老参加纪念朱启钤创建中国营造学社成立80周年展览，《留下中国建筑的精魂》首发；

我们忘不了……

2012年春节前，我和罗老约了几次都未能如愿，他每天的活动都安排得满满的。电话中，罗老谦和而无奈地对我说：咱们节后见吧。

当我如约敲开罗老家门时，“疲惫”是他给我留下的最深印象。一位88岁的老人，每天竟承担如此繁忙的工作，让我忍不住对老人说：您千万注意身体，不要让自己太累，能推掉的活动就不要参加了……在向罗老简单汇报我们的几项工作后，我征求罗老意见：街道正筹备编辑第四本胡同故事书，我想把他这些年帮街道做的一些工作写成稿件，问他是否可以？在得到肯定答复后，我非常高兴地对罗老说：那我先写着，成稿后拿给您看。罗老笑着点头：行啊。在我们与罗老握手告别已走出大门时，罗老又叫住我，对我说：送你一本书吧。这是一本罗老诗词摄影选集，是刚刚出版的。捧着罗老亲笔签名的《神州行吟草》，我如获至宝。而不足百天，这一别竟成为永诀。

追悼会场上我见到这样一巨副挽联：修长城修故宫参襄国徽设计无愧文

物卫士；护名城护运河舍身文化遗产堪称古建护神。一字字概括了罗老光辉的一生，道出了我们对大师的敬重之情。

罗老，您未竟的事业我们将继续为之努力。安息吧！

（作者孙永红，北京市民间文艺家协会会员、东四奥林匹克社区文联秘书长。）

我经历的人艺故事

梁秉堃

1954年春天，年仅18岁的我，从中央水利部文工团调到北京人艺，从事舞台灯光管理工作。我早就有所耳闻，这里有位赫赫闻名的大导演焦菊隐先生。

听剧院里的同事说，大家都把焦菊隐先生尊敬地称呼为“焦先生”，他排起戏来相当的严肃、严格和严厉，有时只要是拍响桌上导演专用的手铃——准备排练开始，有些候场的演员就会紧张得两腿发抖。

当时，我很想见见焦先生，但作为一个普通工作人员，又是一个小青年，一直没有这样的机会。

来到剧院一个月以后，一天，我和灯光组的小范被派到北京剧场（现在的中国儿艺剧场）去取灯光器材。当我们走进剧场观众席的时候，里面是一片漆黑，只有舞台上亮着工作灯，台下前排座位上坐着几个人，原来是正在连排曹禺院长的新作《明朗的天》。

小范悄悄地告诉我，灯光器材就放在舞台前面的乐池里。于是，我随着小范走到乐池的边上，尽量不出声音地翻越铁栏杆，下到里面去。当时，并没有感觉到这样做有什么不对的地方。然而，我们刚刚下到乐池里站定，就突然听到观众席里有人大声地追问着：“刚才是谁下到乐池里面去了？……哪一位？”说话的声调是激动和愤怒的。

这时，我还没有意识到是在说我们。

“请演员先把戏停下来！”排戏竟然为此被停止了。

我开始有点儿明白了，同时，也多少感觉到问题的严重性。

那个严厉的声音还在继续着："你们还懂不懂剧院的规矩？现在是在排戏，怎么可以在这个时候随便走来走去呢？而且还是从舞台前面迈过铁栏杆下到乐池里，这严重干扰了工作！"

小范大约看到了我脸上那莫名其妙的表情，用非常小的声音说："这就是焦先生！"我那时真的有点儿被吓坏了，但是出于好奇，又不得不扒开乐池铁栏杆上的黑布条，极力从缝隙中向外窥视着。

由于观众席里没有光亮，只能靠着舞台上灯光的折射，才模模糊糊地看到，在观众席的七八排中间，坐着一个身穿深蓝色呢料中山装，梳着整整齐齐的黑发，清秀的脸上戴着一副金丝眼镜的长者，手里拿着一支点着了的香烟，张着嘴，样子显得有些不平静。

"我不知道你们是谁，也不管是谁，如果是新来的人，就应当好好学学斯坦尼（斯拉夫斯基）写的《演员道德观》。"焦先生挥了挥右手，"剧院里所有的人，都应当懂得一条，那就是——剧场，是艺术圣殿，不论是排戏的时候，还是演出的时候。"

我和小范老老实实地听着，在乐池里连大气也不敢出，琢磨着焦先生训话的内容。

"好了，演员们往下接戏吧！"焦先生停了一会儿又说。

舞台上继续排戏了。

由于焦先生的发火，我和小范再也没有敢从乐池里钻出来，虽然已经找到了要取的灯光器材。

就是这样，我们在乐池里面"猫"了一个多小时，一直等到上午排完戏。

那是我第一次体会到剧院的工作作风，也是第一次认识了焦先生。

……

惊回首，我已经来到北京人民艺术剧院整整58个年头了。那时候我还是一个毛头小伙儿，现在已经迈进了"古稀"之年。半个多世纪以来，我与人艺相依相伴，骨肉情深，从青年到中年，再从壮年到老年，她成了我生命中不可分割的一部分。人艺是个什么地方呢？正如老院长曹禺所言："我是爱这个剧院的。因为我和一些老同志在这个剧院天地里，翻滚了三十年。我爱那些既有德行又有才能的好演员、好导演和那些多才多艺的可爱的舞台艺术工作者们。我爱剧院里有各种各样性格的工人们。我和他们说笑、谈天、诉苦恼，也不知道有多少回了。戏演完了，人散了，我甚至爱那空空的舞台。微弱的灯光照着硕大无比的空间，留恋不舍……北京人艺是培养戏剧新人的园地，是锻炼人物的舞台。"千真万确，这里是养我、育我、护我、鞠我的地方，培养和锻炼了我们这一代人和上上下下好几代人。

北京人艺自1956年开始，产生了两个标志性的建筑物——史家胡同56号家属院大楼、王府井大街22号首都剧场。而且，周恩来总理有一个故事，是可以把这两者串联起来的。

1957年，我第一次近距离地见到了周恩来总理。那是一个温馨的春夜，周总理参加过三楼宴会厅招待泰国艺术团的酒会，送走客人以后，便和人艺的演员们攀谈起来。

突然，周总理问身边的演员狄辛、刘华："你们住在哪里?"狄辛答："剧院的宿舍，在史家胡同。"周总理问："远吗?"刘华答："不太远。我们每天排戏都是走来走去。"周总理点头说："走吧，到你们的宿舍去看看。"

这时，有人看了一下手表，已经是夜里一点钟了，真有些担心周总理会不会过于劳累。可是，周总理却毫不犹豫地领先迈步走下了楼梯。

在首都剧场的大门口，一辆黑色吉斯牌汽车开过来。

周总理摆摆手，问演员们："你们怎么走啊?"

"我们走着回去，您上车吧!"有人说。

周总理摇摇头："不，我陪你们一道走吧。"

"不行，我们每天走惯了，好像是锻炼身体。"又有人说。

周总理坚持着："我也锻炼锻炼，散散步。走吧!"

于是，午夜里，在静悄悄的马路上，出现了一群人——年轻的演员们簇拥着一个内心更加年轻的长者。他们就像一家人，父亲和子女们，一边走，一边亲切地说笑着，谈工作、谈演戏、谈生活、谈未来……在周总理的带动下，大家压低了声音，怕惊扰了已经睡眠的市民。中间，秘书几次催促周总理上车，可周总理说："白天我不便在街上走，夜晚还不给我这点自由啊！"就这样，在周总理和一群演员的后面，远远地尾随着一辆空空的轿车。

周总理来到家属大院，上了宿舍楼，轻轻地敲开了男演员的房门。刚要睡下的林连昆坐在床边，半天才冒出来一句话："没想到……是您？"周总理却笑着说："快把窗子打开一下，房间里的气味不好嘛。"说得大家都哈哈大笑起来。

一直到深夜两点多钟，最后他指着房间里的一盆海棠花说："温室里的花草是见不得风雨的，而你们一定要经受艰苦的锻炼！"

周总理离开了家属大院，然而他的音容笑貌却深深地铭刻在每一个年轻演员的心底，终身受益，永远也不会消失。

（作者梁秉堃，北京人艺一级编剧，东四奥林匹克社区文联主席。）

红墙内外的无悔人生

吴燕中

我们家一直居住在父母在日本战败后买下的东四四条26号（后来改为63号）大院里。父亲是原德国医院被接管后改名北京医院（原北平医院）的第一任院长，是心脏内科学的开拓者之一，是著名心内科学家和老年病学家，是著名的医学界“吴式三雄”之一的吴洁，另外两人是吴阶平、吴蔚然。父亲是医者，一生救人无数。国际友人、党和国家领导人、平民百姓都是他的医治对象。他又是凡人，面对死亡他无私地把遗体献给了医疗事业。

父亲生于1907年，12岁就离家到上海圣约翰中学勤工俭学读书，后又读了8年医学系，1934年获医学博士学位。在临床救护工作中，他倍感我国医疗技术的不足，于是在1936年赴美留学，每天工作和学习12小时以上。3年后他以优异的成绩获得心脏专科硕士学位，回到祖国。历任成都中央大学医学院及第三大学联合医院和附属公立医院内科讲师、教授、北平医院首任院长兼内科主任、天津中央医院首任内科主任。他严谨的工作态度令许多人折服，就连苏联专家都说：“以你们这样的医疗水平，苏联再派专家来已经没有意义了。”

以父亲的临床经验及资历，虽医术高超，身边却总是带着一个小本子，随时随地记录着每个病人的症状、诊断、用药及治疗后的效果，为制订正确的治疗方案掌握第一手资料。他在繁忙的工作中还抽出时间整理医案，为内科心脏方面的专著拟写大纲及一部分初稿。因“文革”时期的抄家，渗透他一生心血的宝贵资料遗失，使他抱憾终生。但他还是潜心研究不断总结，先后撰写了《心脏病分类法》《心脏病概论》《心律失常症》等著作，成为当时详细和系统的心脏病专著。

父亲不管是在门诊还是在病房，对每一个治疗方案的实施，都要反复推敲，精益求精。例如：硝酸甘油是临床上心脏病人常用的药物，他不局限于简单地用药，而是根据病人的不同年龄、性别、病情，力求准确地制定服药剂量、服药时间，从而获得最佳疗效。为了研究药效，他不惜在自己身上试验。记得有一次，我看父亲走路一瘸一拐的，问他怎么了。他说刚打了一针，有点疼。我以为是父亲病了，后来才知道是为毛主席治病，主席因其他事不快而拒绝用药，于是他耐心地、详细地讲述了药品的作用，用药后的感受，才说服毛主席用药。

父亲是在20世纪50年代开始为党和国家领导人进行医疗保健工作的。第一次进中南海，见到毛主席时父亲有些紧张，毛主席微笑地问："你叫什么名字?"父亲连忙回答："吴洁。"当毛主席知道是洁白的洁时，幽默地说："你们医生真讲卫生，连名字都这么干净。"一席话顿时让父亲轻松了许多。毛主席很爱借古喻今，一次问父亲："读过《红楼梦》没有？林黛玉是怎么死的?"父亲因整日忙于业务，很少看小说，只好说不知道。毛主席让他读完下次再回答。于是父亲回来认真读了一遍《红楼梦》，后来见到毛主席时回答："林黛玉是得肺结核死的……"毛主席笑着说："吴洁真是个大老实人。"父亲回来细想之后才明白主席讲的是社会问题。

因父亲医术精湛，为人老实，毛主席对他的印象很好，说：吴洁是个诚恳的老实人，是可以信赖的人。张耀祠曾告诉主席的保健医生李志绥及张玉凤说：毛主席只同意吴洁和胡旭东进游泳池（主席的住所），别人不许进。1972年1月10日，毛主席去参加陈毅的追悼会后，出现心力衰竭和肺性脑病，一度处于昏迷状态。父亲和胡旭东、李志绥商量后，果断地采取了措施。但1月18日病情又出现了反复，周恩来总理立即决定成立老、中、青三结合的医疗小组，父亲任医疗组组长，负责治疗工作，直接

中间是周恩来总理，右一戴眼镜的为我的父亲吴洁，右二是李志绥，左一是胡旭东，左二是张耀祠

向周总理与江青汇报病情。当时由于别有用心之人的干扰，毛主席生气而拒绝用药。1 月 22 日叶剑英对我父亲语重心长地说："吴主任，你做了几十年医生，比主席年纪大的你也抢救过来了，难道还治不了主席的病？"父亲说："只要主席肯治，一定能治好。"经过紧张抢救，毛主席睁开眼睛，用手去扯氧气面罩："你们干什么？"当得知是在抢救他时说："我好像是睡了一觉，却差点见了上帝。"医生们说："你若见了上帝，我们都得见上帝。"因江青说医疗小组是总理派的，都是特务。毛主席很不高兴地说："如果我死了，一定要把病情告诉大家，不是医生们的责任，不能像江青那样……"在了解病情后毛主席说："看来这个病可以治好。美国总统尼克松要来，你们知道吗？"医生们回答："总理讲过了。"1972 年 2 月

毛主席逝世后，吴洁（右八）以身边工作人员身份为毛泽东主席守灵

21日美国总统尼克松要来访问中国，周总理要求医疗组：必须让主席在一个月的时间内恢复健康。毛主席说："我能在这个日子以前好吗？"医生告诉毛主席："只要坚持治疗，会见尼克松没问题。"毛主席说："那好，你们给我治下去。"然后请大家在游泳池吃晚饭——清蒸武昌鱼和涮羊肉。晚上周总理来到游泳池看到治疗效果，十分高兴，主动提出同医疗组合影，并再次说："2月21日尼克松到北京，你们一定要让主席恢复到能够会见。"2月21日毛主席精神很好，三人医疗小组圆满完成任务，保证了会见的顺利进行，中美建交开启了新的篇章。

父亲平时沉默寡言，但在淫威面前却从不屈服。"文革"中，康生的小姨子突然暴死，经北京医院尸检确认系自杀。当时康生的夫人曹轶欧认定是暗杀，气势汹汹地要求追查。父亲尊重事实，坚信科学，不顾个人安危，毅然在尸检报告上签了名。后来追查杨成武的材料，他同样守口如瓶。为此惹恼了别有用心的人，父亲被打成"资产阶级学术权威"，抄家受批判也成了家常便饭。批斗会上，他挂着“反动权威”的牌子，会后他又要去出诊。直到1968年12月25日因为一位领导住院，点名要他医治，才恢复工作，得到平反。

父亲恪守医德，从不泄露任何人的病情资料，为此差点断送了自己的生命。“文革”初期，在聂荣臻、傅钟、傅崇碧等首长的保护下，父亲还能正常工作。刘少奇、周总理、陈毅、肖劲光、谢富治、聂荣臻、傅崇碧、傅钟、邓子恢、陈云、王震等都找他看过病。后来随着形势的失控，在极“左”路线的迫害下，被蒙蔽的“造反派”把他关进牛棚，逼他交出“修正主义分子”的医疗保健材料。在没有任何收获后，就对父亲进行“坐喷气式”、毒打等迫害。脸打肿了，眼镜打碎了，但他没有吐露一个字。事后他告诉我们说：“我已经做了死的准备……该保守秘密，绝不能泄露。”

作者与父亲在东四四条胡同家中的合影

在我的记忆中，父亲既熟悉又陌生。因为他经常夜以继日地工作，全家一起吃饭的时候也很少，经常是在我熟睡后才回来。他有时一天要工作十到二十几个小时。由于中央首长大多以昼代日，他没有睡过一个安稳觉，一直工作到暮年卧床不起。由于他的生活及睡眠无规律，只有靠吃安眠药调节，有时刚吃过药躺下，一个电话打来，就得出发；有时胡子刚刮了一半，电话铃一响又要赶到病人床前。甚至在他患病期间，刚刚扎上输液针，一个通知拔了针，胳膊上的针眼还在渗血，就出发了。他似乎每天都处于“备战”状态，一个出诊包，放着各种诊疗器具；一个出差的包，放着经常换洗的衣物。两个包放在固定的地方，他从来不许我们碰一下，因为那是他争分夺秒的全部行囊。

父亲常说：“医学发展迅速，一天不学就落后了。”争分夺秒地工作使他痴心不改，一次拿回来一包压缩饼干，我说不好吃。他却说：人有许多工作要做，但吃饭却浪费了很多时间。压缩饼干的营养还是合理的，今后再改进一下味道就好了。对于家里的事父亲很少过问。我的大姐很小时得了肺炎，凭借当时的医疗条件和父亲的医术，本该没有危险。但因他忙于工作，大姐没有得到及时的治疗而夭折。

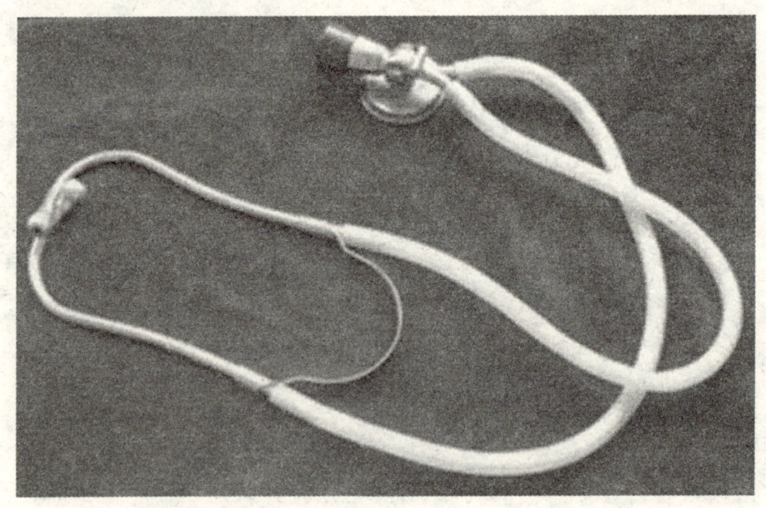

父亲在美国留学时购买并使用一生的听诊器

在毛主席病重期间，父亲夜以继日地工作在中南海。母亲那些日子感到很不舒服，他说忙过这两天再带你去看吧，这一拖就过去了很久。结果母亲

六七十年代，父亲根据保健工作的需要，常备的出差包，随时待命出发；这也是在毛泽东医疗组期间使用的出差包

自己去医院做检查，被诊断为肺癌晚期。一直到母亲去世前，父亲也只回家看过一两次。事后别人不解地问："为什么守着医院没早发现?"他惋惜地说："医疗组的工作太忙，所以发现晚了。"经他诊疗，无数人转危为安，化险为夷，而自己的亲人却没有得到他的及时治疗。为此我们曾埋怨过他对家关心得太少，此事他没为自己辩解过一句。

他身为北京医院的院长，当年只接待中央首长，我们从未去那里看过病。后来医院开放了，母亲因肺癌住院，也只是和普通病人同等待遇。甚至在父亲病重住院期间，也是严格地遵守医院的各项规章制度。一次我去看他，坐在旁边的病床上，他马上阻止道："医院规定探视病人不能坐空床。再说床都是护士铺好的，你一坐就不平了。"

在我们兄妹填写个人简历时，父亲从不让填院长的职务，只填医生。许多病人和家属为了表达救命之恩，送一些地方特产或礼物，他从不肯收。就连他每次出差的补助，也经常贡献给国家。

虽然父亲永远离开了，带走了一生的追求，但他留下得太多太多，留给我们无限的怀念与幸福的回忆。当父母在世时，生活对他们有厚有薄，但历史是公正的，对于他的突出贡献，党和人民给以很多荣誉。他先后被推选为全国人大代表和政协委员，荣获中央保健委员会颁发的荣誉证书和奖状，并记载在《中国人名人大词典》中。由于“文化大革命”的浩劫，我无法完成他著书立说的夙愿，只能将一切倾诉于笔端，告慰父母的在天之灵，仅以此献给我的爸爸和妈妈。

（作者吴燕中，吴洁的小女儿，解放军262医院护师。曾居住东四四条。）

水上泊运稻麦忙　皇家粮仓有余香

孙永红

京杭大运河北起北京，南至杭州，横跨北京、天津、河北、山东、江苏、浙江六省市，沟通海河、黄河、淮河、长江、钱塘江五大水系。京杭大运河是中国古代伟大的水利工程，也是世界历史上最古老的人工大运河。目前京杭大运河正在申报世界文化遗产项目。

京杭大运河蜿蜒流淌千百年，有人说它是一首流动的民族史诗，传承了中华民族的勤劳和智慧。北京既是京杭大运河的起点，也是终点。大运河的发展和传承与北京息息相关，然而沧桑变幻，曾经船帆蔽日的大运河，在北京已经断断续续。让我们沿着京杭大运河的遗迹，去寻找它曾经的辉煌。

京杭大运河将整体申报世界文化遗产的消息，经媒体报道后，影响广泛。作为京杭大运河北方终点的什刹海，正在为大运河整体申遗开足马力：修缮文物、改善水质、还原风貌等一系列工程已陆续开始。钟鼓楼下，一个古迹更多、水质更清澈的什刹海呼之欲出。而作为京杭大运河进京一个重要节点的东四南新仓，也同时以“保护性利用、以文化养文物”的全新姿态参与到大运河的申遗中来。说到京杭大运河，说到漕运，人们自然会想到那些当年因储存皇粮而闻名的皇城粮仓。

疏浚水道抵京城，南粮北调建仓廒

京杭大运河自1292年贯通以来就成为中国封建政权赖以生存、南粮北运

厚实的仓廒砖墙（图片由王燕芬提供）

的大动脉。京城东墙内外的若干处古仓廒，作为元、明、清三代的皇家粮仓，也就闻名于世。说到粮仓，还得从元建大都说起。为解决大都城的粮食供应，疏浚水道，实行“南粮北调”，设京畿都漕运使司，并陆续在大都城内建起各种仓廪50余座，存粮百万石。据考证，当时大都城内居民的粮食供应也是凭证按人口供应的，如果属实，那应该是我国最早的城市居民粮食供应措施了。

到了明代，因当时的运输条件，漕船不再上溯什刹海，而转向东城了。于是，在齐化门附近，七座粮仓沿城而建。即朝阳门的禄米仓、东四的南新仓、旧太仓、兴平仓、富新仓和北新桥的北新仓、海运仓。据说，这七座仓可储粮518万石，除供应百官禄米外，有时也用于平抑市场粮价和赈济灾民。

到了清代，除扩建外，又建了六座新仓，其中四座在今朝阳门外护城河岸边和通惠河北岸，由北向南有万安仓（后分万安东、西两仓）、太平仓、裕丰仓、储济仓；另两座建在西城的德胜门外丰裕仓和丰益仓，总称京城十三仓。随着岁月的流逝，当年维系元明清三朝皇城子民粮食命脉蔚为壮观的京城十三仓，那成百上千座廒库现在在哪儿？我先后查阅了许多资料，找到了三份地图：明万历年东城图、清乾隆东城图、1950年北京街道详图。忍不住的欲望催促我按图索骥，开始走访老仓旧址。

三大一小禄米仓，斑驳原装尽威势

初冬的上午，我最先找寻的是位于建国门地区的禄米仓。史料记载：建自明嘉靖四十年（1561 年）的禄米仓，鼎盛时期曾有 57 座仓廒，现存两座。在建国门街道宣传部冉涛部长的指点下，我骑车找到位于禄米仓胡同的社区居委会贾书记。干练而和善的贾书记告诉我，她就居住在这片胡同，而老仓廒只是在 71 和 73 号院才有。于是，服务站的一位副站长带我走进了这两个院。在 73 号院最深处，我见到了两座大廒和一座小廒。

我感到奇怪，不是仅存两座么，这里大小是三座呀。细看两座大廒并列坐北朝南，仓廒东面的外墙上镶嵌着北京市文物局制作的文物保护单位石匾。西边那座有气楼，东边那座没有气楼。所谓气楼，就是在廒房顶上开的天窗。天窗高出屋顶，钉有闸板。当时为了通风，以透泄仓米中汗蒸郁热之气，每座仓廒除有气楼外，还效仿江南大户藏米之法，用竹气通（即中间打通的大毛竹）插在米堆中央，并高出米顶之上。同时用竹篾编成细罩钉在气楼窗棂之上，以防飞鸟进入啄食，就像现如今人们用的纱窗一样。标准的粮仓顶上都有气楼。

走进西边有气楼的那座仓廒大门，却见高高的仓房被隔成上下两层，下层是一个个单间。顺着楼梯走上去，二楼的易拉宝和墙壁上满是一幅幅照片，仓中央是各种摄影灯和布景。哦，原来是影楼。当工作人员得知我们想看看老仓时，爽快的姑娘连声应答：看吧，看吧，没关系。随即领我们观看整个摄影间。

据记载：清代京通仓廒的建筑已十分讲究，其技术较之元、明有较大改进。廒架结构基本采用独棵圆木的中国传统木架结构，七梁八柱。原来每三间为一廒，后来基本上都改为五间一廒。

在这里我们看到的就是五间的廒房，那粗壮的仓柱和凿实的仓檩，依稀可见斧锯工艺留下的痕迹。抚摸着仓柱，我心情很复杂，就这样的圆木怎么可能历经五六百年而不腐不朽不破损呢？史料记载，每廒面阔约 23.8 米，进

皇家粮仓外景（摄影　宏伟）

深为17.6米，高约7.5米，前后出檐。而市文物局制作的石匾上记录的这两座仓廒面阔约23米，进深17米左右，高约7米，这和史料记载的也如出一辙。

东边那座没有气楼的仓廒大门紧锁，据说也是一家公司在使用。有意思的是在它们面前的那座小廒，不仅个头小，仓间小，没有气窗，甚至整个仓房连个窗户都没有，现在是存放服装的仓库。我想这小廒可能原本就不为存粮所用，而是为护仓人准备的，所以，它也没有文保标志。

骑车向东进71号院，在院东北角楼群中赫然敞亮亮地露出一排老仓。这老仓是坐东朝西的，和73号院的仓廒很像，很长，有三扇门，七扇窗，但却没有一座气楼，也没见有文物保护单位的牌子。铁门都上着锁，窗户遮得也很严。陪同来的小伙子说，每次来看都这样锁着，可能是仓库。

这两个院的老仓都显得很斑驳、很沧桑，却又都很有气势，沉默中透着厚重与威严。在禄米仓，我见到了三座大仓和一座小仓。

兴平老仓很无奈，冷风枯藤道沧桑

顺着朝内南小街、北小街一直向北，走进路东的北京军区总医院。根据史料记载，这里原本是兴平仓旧址，鼎盛时期有仓廒81座。在医院东南角密密的建筑中，我终于找到了许多年前曾看到过的一座老仓。史料说仓房墙壁有护墙板，前有罩门。这座坐南朝北的老仓，就有罩门，很像是四合院的垂花门，只是要小好几号。不过现在被各种杂物都堆满了，它也显得更老了、更矮了。十多年前我来看时，这里是医院的洗衣房，西边、北边的空场上还晾晒着许多白衣、白单。而现在周围都有了变化，到处都挤挤的，西边空场正在施工，高高的建筑离老仓仅仅是一个脚手架的距离。施工工人告诉我，这里正在建的是垃圾楼。这座老仓南面原本可以看到老仓墙的，史料说仓院墙砖要比建仓廒的砖小一些，每块长约41.5厘米，宽约20.5厘米，高约8厘米，重约12公斤。如果你感兴趣可以从墙外看看，那墙很厚实。现在这里多了一溜儿小房，透过窗户看，里边的摆设与灯光显然是住户。可任我怎么敲门、询问，都不见应答。西边仓墙上开出的一扇门也上着锁，施工的人们不可能知道里边是什么。无奈中，我只好继续寻找。

在医院门诊楼东边，我看见了记忆中的另一座老仓，却让我很吃惊：并列的两座老仓西边被拆掉了。当然，我不知是什么原因，只见在两座老仓墙中间是一片空空的空场，零散地停放着几辆轿车。东座老仓裸露的山墙和仓顶显得很扎眼。史料记载，为了防止水淹，每座仓廒所选地址都比较高，四周筑有高大围墙，地下修有排水管道。为了防潮，每座仓廒的地基都是三合土夯筑的，然后均匀铺撒一层白灰，再用砖铺做地面，上加棱木，铺满松板。可现在看，老仓廒与它南面的宿舍楼基本平齐，而与西边的道路比却低很多，形成不小的坡度。想来这老仓已有五六百年历史，就像四合院要比胡同地势低的道理一样，修路铺路的反复整理，高高的老仓就矮了，老了。

从老仓东边的一扇铁栅栏小门看，里边似乎也住进了人家。可当年我看到的是一个木工房呀，修椅子的师傅向我介绍了许多仓廒建筑材料和木匠知识，我至今还保留着从这里带回去的一片仓柱麻灰和一块仓柱护瓦呢！围着老仓我转了几圈想找个人问问，可除了匆匆路过的白衣天使，和操着外地口音的停车管理员，真不知道问谁好。终于见到了一个买东西回来的老人家，却又向我连连摆手：我刚来。我一听还是算了，又是很浓重的外地口音。

据记载：由于是京师储粮重地，在外观上，仓廒与城墙一样按军事标准建造，全部用大城砖砌成，保证其坚固耐用。廒砖产自山东临清县，大城砖每块长约45.5厘米，宽约22.5厘米，高约11.5厘米，重约25公斤。仓房都是砖砌，五花山墙；廒的墙体很厚，底部厚约1.5米，顶部约为1米，墙体水分很大。建造如此之厚的墙体，可以使粮仓内部保持相对的恒温，既防潮又保证通风，使仓粮历久不坏。廒内可使用的空间约2800立方米。难怪我看那空场里的轿车显得很小，很单薄。而孤零零立在西边残破的单面山墙，墙体很厚、很高，裸露的仓砖显得很无奈。冷风刮起墙上的枯藤，似乎在向我说着什么，我也很无奈，我还没听懂。举起手中的相机，给你留个影吧，但愿这不是最后的……

兴平仓81座仓廒就剩下这一座半了，但仍然让人感到庆幸。因为，在这个院里原本还有旧太仓和富新仓两座大仓。旧太仓曾有83座仓廒，富新仓也有64座。遗憾的是不仅这些老仓早就没有了，就连仓名也很少有人提起了。

有名无仓海运仓，空留地名北新仓

我接着继续向北找寻，海运仓可是赫赫有名的呀！在东四十条路北那一片现代化的楼区中间，我看到了北门仓胡同、海运仓胡同、北新仓胡同、仓夹道胡同，却不曾见到一处仓廒，哪怕是一座仓墙。北新桥街道办事处的李晓丽科长告诉我，她1980年到这儿工作，只是每天在这些与仓有关的胡同中走过，就从未见过有仓廒。史料载，海运仓鼎盛时期，曾拥有100座仓廒，旁边的北新仓也有85座。只可惜，随着时间的流逝，这些物质遗产也消亡了。

最后，我走在海运仓小区楼群中间，见到了一座象征漕运码头的石坊和一架水车模型。居住在这里的老少爷们时常在这里休闲嬉戏，人们是希望留住海运仓曾经的辉煌呀。一位就住在旁边楼里的老师傅说，他 1949 年出生，从小就在这片胡同长大，却从未见过这片地界儿有仓廒。想看老仓廒您就去南新仓呀。对呀，我还有最后一站哪！

老人提醒了我，骑车顺仓夹道胡同向南，在过街天桥上就看到了路南那一大片老仓廒群，太漂亮了！太有气势了！

民国时为军火库，解放后改老“百批”

这座以南新仓命名的过街天桥，我曾不知在上边和下边走过多少次，可这次却怦然心动。眼见那让人们称之为北京城乃至全国唯一保存最为完整、也最有规模的古仓，巍然坐落在东四的地界儿上，怎不让人羡慕，让人嫉妒！南新仓现存 9 座老仓廒，即使是从它扩建的 1409 年算起，也已是有 600 多年历史了。现在人们不管是在十条胡同，还是东门仓胡同，都可以看到它伟岸的身影；即使是在新保利大厦、第五广场、南新仓大厦那样林立的楼群中，它依然显得傲视群雄般威严。

史料记载，明万历年间查京城就有 1474 座仓廒，后常有增减，清乾隆时期仍有 1100 余座。至清末时，由于俸米逐步被俸银替代等多种原因，贮粮日益减少，多处仓廒逐渐闲置。后又有年久失修等问题，许多老仓被移作他用。南新仓鼎盛时期有仓廒 76 座，在 13 仓中不是最大、最多的，却是现如今保存最为完好的，究其原因却也是天时地利人和的结果吧。民国时，南新仓就被改作军火库。1949 年 2 月，解放军进城后，组建了北平贸易公司，开始为部队供应军需品。新中国成立后，被北京市百货公司接管，作为公司的批发仓库，正式开始了它们半个多世纪的为首都服务、稳定物价、保证供应的“京城大管家”职能。说到“百批”，一些上了年纪的人恐怕还都记得，那时，全北京的老少爷们家的日用品，如保温瓶、热水袋、搪瓷盆、牙膏、肥皂、洗衣粉，甚至是一两分钱的火柴、扣子、针头线脑等等一应物品，没

修缮中的老仓廒

有不是从这里出来的。

别说你不知道能从哪里搞到这些东西，就是想到了，你也绝对弄不到手。你想啊，计划经济，全国一盘棋，没人给你，全国都计划着呢。那时的“百批”公司，可透着火劲儿呢。北京一商集团企业托管中心百货分部的平学立经理告诉我，那时分配到“百批”的人，都要先从仓库保管员干起。他1979年复员到“百批”后，最先被分配到塑料组，在7号库做保管员，后当业务员、大组长。那时，他们组60多人，管着7个大库。现在的3号、4号、7号、10号库都是他的辖区。什么牙刷、肥皂盒、皮带、书包、皮夹子等等，大大小小上百种。每天一早他们要把库里分装的各类货品，用平车分送给全市四大商场：百货大楼、西单商场、东四人民市场和东安市场，各区县所属的商场也会来取货的。下午又有从全国各地进来的新货入库，紧接着又要按各商场要求分货，准备第二天的发货物品。平总说：一个牙刷保管员每天配货的单子就有20多厘米厚，两三千张呢！组里的小姑娘，都有累得直哭的。每个开票的业务员旁边，都要有一个专门配单子、垫复写纸的，否则忙不过来呀。写得腰酸、背痛、手抽筋，那是家常便饭。那时没有不加班的时候，也没有人发牢骚。每月三四十块钱，干得可高兴了。那时候的人，那精神……这么说吧，1985年以前，全市居民的日用百货百分之百都是从他们手上送给您家的。他们这个组仅凭一两毛钱一支的牙刷、几毛钱一个的肥皂盒，就完成了一年4000万元的任务。那时的4000万元可跟现在的不一样啊……

9 座老仓获新生，成功转型变时尚

在新中国成立后那段长达55年的历史中，南新仓沿袭了“仓”的使用功能，只不过称谓由皇家粮仓演变为百货公司仓库，储藏的对象由粮谷演变为百货商品。南新仓的一座座古仓廒也与解放后建造的一栋栋仓库统一编号，称为“1、2、3……号库”，分别存放不同类别的商品。为了安全，百货公司仓库采取封闭式管理，仓库四周高大的围墙将南新仓与外界完全隔离。旧时的皇家粮仓逐渐淡出人们的记忆。

“百批”当时用于储存奶瓶的库房

1993年10月，与共和国同龄的老“百批”被国内贸易部授予“中华老字号”的称号。1994年有关部门曾设想把1、2、3号库拆掉，迁移后建造漕运博物馆，旧址建大楼。后来因资金迟迟不能到位，这个方案才搁浅了。为此也庆幸，没钱却救了南新仓一命。

2003年，“百批”停止经营，退出百货批发行业。2004年7月，根据北京一商集团的改革规划，由百货公司改制组建的北京南新仓商贸有限公司成立。从此，老仓不再是存放的代名词，作为不可再生的文物，以“新的在旧的中，时尚在历史中”为旗帜的南新仓翻开崭新的一页。

当在600多年前修建的皇家粮仓唱响同样诞生于600多年前的昆曲时，我们怎能不感叹炎黄子孙的勤劳勇敢、中华民族的聪明智慧。经过几年的经营，南新仓文化休闲街逐渐走进人们的视野。如今进驻这里的商户已有20多家，分为文化和休闲两大类。古仓群全部作为文化类经营，有艺术画廊、音乐传播中心、影视文化俱乐部等。其中位于中心区域17、18号老仓的皇家粮仓，主营演出厅堂版昆曲《牡丹亭》，已蜚声京城。而街区内具有中外特色的风味餐厅、酒吧、茶苑也各有千秋。南新仓正以它独有的魅力和历史，吸引着爱时尚的人们。近日，得到消息，南新仓正在酝酿一个南延北扩的新计划。这个深受百姓喜爱的有品位的时尚街区，将更大、更新、更有深度，也将让我们更期待。

今天，南新仓作为元、明、清时期南粮北运的产物，成为中国古代南北方生活资料调剂的见证；作为南粮济京的重要代表性建筑，成为我国现存古建中的一个特殊类型的建筑。同时，它又对研究我国运河史有着极为重要的价值，是研究古代仓储制度和仓房建筑的宝贵的实物资料。自1984年被北京市确定为文物保护单位后，古仓的保护、修缮日益引起各方领导和专家学者的关注。

（作者孙永红，北京市民间文艺家协会会员，东四奥林匹克社区文联秘书长。此稿2012年2月22日刊登于《北京青年报》。）

六百年的永安堂

永安堂

永安堂始创于明朝永乐年间（1403—1424），距今有近600年的历史。我们今天看到的黑底金字的“永安堂”原匾楷书真迹，是在《北京新老字号名匾荟萃》一书中留下的由清朝文人钟少儒为永安堂题写的。而当年创建永安堂的始祖是谁，却无人知晓。明、清两朝，永安堂几经转手，几代主人的姓名也无法考证。

东四牌楼老照片，右上角为永安堂招幌

据掌握的史料，至前清时，永安堂一度曾为东四牌楼董家金店（恒利金店）的属号，店东是东四三条的董家和四条的朱鹂珊，代管永安堂。早年的地址位于齐化门（朝阳门）内大街215号，即原东四牌楼东南角儿。两层楼面，门楹中央悬挂“永安堂”颜体楷书匾额和“采云”“炼月”的金字牌匾分挂两端，庄重气派。永安堂至20世纪30年代达到鼎盛时期，逐渐发展成为经营参茸、饮片、名贵药材，能够自制丸散膏丹，拥有自己的生产加工场的大型中药店。

传说永安堂创始者是位南方人，因而一直到解放前这里都保留着带有南方色彩的过年习俗。每逢农历腊月三十前，永安堂都要进行送年、接年、送财神、接财神、送灶、接灶、封柜、团拜等活动，一直忙到来年的正月初六开市。开市的这天早晨，要取千金（中药千金子）、大戟（谐音“大吉”）、如意草、百合四味中药，放在铜缸里砸，预示一年的吉利。然后再推算盘，企盼新的一年生意兴隆。

至民国初年一位北方人，即杨周臣先生，将永安堂的祖业承传下来。杨掌柜1875年出生，河北三河县人，私塾文底深厚，1892年走进永安堂，1907年任永安堂总经理，1942年任北平市中药讲习所常务董事和北平市国药同业协会主席。他精通业务，勤于管理，或坐堂闻听，或后堂（药厂）查看。对加工的药面儿，他一看色便知投料是否有误；口尝舌治，能品出压碾、过箩是否有偷工省事儿。老掌柜杨周臣曾书道：“监制者责任重大，终日督饬，唯恐疏漏，虽神疲力竭，亦弗敢稍懈。”正是在他严格的监督下，全店同仁个个严守店规店矩，绝不马虎，使这个历经沧桑数百年的老店从未发生过差错。

永安堂药厂（永安堂堆坊）就在朝内大街243号，有三层院落，前门在朝内大街，后门则通东四头条，原有房屋29间，后又增加至40余间。内设刀房、斗房、碾房，还有贮蜜库和鲜药库等，这在当年亦是颇具实力的药厂。永安堂当年能够自制16个科门497种，外厂药品一律不销，使永安堂自产名药得以真传，故在京城史业鼎盛，商誉大振。其中紫雪散、羚翘解毒丸、神授化痞膏等，均为远近驰名、独具特色的药品，因此生意兴隆，门庭若市。当年服药者，尤其是贵重药品多是王府、大宅门和满门旗人。他们买药后，都是逐味核对，逐样以毫、厘复称，这也从没出过错。永安堂有名的“万应锭”小药，据说是专为劳苦大众所用，货真价廉，疗效也好。

《永安堂药目序》书中开宗明义地讲道：永安堂药店从商宗旨是“实与名副，财以道生”的经营祖训。简而言之，就是“货真价实，童叟无欺”。永安堂制药的真功夫，在于它久研病理，深攻药性，遵照古方暨名师秘授，虔修各种丸、散、膏、丹；兼设药圃，培养各色鲜药等，而驰名海内外。

除此之外，永安堂的自制独门药品更是质量上乘，如紫雪散（丹）、羚翘解毒丸、神授化痞膏、西黄清醒丸、肺灵、疥疮“一扫光”等。其中紫雪丹呈颗粒状，入口即化，疗效快。当年西直门诊所李振声（后任北大医院药房主任）曾做过临床试验，证明服一钱（3.12克）紫雪丹，其消炎退热的功效，相当于一支油剂盘尼西林。永安堂的万应锭，表面二八金花，细料和在里面，久放不变味，疗效好。这种小药在当年还引出一个真人真事的故事。一次，礼士胡同的张先生，因眼底红肿充血，病情很严重。他晚上买了一包万应锭，服后药到病除。这位张先生颇感奇怪，便来个货比三家，各买了一包万应锭进行研究，结果发现永安堂的万应锭是将细料和入药中，久存后色泽、药效如初，那两家的万应锭是把细料用在表面儿包衣，不仅没有了麝香味儿，药品还变成了黑色。张先生得出的结论是：“我用药就去永安堂。”久而久之，经老百姓这么互相一传，永安堂的商誉大增。故当年在京城便流传起“内永安外同仁”（注：早年的北京以前门做界，分为内城和外城，内永安即永安堂，外同仁即同仁堂）的说法。

永安堂早在民国时期就开展了一项经营业务——“药品邮寄”。当时，由于永安堂人坚持免费为顾客跑腿服务，深受顾客欢迎，一时间便有“邮便大通，各省士媛，函购益多”。这项业务一直延续至今，在永安堂一些大药店都设立了邮寄专柜。其邮寄业务已经辐射全国30多个省市地区，而且为顾客邮寄药品都是免费的。就算是一块钱的药，顾客提出邮寄服务要求，药店都会免费为之办理。

新中国成立后，永安堂药店还按老谱做生意，仍坚持货真价实，不卖伪品。故1952年，在资本主义工商业中开展“五反运动”后，永安堂在众多药商中被定为“完全守法户”。2007年4月此时已经更名为医药连锁有限责任公司的永安堂经过一年多的历史沿革再整理，再次参加了商务部组织的第二批“中华老字号”认定工作，2010年获得商务部第二批“中华老字号”认证，2011年5月正式授牌。

（本文由北京永安堂医药连锁有限责任公司办公室整理。）

宏仁堂药店其人其事

永安堂

宏仁堂药店存档老照片

在整理北京永安堂医药连锁有限责任公司档案时，我查到了这样一些鲜为人知的史料，抄录下来供大家分享。

清光绪三十三年（1907 年）开始，北京同仁堂规定了各房子孙可以打着乐家老铺的旗号，另取同仁堂以外的铺号，经营中药业。于是，大房开设了五个乐仁堂、四个宏仁堂，二房开设了三个永仁堂、一个怀仁堂、三个沛仁堂，三房开设了两个继仁堂、三个宏济堂、一个乐舜记，四房只设一个堂号——达仁堂。

说到宏仁堂，我们先来认识一下几位创始人。

乐笃周，名乐衍孙，字叶潜，号笃周。同仁堂的第 13 代传人。大排行行第五，官称“乐五爷”。曾为同仁堂的铺东。早年留学法国。1923 年（民国十二年），而立之年的乐笃周，经过西方资本主义文明的洗礼，且又是工商经济管理方面的专家，希望能像七叔乐达仁、大哥乐佑申那样，开自己的买卖。虽然有了一定的原始资本积累，恨不得独闯商界的愿望能立即化作现实，但迫于启动资金的不足，只好找二哥乐西园集资。拿着筹集到的二千两白银，乐笃周在北京大栅栏购买了一处楼房（现北京晨光眼镜店），并创办了第一家药店，起名“宏仁堂”。1929 年在未经其他三房同意的情况下在南京开设同仁堂分店，引起了乐家四大房最大的一场风波。此外，乐家大房在台湾还开过同仁堂，而且也和乐笃周有关系。全国解放前夕，乐笃周在台湾开设了一家同仁堂，在其回来办货期间，台海形势大变，无法返台，于是台湾的同仁堂便由乐笃周的夫人打理，但这时它和北京的同仁堂已经没有直接联系了。若干年后，乐笃周的夫人辞世，子女去了外国。乐笃周则在南京、上海等地主持业务。他响应国家号召，实行公私合营，积极要求进步，1958 年还将自己收藏的多件文物捐献给故宫博物院。1979 年，乐笃周病逝于大陆。

乐西园，乐家第十三代传人。1889 年生，天津竞业学校肄业。1930 年任宏仁堂经理，与乐笃周、乐益卿合资在北京创办宏仁堂药店，以后又在上海、天津、青岛等地建立宏仁堂分店。解放后，曾任北京市国药业同业公会理事、委员、常务委员、东四区工商联委员、东四区代表、法院陪审员等职。自幼喜好读书，《天津日报》曾登载：“乐西园，六十多岁老翁，对学习勤恳不倦……”他积极响应号召，认购胜利公债 919 万元，捐赠飞机大炮数百万元，认购建设公债 9000 万元；将自家鹿厂产的鹿茸，低价售给北京土产公司，少收入 1000 多万元。1954 年 10 月，从北京市土产公司药材部购买麝香二两五钱，回柜过秤多出一两，立即将多出的退回，受到土产公司的表扬。

再说宏仁堂是京字号，乐家老药铺之一，创建之初取名“宏仁”两字，有“宏达三江扬四海，仁者爱仁显药威”的含义，“仁诚”为其经营箴诫，是取信于病家的精华所在，是药界的经营之本。宏仁堂所产药品有四大特色：方名、料优、艺精、药灵。1923 年乐西园、乐笃周、乐益卿共同出资开设了宏仁堂，初期只是做些成药拿到同仁堂去卖，那时叫“下附号”，如延龄参茸丸、祛风舒络丹等，就是贴上同仁堂的商标来出售的。1931 年在北京前门外大栅栏 28 号开始独立经营。1934 年 10 月，又在北京东四牌楼（东四北大街55号）建立了第二家宏仁堂药店，随着业务的不断发展，逐步在天津、青岛、上海等地建立分店，如天津的小白楼马场道宏仁堂（现天津宏仁堂药业有限公司前身）、东马路东边宏仁堂、和平路宏仁堂、东马路西边乐仁堂、估衣街乐仁堂，青岛宏仁堂，上海的南京路宏仁堂、上海乐仁堂、北京西单北大街乐仁堂以及山西乐仁堂等。另外还在北京什锦花园胡同24号（原清王府的深宅大院现改为北京第二中药厂）的居住地办起了制作丸散膏丹、汤剂、饮片、参茸药酒的药厂，以供应北京两家药店的零售业务，在制药规模和能力上都可与本家老铺号同仁堂相比。这种状态一直保持到解放初。公私合营时，外埠分店陆续与北京总店脱钩，药厂也从宏仁堂分离出去，成为原北京市中药二厂，自此北京宏仁堂便不再进行成药的生产。东四北大街55号的宏仁堂分店归属到东城区药材公司，成为其下属零售经营企业；随着企业改制，2002年合并入北京永安堂医药连锁有限责任公司，成为其下属门店。当年天津中药五厂（现天津永仁堂药业有限公司）还派专人到北京对宏仁堂的发展史进行考察，与北京永安医药总公司（原东城区药材公司）相关人员进行了交流座谈。

20世纪20年代初期，乐家四大房都开了自己的店。北京是老乐家和同仁堂的发祥地，激烈的竞争也是从这里开始的。同仁堂的东侧开了个宏仁堂，同仁堂的西侧就开了达仁堂，一条不长的大栅栏街里竟有三家乐家老铺。乐达仁也是看到了这一点，才决心到外地发展的。

天津是北京的门户，因此有津门之称，是兵家必争之地，也是商家必争之地，乐家也不例外。马路西侧开设了乐仁堂，马路的东侧就开设了宏仁堂，再加上在天津雄起的达仁堂，三家都拿出看家本领在这里打拼。天津人说："好嘛，亲兄弟打起商战来也不含糊啊！"

上海当时是中国经济发展最迅速的城市，也是东亚发展最快的城市，这里自然更有一番鏖战，而且明明是输家却赢得很险，明明是赢家却又输得很冤。这话怎讲？原来，乐达仁在南京路开设了达仁堂后，乐笃周是个天有多高，心就有多大的人物，专门喜欢和自家人唱对台戏。他就在不远处开设了宏仁堂。乐达仁为了应战，又在宏仁堂的对面开了一家树仁堂。于是一场商战就不可避免了。双方先是竞相降价，你九折销售，我八折优惠；你“跳楼”，我“牺牲”；你“减半加优惠”，我“五折带赠礼”。后来发展到药方中的犀角、羚羊角、人参等细料一概免费赠送，闹得有的顾客都不敢来抓药了。因为上海人生性谨慎，这么个“优惠”法，怕其中有诈，所以干脆躲得远远地看热闹。这场恶战直打得黄浦江翻浪，南京路震荡。最后，宏仁堂毕竟资金、实力都不及乐达仁开的树仁堂，再也玩不下去了。乐笃周痛心疾首，认为既然败局已定，剩下的就是考虑怎么清账关门了。不想，乐笃周正在愁眉不展地考虑宏仁堂的“后事”，大掌柜突然喜出望外地冲了进来：“东家，东家，真是奇了。咱们这药涨价了，卖得倒火了。那边七爷的药降价了，生意倒冷了，您说怪不怪?”

乐笃周开始还不信，他到柜上看了看，果然买药的顾客络绎不断，又到账房查了查，真的销量大增，利润滚滚；再去树仁堂的门口看看，门庭冷落，一片萧条。他嘴张得老大，眼瞪得滚圆，站在那里发愣。有的伙计说：“坏了，东家惊呆了!”有的说：“不对，是东家乐傻了!”

其实乐笃周是又高兴又惊奇。高兴就不用说了，简直有死里逃生的感觉；惊奇的是，这上海也太怪了，树仁堂不败而败，宏仁堂不胜而胜，是天意如此？是鬼使神差，还是乾坤颠倒？总之，此事实在诡谲，他怎么也搞不明白。

树仁堂同样感到奇怪，自己的药质高价低，怎么倒伤了自己？于是双方都请上海的“高人”指点，虽然请的是不同的“高人”，指点的结果却是相同的。他们都说：“上海人和北京人不一样，北京人即使买最贵重的物品也要杀价，要的是质高价廉。上海人相反，上海人是买高不买低。东西便宜，他们倒不放心了，不仅是担心质量不好，而且担心让人知道自己买的是便宜货，有失脸面。”乐达仁一是觉得再争下去没有意思，只能是两败俱伤，二来毕竟是自家兄弟，还是适可而止吧。于是树仁堂撤出，宏仁堂便稀里糊涂地赢了一场商战。

商战是激烈的，但各房在药品的质量和制作工艺上是绝对不马虎的，宏仁堂亦是如此，能够在短短几年内崛起并逐步发展壮大，靠的就是“方名、料优、艺精、药灵”这四大特色。凭着药品的质量，宏仁堂深受顾客信赖，很快就在北京、天津、上海等地赢得“宏仁堂的药——地道”的赞誉。此外，在制药工艺上也很讲究，如饮片的切制上，像元胡半夏等这样的只有莲子般大小的圆弧粒，就要切出几十片来，轻轻一吹就能跑，全部是手工切制，一个药工一天只能切四两；在工艺流程上遵循古方炮制原料，注意药材不散失药性，如制作紫雪散就要经过八个工艺流程，时间长达一年之久；销售的羚羊角、犀牛角，都是请京城有名的“羚羊郭”来切制。

这个“羚羊郭”出身世家，1910年生于京北昌平县沙河镇，正名叫郭文海，解放前在京津中药界颇有名气，住西颂年胡同4号。五代祖传独门技术，手工镑羚羊、犀角，也镑檀香、降香、苏木等药材。他自幼随父亲学艺，15岁就出来应活。业内人都知道“羚羊郭”镑活，必尊祖训，坚持不镑假货。他对羚羊、犀角非常熟悉，工艺也很讲究，各种规格绝不含糊，镑出的羚羊、犀角像纸一样薄。当时药铺请其镑活，要拉着铺盖，包吃包住，完工后才离去。每年要在同仁堂干五六个月，镑各种细料百斤，每斤加工费3元。东城的宏仁堂、永仁堂、北庆仁堂，天津的达仁堂也都是他的客户，每年镑一两次，多则一两个月，少则几天。1956年公私合营时，郭文海被合到同仁堂药厂，1962年被评为中药师，70岁时退休，儿女均成才。但遗憾的是技术失传，工具被毁，本人由于没文化，也没留下只字片语。

为了保证鹿茸的质量，宏仁堂还建了自己的鹿苑，就在陶然亭窑台，叫“南圈”，是当时乐五爷在市公署南苑跑马场买彩票得的头彩的一部分，于是买下了齐化门（现朝阳门）方家养的鹿，建起了鹿场。当时北京只有宏仁堂、永仁堂、乐仁堂和同济堂四家有鹿场，解放以后公私合营，鹿场就取消了，鹿全归了京北的龙山，而陶然亭也建成了公园。

以上故事根据北京同仁堂集团《国宝同仁堂》、“天津宏仁堂药业有限公司发展历史”北京永安医药总公司《医药工作资料汇编》等资料整理。

（本文由北京永安堂医药连锁有限责任公司办公室整理。）

乐显扬治“痒”

韩万通

北京同仁堂有着三百四十余年的历史，创始人乐氏家族，祖籍浙江宁波。明永乐年间举家迁京，以走街串巷的“铃医”为生，积累了丰富的临床经验。乐四世乐显扬于康熙八年，也就是1669年创办同仁堂药室，成为同仁堂的肇始之祖。

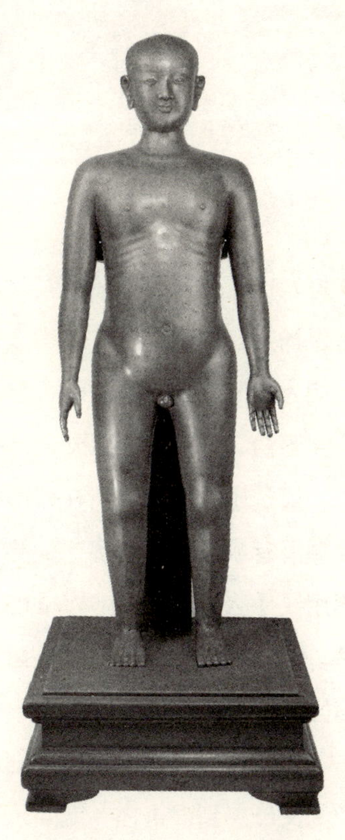

同仁堂博物馆镇馆之宝针灸铜人

乐显扬不仅宅心仁厚，更是医术高明，因此有不少人到他的家中求医。一天，一对父母带着一个八九岁的男孩来看病。原来，这孩子得了一种怪病，身上奇痒难耐，一双小手总是在身上抓。问他吃什么了，干什么了，他一概不说，只是摇头。父母带着孩子找了好几位医生，不仅说不清病因，有的甚至赶紧把他们往外赶，怕孩子是得了天花。

到了乐家，乐显扬十分认真地为孩子号了脉，看了孩子身上的痛痒之处，又问了孩子吃了什么，干了什么。孩子还是不答一句。如果是那些只图赚钱的医生，就会胡乱说上一气，再开些药，把病

紫禁城御药房

人打发走了事。可是乐显扬不这样，他还决定到孩子的家中实地勘察一番。乐显扬亲自登门诊病，让病人家属非常感动，甚至有些诚惶诚恐。他仔细观察病人的家，来到后院时，孩子的父母都劝他："这儿除了堆旧物的破棚子、一棵枣树、几蓬杂草以外，什么也没有。您就别在这儿久留了。"

可是乐显扬却坚持在那里细细观察。他看见枣树下扔着半截竹竿，还有几颗没有成熟的大青枣，就笑了笑，告诉孩子的父母："你们去买些膏药来，不用买什么好的，最便宜的纸膏药就行。把它烤热了，孩子哪儿痒往哪儿贴，贴上后，揭下来；再贴上去，再揭下来。这样反复多次，孩子的病就能好。"

孩子的父母将信将疑，把膏药买来一试，果然把孩子的怪病治好了。孩子的父母感到很奇怪，就问乐显扬，孩子得的到底是什么病。乐显扬哈哈一笑说："要告诉你们可以，可是有一个条件，你们得答应我。"

"您治好了孩子的病，我们正发愁该怎么谢您才好呢。不要说一个条件，就是一百个，我们也答应。"

“我这条件不高，就是不要打孩子。”

“行，行！”两口子满口应承。

同仁堂博物馆馆藏药碾

原来，乐显扬从那些掉在地上的青枣和半截竹竿想到，这是孩子看到满树的大青枣，嘴馋了，不待大枣成熟，就想打着吃。可是孩子个矮，竹竿又短，情急之中，就爬到树上，用那半截竹竿打枣。枣树上有一种叫作“洋刺子”的毛虫，它的毛刺沾到人身上，又疼又痒，孩子不幸中招！本来这也不算什么病，北京枣树多，民间许多人都知道用膏药可以治“洋刺子”蜇的偏方，可是孩子一犯错就挨打，已经被打怕了，就缄口不说爬树打枣的事，医生们自然也就查不出病因。

这是一件小事，可是传遍京师街巷，因为此时的乐显扬不再是祖辈一样的走街串巷的“铃医”，而是官居太医院的太医。百姓们奔走相告，说太医院的御医竟然给一个穷家小户的孩子治这种小病，没有悬壶济世的仁心，谁会这样做？

（作者韩万通，北京同仁堂药材参茸投资集团有限公司党委书记、常务副总经理，北京同仁堂参茸有限责任公司总经理。）

乐松生的爱国情怀

韩万通

乐松生作为公私合营代表向毛主席送上喜报

乐氏十三世乐松生是同仁堂的最后一位私方经理。1954 年，他带领同仁堂率先响应国家号召，实现公私合营。乐松生曾担任北京市副市长，是新中国成立初期爱国企业家的杰出代表。

新中国成立后的首都北京，百废待兴，乐松生出于对共产党的信任和对新中国的热爱，毅然决定带头购买公债。乐松生和乐肇基商量后决定，买十亿元（相当于十万元人民币）公债，也就是把这笔公债的大部分买下来，因为只有这样，才能有号召力，才能动员国药业踊跃购买公债。可是这样做的困难很大，因为在解放前夕混乱的经济中，同仁堂和达仁堂不得不把大量的纸币换成贵重药材，以应付货币贬值的风险。现在要买公债，哪来的资金？乐松生和乐肇基让财务人员想了许多办法，都筹不到那么多的现金。兄弟俩商量之后毅然决定，把自己的私人存款拿出来买公债，这样一共可以凑上五亿元。

乐松生到底有多少存款，人们并不知道，但是有这样一件事，可以估计出来他存款的多少。1948 年，他送儿子去美国留学，向一位朋友借了一笔钱。到了 50 年代中期，虽然还债的时间还未到，这位朋友却登门讨债来了。当时担任北京市副市长的乐松生竟无钱可还，只好把自己的皮大衣卖掉。后来彭真市长得知此事，认为副市长卖皮大衣，影响不好，让市里给了乐松生一些补贴，那件皮大衣才留了下来。由此可见，那时乐松生的私人存款并不像人们想象的那样多。

乐氏兄弟“倾囊而出”，总算凑出了五亿元，那其余五亿元到哪里去找？财务部门的人绞尽脑汁也想不出办法了。不料乐松生和乐肇基却把财务部门的负责人找来，面带喜悦地说：“我们想出来一个好法子。”

财务部门的负责人一听，半信半疑地说：“有什么好法子？能点石成金还是能印票子？”

没想到乐松生竟说：“我们商量好了，咱们没有现钱，那就借钱买公债。”

“借钱买公债？”管财务的头儿眼睛都直了，他从来也没有听说过借钱买公债的事。

乐松生告诉他，把达仁堂的名贵药材抵押给银行，贷款五亿元，用来买公债。

那位头儿吞吞吐吐地说：“您可想仔细了，虽说公债有五厘的利息，可是贷款也得付利息。公债还本付息的时间长，贷款可是一贷出来就得计算利息，还本时间又短。这么一出一进，您别说赚钱，不赔钱就是好事。再说，这公债要是万一出个意外……”

乐松生却挥挥手说：“要为赚钱，咱们就不买公债了。这是为响应政府

同仁堂老店标

号召，支援国家建设，你去办就是了。”

这个举动，深受天津同业的赞扬。他们也紧跟而上，踊跃响应政府号召，购买公债。接着，乐松生又回到北京，积极说服乐家各房带头认购公债。当时有人不情愿，他们说：“北京那么多大药铺，凭什么非得我们同仁堂带头？”

乐松生好像是无意中脱口而出：“行啊，不买就不买，那就让刘一峰独占鳌头吧。”

“是那个西鹤年堂的刘一峰吗？他又怎么了？”

同仁堂和西鹤年堂本来是又合作又竞争的关系，一听刘一峰的名字，那几位立刻来了精神。原来，刘一峰因为经营西鹤年堂有方和他的爱国、进步表现，在全国工商联和北京市工商联都担任了重要职务。乐松生告诉那几位，在认购人民胜利公债的讨论会上，刘一峰很痛快地表示：“北京两次物价波动，工商业受了影响。发行公债可以弥补政府财政上的赤字，稳定物价，对于工商业的发展有直接的帮助，所以我们工商界人士是非常欢迎政府发行公债，我们要尽力购买。”

那几位一听就急了：“那不行，要说爱国，咱们同仁堂哪样比西鹤年堂差?”

“怎么着？他鹤年堂有钱买公债，咱们同仁堂就买不起？咱乐家在天津借钱买公债，这是有口皆碑的事。政府对他不错，对咱们也不薄。政府有困难，咱们同仁堂也得有个表示，这公债不能都让刘一峰买了去。”

“对，咱们也买，比比谁买得多!”

乐松生一听，心中暗喜，这本来就是他使的激将法。比谁更爱国，不是比谁赚的钱多更有意义吗?

由于同仁堂等国药业爱国人士的带头作用，加上乐松生的积极动员，北京的中药业超额完成了“人民胜利折实公债”认购任务。

乐松生不惜抵押自己的资产，向银行贷款购买公债；不遗余力，动员老乐家的人踊跃购买公债，如果不是出于对政府的信任，对共产党的拥护，怎么会这样做呢？谁还能说这是“投机”、“假积极”呢?

到了20世纪60年代初，党和政府号召大办教育事业，乐松生不仅带头捐献了两万元人民币，还将自己在崇文区的一套三进的四合院，共计有四十七间房屋的私宅捐献给了首都的教育事业。后来，这所宅院成为崇文区一所重点小学的校舍。

1950年，乐松生积极响应抗美援朝总会的号召，率先以同仁堂药店的名义带头捐献六亿九千万元（相当于现在的六万九千元）为前方将士购买飞机和大炮，保家卫国。在乐松生和同仁堂的带动下，北京市的工商界人士纷纷踊跃捐款，到1951年6月已达到六百四十八亿元（旧人民币）。负责接受捐款的干部用算盘噼里啪啦地一打，又惊又喜地喊道：“嗬，这么多钱！买四十三架喷气式战斗机还有富余，比工商联原定认购的二十七架可多多了!”

这还不算，乐松生又在天津达仁堂和乐肇基一起捐了一亿一千五百多万元（旧人民币），并且捐献了一批珍贵药品。达仁堂的职工还参加了李烛尘先生组织的声援抗美援朝大游行。这次游行有天津工商界四万二千人参加，不仅声势浩大，而且是全国第一个声援抗美援朝的游行，受到了毛主席的称赞。

为了支援抗美援朝战争，乐松生不仅捐钱，还在1952年作为首都工商界的代表，参加了第二届祖国人民赴朝鲜慰问团。虽然志愿军指战员会竭尽全力保障慰问团的安全，但毕竟是在战火纷飞的战场上，危险是不可能完全避免的。参加第一届赴朝慰问团的著名相声表演艺术家常宝堃（艺名“小蘑菇”），就是因为遇到美军飞机轰炸而牺牲的。乐松生长期生活在天津，很熟悉这位名演员，但是常宝堃的牺牲没有吓倒乐松生，他毅然奔赴硝烟弥漫的朝鲜战场慰问“最可爱的人”，时间长达数月之久。

（作者韩万通，北京同仁堂药材参茸投资集团有限公司党委书记、常务副总经理，北京同仁堂参茸有限责任公司总经理。）

“四大恒”钱庄的兴衰

董文申

“头戴马聚源，身披瑞蚨祥，脚踏内联升，腰缠四大恒。”这是清朝末年起，北京民间广为流传的一句谚语。腰缠“四大恒”是指人们腰中揣有四大恒钱庄的银（钱）票，有腰缠万贯之意。

恒利金店

“四大恒”是指恒利、恒和、恒兴、恒源四大钱庄，皆为祖籍浙江慈溪人士经营。其中，恒利钱庄由董姓人氏，即我的太祖经营。在清朝乾隆年间，董氏先祖赴陕西，落户榆次学习生意，涉足金融行业，并掌握了打造金银首饰的技艺。后看到京城金融业发展空间大，就移居京城，谋求发展。在浙江老乡的帮助下，筹措资金，在东四牌楼脚下摆设钱摊（钱桌），兑换银两、铜钱，逐步开展了存储、放贷等初级金融业务。由于经营有道、诚信可靠，业务发展很快，资本积累渐丰，就在东四牌楼附近开设了恒利钱庄。恒利钱庄的开设和较好的业绩，大大激发了与董氏先祖有过世交的浙江老乡的兴趣与热情，其中包括对董氏先祖有过帮助的老乡，他们共谋大计，积极筹措资金，董氏先祖也进行了投资。短短的几年间在东四牌楼附近相继开设了恒源、恒和、恒兴三家钱庄和早先设立的恒利钱庄，共四家以“恒”字为号首的钱庄。由于四家钱庄以“和”“诚”“信”为魂的经营理念，抗风险机制的建立和发行银（钱）票等重要举措，逐步发展成资本雄厚、经营有方、信誉卓著的钱庄，进而控制了京城经济命脉。到了光绪年间“四大恒”发展到了顶峰，实现了四大钱庄的共赢共荣。当年业内、官方和民众很自然地把四家钱庄合起来称为“四大恒”或“四恒号”，遂在民间流传了文章开头的那句谚语。

布局分工乃利市之基。明、清两代京城的朝阳门、东直门、崇文门是粮食、木材和许多外地商品进京的主要通道。尤其朝阳门是南方漕粮进京的通道，附近建有许多官仓、货栈，储运业十分发达，进行的都是大宗货物的交易，金钱银两的进出额十分惊人，迫切需要金融业的资金支持和理财的服务。因此，东四牌楼孕育有巨大商机和诱人的发展潜力，商家视东四牌楼为商业宝地。“四大恒”的东家虽然不是一家，但他们不仅是老乡，据说还有几代世交的情分。他们就选择了东四这一地段，开设了恒利、恒源、恒和、恒兴四家钱庄。恒利、恒源两钱庄据守在东四牌楼东南侧和北侧，成为南至崇文门、北至北新桥南北通道居中的位置，是行人物资南来北往的必经之地。隆福寺街在东四牌楼北路西，因有古刹隆福寺而得名，庙市之日吸引了大批游商、小贩，庙市又是聚拢游人的去处，交易十分兴旺，买卖热闹异常，进而使东四一带人气兴旺，财气更盛，促进了东四的繁荣。恒和、恒兴两号就扼守在隆福寺街东口的南北两侧。“四大恒”盘踞在东、西、南、北交通中枢的咽喉地带——东四牌楼脚下。四足鼎立的利市布局，相距不远，服务半径交叉，使欲在东四牌楼谋求发展的较大钱庄再没有插足之地。分散的一些小钱庄和当铺正好起到拾遗补阙的作用，形成了不同服务对象的合理分工，进而构筑了较为严密的金融体系和良好的金融环境，使东四牌楼地区成为清代中后期的“金融街”。

“四大恒”服务对象各有侧重，恒和号专司各大官宦富户的存放款业务，恒利、恒源两号专放当商款，恒兴的主要业务是服务于各大商号，这三号也同时兼营官宦富户的存放款业务。“四大恒”的利市布局，在地域内形成了行业垄断，在分工上形成了业务垄断，这在当年京城金融业内是绝无仅有的。

经营理念乃利市之本。“四大恒”虽属不同的东家，恒利、恒和、恒兴、恒源四家钱庄的字号也不是随欲所取之名，其经营理念就体现在“和”“利”“兴”“源”“恒”五个字中：“和为贵，利为基，兴旺发达，源远流长，永恒于市”。

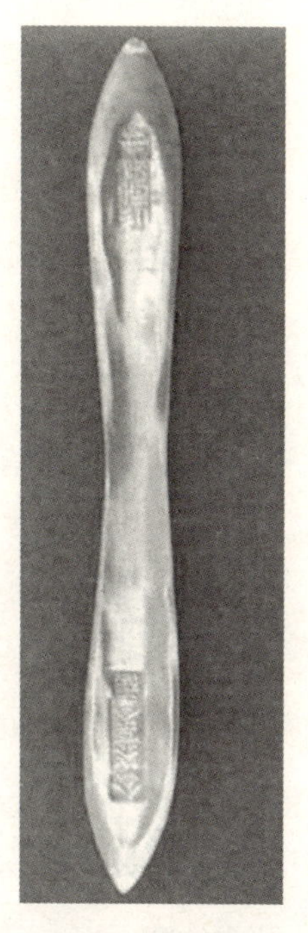
金两尖

“四恒”之和是“和”之根基。“和”的前提是礼、诚、信、善。店铺对伙计、学徒、同人以礼相待，以诚相待，守信用，尊重员工，有善心。员工对店铺忠诚，东家和员工大家一条心，“和衷共济”共同做好生意。人情、诚实、信誉一体的理念，培育出“四恒号”的固定客户群体，按现在的理论讲，就是拥有一批忠诚客户。固定客户成为当年钱庄重信誉轻抵押的一种保证，而人情则成为维系这种关系的纽带。钱庄与客户不是简单的金钱往来，而是在金钱中包含着真诚的人情。一家与“四大恒”有业务往来的钱庄，东家家中失火，损失惨重，无力偿还“四大恒”的贷款，更难再向“四大恒”寻求帮助。按常理“四大恒”也很难再接济可能失去偿还能力的钱庄。然而“四大恒”却主动送去了银票，解其燃眉之急，该钱庄渡过难关后成了“四大恒”的忠诚伙伴。这种人情酿和、信誉维和的商业道德、商业作风和商业情调都体现了老北京独特的商业文化。京城商人所依赖的是传统社会的人情信托，而不是现代社会中的商业契约，是以诚信、人情等非商业手段来达到商业的目的。在这种商业文化的氛围内，“四大恒”不仅对客户进行人情投资，对一般民众也进行了感人的人情投入。如邀请在“四大恒”屋檐下避雨的民众进入厅堂避雨，并递上热茶问寒问暖；遇到红白喜事就在街头设案，放喜品或祭品以示祝贺或表敬意；对上门乞讨的乞丐从不恶

银票

言相对，总要予以施舍；逢年过节还要给“节敬钱”，店门前摆放茶桌为行人提供免费茶水；遇到灾荒时要设粥棚救济灾民……

运营机制乃利市之策。金融业是高风险行业，有些风险是不可抗拒的。抗御金融风险除雄厚的实力外，必须根据自身特点，逐步形成具有自我保护和应变能力强的、抗御金融风险的经营机制。以和、诚、信为魂的经营理念，保证了恒利、恒和、恒源、恒兴四大钱庄的和谐经营，合理分工避免了四家钱庄的相互竞争。

四大钱庄在互通有无、相互补台、合力抗险中形成了你中有我，我中有你的较为复杂的债权、债务关系，进而发展到将部分债权、债务固定下来，不计息取利而参与分红，形成相互参股的股份制钱庄，把四家钱庄捆绑在一起成为经济利益的统一体。“四大恒”的运作进入良性循环不断发展中。正如《市场报》一篇文章中指出：“关联交易具有信誉度高、稳定性好、可持续性强等优点，一直为富商巨贾所重视。远至先秦时代的陶朱、猗顿，近到清末的四大恒，无不是通过互相补台而一荣俱荣……”

发行钱票乃利市之举。“四大恒”的银（钱）票，自乾隆、嘉庆年间在市面上已广泛流通。解决了银两携带不便的安全问题，极大地方便了消费者。“四大恒”可以保证在任何时候、任何情况下都可以将银（钱）票兑换成现银、现钱。“四大恒”曾顺利度过了数次急难，尤其是清咸丰三年（1853年）太平天国北伐军攻入直隶，京城发生的200余家钱庄倒闭的挤兑事件。为此，几乎所有官宦往来存款及“四九城”富户显宦，放款都要经“四大恒”之手。放心的银（钱）票在民众手中被看作是真金白银，民众也以储存和使用此票为荣耀。

“四大恒”兴旺之深刻影响。“四大恒”在金融业内赢得同行的认可和尊重，由“四大恒”发起集资，在前门外珠宝市创立的“钱市”使金融业的经营更加市场化、规范化。由于官府往来存款和“四九城”富户、商号、显宦存放款多集中于“四大恒”，使之成了京城大量白银的集散枢纽，进而控制了京城的经济命脉，“成为清政府的重要经济支柱”。清政府筹措军饷、向外国列强的赔款，都曾向“四大恒”拆借过银两，是清政府财政上的重要支持者。1900 年 6 月义和团火烧老德记药房，珠宝市二十余家官炉房亦被付之一炬，钱业银两周转停滞，“四大恒”亦遭其累，闭门歇业。一时人心惶惶，影响社会稳定。之后八国联军兵临城下，形成风助火威之势。清政府深知“四大恒”不是亏本倒闭而是没有现银周转，随以客户借据为抵押，拨内帑 80 万两白银接济“四大恒”，以安定民心。

这时崇文门百川通票号被清军误炸，致使数家票号会商迁址而停业，令社会公众有京师不保、大祸临头之感。又传慈禧准备弃京西逃，以致京城秩序更坏，钱庄挤兑日趋严重。“四大恒”亦感到提款之压力，遂积极备银以应不测。据资料载，此时“四大恒”所备银两已是平时周转库银的十余倍。1900 年 8 月 14 日八国联军入侵北京，“四大恒”被洗劫一空。《中国金融简史》记述：“1900 年（光绪二十六年）八国联军入侵，沿途烧杀掳掠，继以焚烧，库银、房屋、契据荡然无存，其中最大的四家钱庄，即所谓‘四大恒’现银全部被侵略者洗劫一空。从此，北京的钱业一蹶不振，中国的金融中心也从北京移到上海。”另据史料记载、八国联军入侵北京，仅“四大恒”的银子就抢了三天，足见其银子之多。在此浩劫后，四个钱庄所放贷之款亦全部成为坏账无法收回。恒源、恒兴难以为继而歇业，恒和破产，受其累者甚众。恒利钱庄东家不惜败家，决定“刨炕掘银”，即将存放在住宅炕洞中的“窖藏”白银取出以应急需。尽管票根不存，仍以客户手中之票据为凭，全部支付存银，兑换银（钱）票，偿还债务，以免失信于市，勉强维持营业至 1910 年，而后改组成恒利金店。曾经盛极一时的“四大恒”钱庄，从此消失在人们视线中。

“四大恒”消失了，但“四大恒”突出的业绩，对社会经济发展的作用和衰败的深刻教训，却在清代的金融史上写上了浓重的一笔。

（作者董文中，退休教师，老北京“四大恒”恒利钱庄董氏家族第四代后人。原居住在东四三条。已故。）

我为周总理做帽子

曹文仲　李长华

我今年87岁啦，打一小就在盛锡福学徒，那个时候学徒什么都干，也就什么都学到了。如今人一上了岁数，过去的事就记不大清楚，可我为周恩来总理做帽子的事，却使我一辈子记得清清楚楚，并且总把这件事引为自豪。

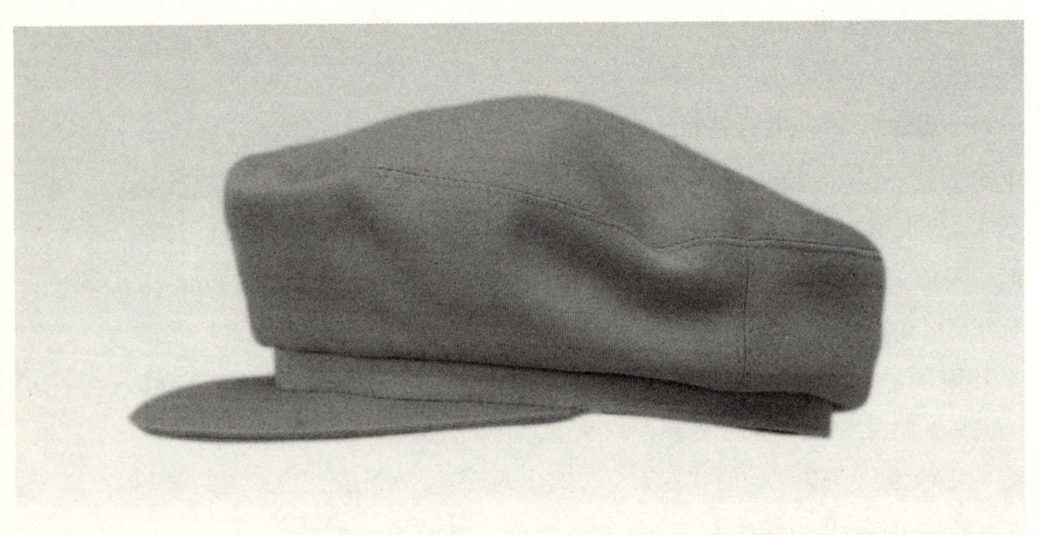

1950年为周总理制作的毛料圆顶帽

那是20世纪50年代初，当时盛锡福还没有公私合营。一天，我到红都服装店去办点业务上的事，遇到了红都服装店的经理。他对我说："你来得正好，我正要找你去呢。周总理在红都做了一身中山装，剩下一块料，你用这块料子再给总理做一顶帽子。”当时，我感到让我给周总理做帽子，真是又突然又惊喜。

给周总理做帽子用的是一块米色毛华达呢面料，为了与周总理的中山装配套，我为他老人家精心设计制作了一顶圆顶帽。在制作过程中，倾注了我对新中国、对共和国总理真诚的热爱和崇敬。

帽子做好以后，我赶紧把它送到了红都服装店，正好那套中山装也做好了。几天后，我怀着不安的心情又来到红都服装店，打听周总理戴上帽子合适不合适。红都经理故意不说话，等了好半天，他才大声说：“总理的秘书来电话告诉我们，总理戴上盛锡福的帽子感觉非常舒适，表扬盛锡福啦!”我们禁不住大声地欢笑着、庆祝着。记得，我们还买了两盒大前门香烟分给在场的人，大家吸着香烟，分享着愉快的心情。

后来，我在报纸上看到了周总理会见外宾的照片，他老人家头上戴的那顶米色圆顶帽就是我亲手做的。周总理戴上了盛锡福制作的帽子，是我这辈子的荣耀。

（采录者曹文仲，现任北京盛锡福帽业有限责任公司书记；讲述者李长华，盛锡福工人。）

一帽难求的羊剪绒皮帽

李家琪

羊剪绒皮帽

20世纪的70年代初，刚刚年满十七岁的我，来到位于王府井的北京前进鞋帽店（“文革”时，盛锡福被强迫更名）当了一名售货员。

回想起那个年代卖羊剪绒皮帽的情景，依然历历在目，至今不能忘怀。在冬日北风呼啸的早晨，店门还没开，门外就聚满了在寒风中瑟瑟发抖的人群，人们跺着脚驱寒，焦急地等待着帽店开门，最大的愿望就是今天能够买到一顶羊剪绒帽子。

店门打开了，不如说是我们打开了一半门，另一半门是被顾客挤开的。挤进店内的人立即涌向柜台，向售货员伸出握着钱的手，大声喊着所买帽子的号码。此时，我在柜台里面用肚子顶住柜台，眼前是一层层的人群，一张张渴望的脸，一双双交钱的手。店门、柜台被挤坏是常有的事，几百顶羊剪绒皮帽很快就会被抢购一空，没有买到帽子的顾客会反复问：“什么时候还来货。”真是一帽难求啊！

在那个年代，虽然一顶羊剪绒皮帽才二十多元钱，那可是一个人的半个月工资呀。虽然盛锡福的店名被迫更名了，可是盛锡福的字号却深深蕴藏在人们心里，人们世代信赖、赞誉盛锡福的帽子。

（作者李家琪，北京盛锡福帽业有限责任公司董事长兼总经理。）

独家帽技越百年　非遗传承功后人

——盛锡福中国帽文化博物馆

孙文华

藏馆名称：盛锡福中国帽文化博物馆

藏馆地址：东四北大街 368 号

开馆时间：2010 年 6 月 8 日

筹备近两年的“盛锡福中国帽文化博物馆”，在中国第五个“文化遗产日”前夕正式开馆接待参观者。

坐落在北京市东城区东四北大街 368 号的盛锡福帽店，是京城响当当的老字号，明年将是这个老店的百年大庆。成立于 1911 年的盛锡福，从“制帽作坊”“帽业专家”发展到今天名列“国家级非物质文化遗产”名录。在这一百年间，盛锡福所经历的创业、传承与发展的历史，直接、全面地反映了我国帽文化的历史发展痕迹。可以说，盛锡福传承发展了独特精湛的中华制帽技艺，积淀形成了盛锡福的传奇帽业历史文化特色。

中国自古便有“衣冠礼仪之邦”的美誉。在漫长的历史发展中，冠帽一直是中华服饰文明的重要组成部分。在中国古代，冠帽与个人修养、社会习俗、国家建制均有直接的联系。在物质文明极大丰富的今天，中国冠帽文化日益受到关注，其经济、文化和教育价值不断凸显。为此，以“传承发展冠帽技艺文化，追溯中华冠帽历史文明”为主题的盛锡福帽文化博物馆，从筹办之日起，就受到各界人士的极大关注。

这座独特的帽文化博物馆开设在前店后厂的盛锡福店中。在寸土寸金的银街上，占用上百平方米的店铺作博物馆，不能不说是经营者具有超人的智慧和胆识，也是他们以文促商的有益尝试。

镇馆之宝：盛锡福为周恩来总理制作的呢帽

在博物馆显要位置的玻璃展柜里，陈列着20世纪50年代盛锡福为周恩来总理制作的毛料圆顶帽。展出的这顶帽子是在周恩来总理的侄女周秉德大姐的帮助下，从江苏淮安的周总理纪念馆按实物帽样、布料复制而成的。

盛锡福87岁的老职工李长华讲起当年的故事仍然激动不已：那是1955年，有一天我去“红都”办事，遇上了服装店的经理。他拉着我说：正要找你呢。我们为周总理做一套米色中山装，剩下一小块布料，你看能不能做顶帽子。李师傅又惊又喜地接受了这个任务，他参考服装款式，根据所剩布料，为周总理精心设计制作了这顶圆顶帽。后来总理秘书打来电话说：总理戴上帽子感觉非常舒适，表扬盛锡福啦！再后来，人们看到周总理穿戴这套衣帽出席过许多会议和活动。这套衣帽现存在江苏淮安的周总理纪念馆。本馆中展出的当年周总理参加十三陵水库劳动的照片中，周总理戴的就是这顶帽子。后来，总理在视察王府井大街看到盛锡福老店时，特别指出：要保持和发扬老字号的产品特点，更好地为首都人民服务。此后，周总理在出访苏联时，相继在盛锡福又定制了水獭皮帽和蓝色便装圆顶帽。

盛锡福的帽子以其用料考究、手工制作、做工精细、品质优良而受到各界人士的广泛欢迎，同时也受到党和国家领导人的喜爱。20世纪50年代，盛锡福为毛泽东主席制作过将校呢圆顶帽，为陈毅外长出访印尼制作过金丝草帽；20世纪60年代，为刘少奇主席出访苏联制作过美式圆檐皮帽；20世纪90年代，盛锡福又为江泽民主席制作过羊皮前进帽，为乌兰夫、万里、赛福鼎等老一辈党和国家领导人也定做过帽子。而朝鲜首相金日成、印尼总统苏加诺、柬埔寨亲王西哈努克及夫人莫尼克公主也都曾在盛锡福定做过帽子。国内外各界人士慕名到盛锡福买帽子、定做帽子的不计其数。

老照片：百年老店的创始人刘锡三

盛锡福创始人——刘锡三

盛锡福创始人刘锡三出生于山东掖县。世代为农的刘锡三，因家境贫寒少小离家到青岛、天津做杂役谋生。后来在为一家洋行做业务员时，聪慧的刘锡三学会了一些日常外语。到乡下收购草帽辫时，勤奋的他又懂得了草帽的制作工艺和环节，从而萌生出“中国人的钱，干吗让外国人赚去”的念头。于是，在1911年刘锡三和朋友合伙在天津估衣街开办了一个叫“盛聚福”的小帽店。没想到小店生意兴隆，年年盈利。1917年刘锡三在法租界独立开设新店，取名“盛锡福”：盛为生意兴隆茂盛；锡为家族排名；福为刘锡三的乳名“来福”之一字。

1919年他花巨资买下西方一部全套电力制造草帽的机器，还先后建成草帽、皮帽、便帽、缎帽、毡帽、通帽、化学漂白、印刷等工厂。盛锡福的鼎盛时期，先后在南京、上海、北京、沈阳、青岛、郑州和武汉等城市设立20多个分销处。产品同时出口海外美国、澳大利亚、英国、法国、意大利、西班牙等20多个国家、地区，在当时工业先进的欧美各国争得一席之地。

盛锡福字号：吴佩孚亲题盛锡福匾额

由于盛锡福初创于清末民初，人们刚刚剪去长辫，西风轻拂时尚嫩柳。刘锡三看准主流社会的消费需求，制作了轻巧美观的仿巴拿马式凉帽，和仿英、法、美式呢帽，成为当时的抢手货。从1924年至1934年的10年间，盛锡福共获得国民政府各类奖状 16 个，同时还获得了农商部物产审查会的奖牌。由于盛锡福帽子质量好、款式新，一些社会名流纷纷成为盛锡福的座上客，还有许多政界要人题字馈赠。其中吴佩孚题写的“盛锡福”匾额，成为这个百年老店的符号，虽店铺历经数次迁移，但此匾却悬挂至今。另外还有宋哲元将军题写的“祖国之光”“国货先声”“名驰中外”，秦德纯题写的“冠冕群伦”，北平商会会长邹泉荪题写的“冠冕吾华”等等。透过这些题词匾额，我们分明感受到盛锡福当年的影响之大。

而今天，盛锡福又添了一块新匾额，是原全国人大副委员长王光英在盛锡福购买一顶礼帽后，为这个老字号精湛的技艺所感，而亲笔题写的“盛锡福”三个字。

民国老物件：北平商会证书和孔祥熙部长亲签的营业执照北平商会会员登记证

随着盛锡福各类帽厂的开张，帽店所营帽品不断增加，1929 年盛锡福直接向国民政府申领了营业执照。那张泛黄的执照上清楚地写着：“兹具商人刘锡三呈请设立盛锡福商号核與规定尚属符应准按照左列各款注册给照此证……”以及部长孔祥熙、商业司司长张映欧的亲笔签名和印章。这份商业注册第九十五号于中华民国十八年六月七日签发的执照，和北平商会于中华民国三十五年八月由理事主席常文熙及刘仲林等六位理事共同签署的会员登记证，让我们通过盛锡福帽店的经营发展，看到了刘锡三

北平市商會

商会证书

为民族商业付出的努力和作出的贡献。

25 周年纪念册："努力本国工业"的记录

在展厅里陈列有盛锡福帽庄 25 周年纪念册，纪念册内《盛锡福帽庄二十五年小史》中，详细记录了盛锡福的发展过程，并在最后坦言："于中华实业前途远大，尚望爱用国货人士时加指导。"册中同时引用陶朱公理财十八要诀，由总号敬赠与各分号。这本薄薄的小册子，虽仅有十几页，却将盛锡福的宗旨、信念、商品，甚至函邮项目都写得一清二楚。并在册中的每一页、每一幅插图边上都醒目地标上了"三帽商标"。

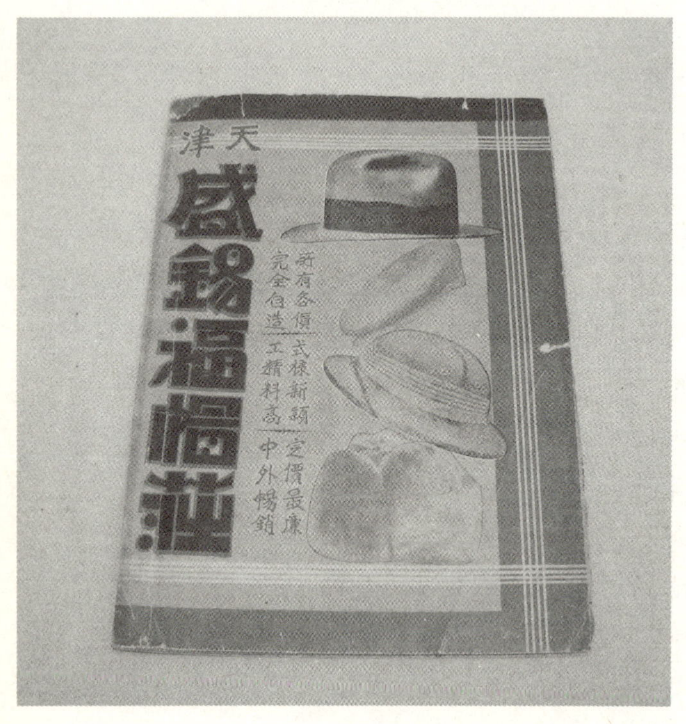

盛锡福帽庄 25 周年纪念册

1936 年鼎盛时的盛锡福走进了京城，先后在西单北大街、王府井大街、前门大街和沙滩开设了四家分店。适逢盛锡福成立 25 周年，由于四家分店统一经营管理，统一商品进货，又地处繁华市区，一时间盛锡福帽子风靡京城。在盛锡福帽庄 25 周年纪念册的封面，醒目地印制着盛锡福著名的"三帽"商标，同时也刻上了盛锡福"发展中华国货，努力本国工业"的口号。

说到盛锡福的三帽商标，我们不能不佩服刘锡三的商业头脑和品牌意识。他用草帽辫做圆边，内绘盛锡福当家的皮帽、礼帽、凉帽三种帽样，草圈上写着盛锡福自制，同时用中文写着"国货"。这本纪念册让我们深切地感受到刘锡三“发展中华国货，努力本国工业”的爱国心、责任感和强烈的商标品牌意识。

非洲女帽：实现盛锡福走向世界梦想的开始

非洲女帽，这是一顶选用上好真丝缎面料，用一根针、一条线完全手工缝制的时装帽，记录着盛锡福开创时尚帽和海外市场的历史。

被业内人士称为“帽儿爷”的盛锡福现任董事长兼总经理李家琪告诉我：改革开放初期，人们又开始讲究穿衣戴帽了，盛锡福人不再满足制作单一的羊剪绒、工人帽，开始研究如何让广大消费者能戴上不同样式的合体、漂亮的帽子。他想起了在70年代初的一件事：一位非洲驻华使馆官员的夫人，拿着本国的画报，找到盛锡福，希望能按照画报上的样式，定制一顶帽子。盛锡福的师傅真让这位夫人开了眼，居然按照画报上的一张小照片，让她戴上了心仪已久的漂亮帽子。于是，盛锡福的师傅根据记忆，仿照原帽进行再设计，制作出几十种时尚帽，当时大受市场欢迎。而那顶非洲使馆官员夫人相中的帽子，因为帽顶上独有的花瓣、云朵和纯手工制作的技艺，不仅受到中青年女士的喜爱，同时也被年轻女大学生们青睐，现在已成为盛锡福独创的保留帽品。

非洲女帽

这件事让盛锡福看到了消费者的需求和他们在市场的位置。近年来，他们制作的七大类、四千多个花色的各式帽子，除了满足国内消费者，也远销日本、澳大利亚、新西兰、英国和美国。特别是他们的欧式鸭舌帽、日式礼帽和中式博士帽，在海外市场一直非常热销。他们期望着不久的将来盛锡福的非洲时尚女帽，一定会出现在非洲的市场上。

传承符：万古独家永存的“合氏篦” 盛锡福的“合氏篦”

合氏璧这个词和虎符的故事，许多人都知道，可盛锡福的“合氏篦”你见过吗？图上这对用来梳篦皮毛的工具，记载了新一代盛锡福人的智慧和良苦用心。

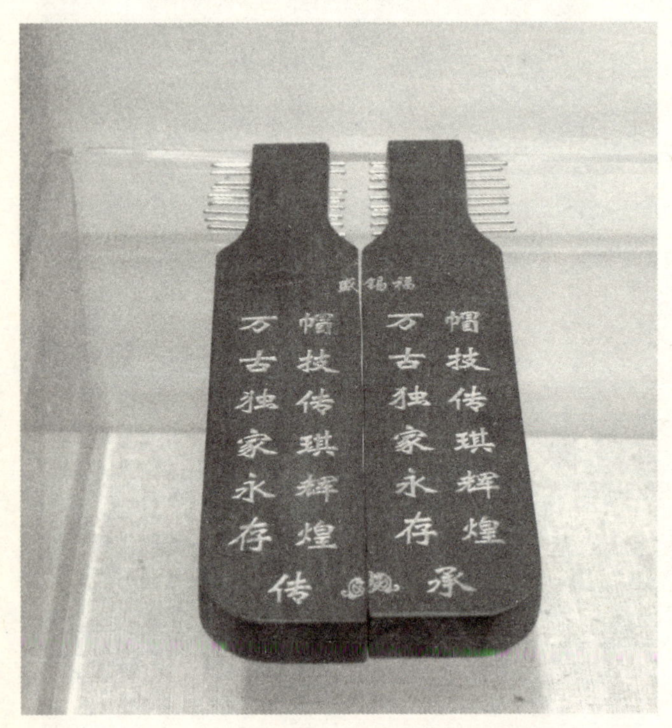

今日盛锡福的传承符

百年来，盛锡福经历了民国时期的鼎盛发展，经历了新中国公私合营的洗礼，经历了“文革”那些年的挫折，也经历了国有企业改革的阵痛……特别是20世纪90年代初，在北京王府井大街改造的几年中，盛锡福老店六次搬迁。俗话说：破家值万贯，而“搬一次家穷一次”使这个老店元气大伤，职工人心浮动，有调走的、分流的、改行的，使得前店后厂的盛锡福，只剩下十八个人。时任盛锡福业务厂长的李家琪戏称：就剩下一块老牌子和十八棵青松。这十八个人怎么也舍不得自己干了这么多年的老厂、老店，不忍心这个老字号就这么完了。于是，他们咬牙坚持着，自己找零散加工活儿、找市场商场专柜推销帽子；他们派代表找领导，介绍老字号的盛名，推销自己的技术。终于他们找回了老店铺面房，也在以后两年多的商战中找回了自信心，找回了盛锡福的繁荣。随着盛锡福名声远播，“头戴盛锡福，脚踏内联升”的谚语，又在民间广泛盛传。盛锡福有了王府井和东四两个门店，不仅在东四店保留了前店后厂的格局，并且在郊区建立了制帽工厂。

盛锡福的技艺不能丢，盛锡福的名号也不能丢。在盛锡福干了一辈子的董事长兼总经理的李家琪和盛锡福第三代传人、国家级非物质文化遗产盛锡福皮帽制作技艺代表性传承人李金善师傅，不约而同地想到了用梳篦制作合氏篦即“传承符”的主意。本来，梳篦是制作皮帽时梳理皮毛必需的工具，由梳针和手把组成。他们俩一边商量一边画，代表老店“十八棵青松”几经波折重振盛锡福雄风的 18 根梳篦针，和雕刻在两块红木上的“万古独家永存、帽技传琪辉煌”的誓言，与盛锡福帽形 logo 浑然一体，在传承符背面则雕刻着传承人李金善师徒俩的名字，而以后的传承人也将在这块符上，留下自己的名字。两人决定由传承人和管理者各执一块，代代相传，作为盛锡福人团结一心闯世界的信物。

传承室：非物质文化遗产的重要基地　盛锡福的师傅展示制帽工艺

自 2005 年以来，盛锡福连续被商业部评定为“中华老字号”，被北京市评为著名商标；2008 年，被列入“国家级非物质文化遗产”名录，老职工李金善被授予“国家级非物质文化遗产盛锡福皮帽制作技艺代表性传承人”。现在，盛锡福又特别在博物馆正厅建立了“非物质文化遗产传承室”。来参观和购帽的人，不仅可以近距离地欣赏李金善师傅和他的徒弟精湛的制帽手艺，看着皮帽的几十道工序一一展现，还可以亲自尝试让李师傅师徒为自己定制做帽子。当然，你还可以亲自参与设计，有兴趣的话

传承室

不妨亲手缝上几针。

俗话说：三百六十行，行行出状元，行行有绝活。盛锡福制帽工艺也和许多手艺一样，家传、师传，口口相授，是一代代制帽工匠技术的结晶。盛锡福第一代制帽师傅李馨轩就是家传的手艺。相传，李馨轩祖上在乾隆年间曾奉旨为乾隆皇帝缝制了一件貂皮大氅。这件大氅不但材料考究，做工精致，更为独到的是，其老祖在貂皮内面用手工绣上了“万寿无疆”四个大字。为此，乾隆爷爱不释手，既爱其工艺精湛，更爱其用心良苦，特钦赐“御笔亲书牌匾一块和黄马褂一件”。

可惜的是，这些物品都在“文革”时期被付之一炬，但这门皮毛制作的绝活却在盛锡福代代相传。

百年樟木箱：皮、毛料的专用储存、保护柜 盛锡福的百年樟木箱

在传承室的一角，放着一个长 1.55 米、宽 0.65 米、高 0.70 米的大木箱。

百年樟木箱

盛锡福第四代传承人李金善师傅告诉我：“这可是我们厂的老宝贝，有 100 多年了。和这同样的还有一个，在厂子里呢。从我进厂后，就一直守着它，是专门存放皮毛料的。”“为什么放在樟木箱里?”我很疑惑地问。“防虫、防潮，保证放多少年都不会坏。”李师傅用手里那把老式铜钥匙，打开老式铜锁后，随着箱盖的开启，一股浓烈的樟木香味扑鼻而来。历经百年的老樟木还有这么浓的味道，真真是个宝啊。

漆绘帽盒、铜帽架：最奢侈的包装与最完美的装潢

照片中的牛皮漆绘帽盒、铜帽架，都是有一百多年历史的藏品。在博物馆三厅那个巨大的展柜中，31 个不同款式、不同质地、不同年代的帽盒，摆满了一面墙。而帽盒中放置的蒙古瓜皮帽，是根据史料仿制的。

帽盒、帽架

我们已知人类从远古的仰韶文化时代就有了首服（帽子在古代被称为首服），却不知存放和保护首服的帽盒源于何时。在本馆展陈的31个实物帽盒中，最早的也是清中期的。其原料有皮质、木质、纸质和竹编、藤编、漆器等，其工艺则有皮质髹漆、皮质描金、皮质漆绘和雕花、彩编等多种技艺，而形状有圆形、椭圆形、梯形、几何形、葫芦形、圆锥形以及单层、双层和多层不同式样。在馆中我们还看到了木质和铜质的帽架，甚至是衣帽箱，像如今手提箱大小的木箱，箱体上有一个斗笠状的帽托。当看到那些高档美观的帽饰安然地存放在这样高档美观的帽盒中时，我们不能不感叹：这恐怕是世界上最奢侈的包装与最完美的装潢了。

（作者孙文华，解放军军事医学科学院毒物药物研究所政治部干事。摄影孙永红，北京市民间文艺家协会会员、东四奥林匹克社区文联秘书长。摄影傅蔷，盛锡福帽业公司办公室主任。此稿2010年7月30日刊登于《北京青年报》。）

茉莉花茶的记忆

吴裕泰

┆ 吴裕泰北新桥店

在吴裕泰经营的众多茶品中，最受京城百姓喜爱、销量占据半壁江山的茉莉花茶，毫无疑问是最能体现吴裕泰茶文化的茶品。吴裕泰的茉莉花茶，香气鲜灵持久，滋味醇厚回甘，汤色清澈明亮，被广大中外消费者亲切地称为“裕泰香”，多年来连续夺得国内及国际大奖。其窨制技艺更是我国茶文化宝贵的无形资产，已被列入中国国家级非物质文化遗产名录。

花茶，亦称窨花茶，用香花拼和茶叶窨制而成，其色、香、味、形与茶坯的品种和质量，以及鲜花的品质有密切的关系。因茶所使用的花的种类不同，可以分为茉莉花茶、珠兰花茶、玉兰花茶、玫瑰花茶等。花茶的大量生产始于1851—1861年的咸丰年间。13世纪时我国已有用茉莉花茶窨茶的记载，明代程荣所著的《茶谱》一书中，对花茶的制法就有较为详细的叙述。

“嘈杂的茶馆，门被用力推开了，进来一位，大步走到中间的桌子旁边，左手背后，右手高举过头，高叫一声：‘掌柜的，来壶高的！’”描绘老北京的影视作品中，都少不了这样的场景。氤氲的茉莉花茶香，着长衫的北京爷，连同堂屋那高高的柱子上贴着“莫谈国事”，成了老北京历史的定格。

京城百姓购茶盛景

一百多年前，吴裕泰的创始人就是靠有着独特魅力的茉莉花茶，在京城叫响了字号。随着历史的发展，很多品种的花茶已经渐渐消失，目前市场上的花茶大都以茉莉花为主窨制而成。北京人对茉莉花茶情有独钟，更是形成了以茉莉花茶为主的“京味儿茶文化”。

虽然大家都喜爱“裕泰香”，但窨制拼配茉莉花茶的复杂过程却鲜有人知。为了北京人喜欢的这口“裕泰香”，吴裕泰一直秉承“制之唯恐不精，采之唯恐不尽”的信条，在花茶加工上，始终坚持“自采、自窨、自拼”的

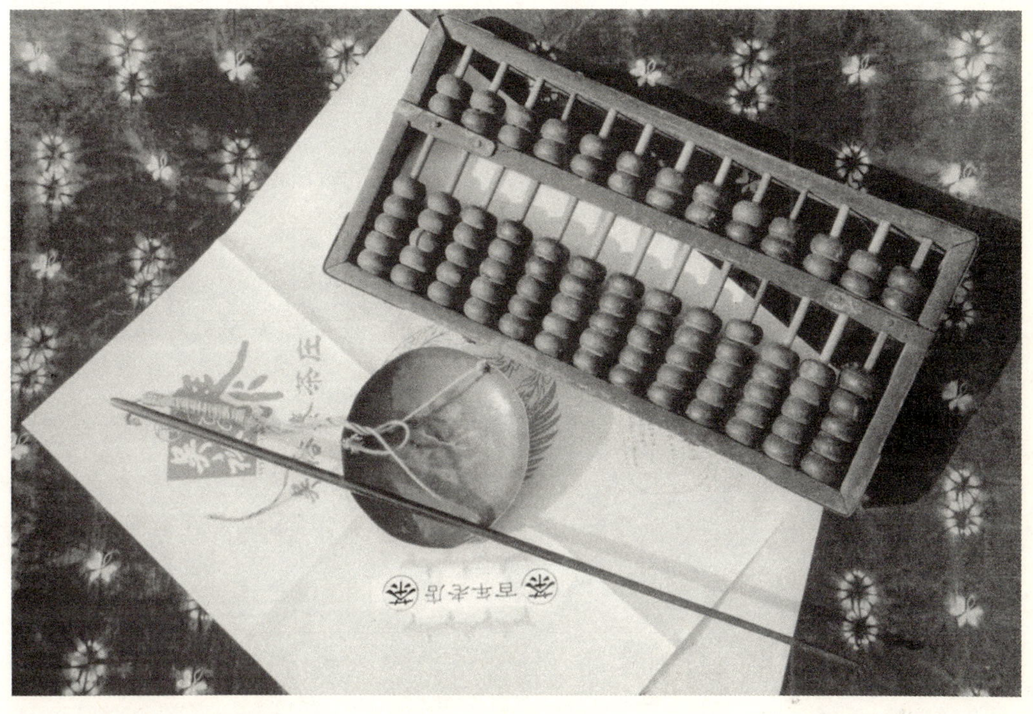

吴裕泰当年售茶所用算盘和秤

原则，保持独特的茶坯制作、花源选择、鲜花养护、窨制拼和、通花散热、起花、烘焙、反复窨制、匀堆装箱、裕泰密配“十步骤”制作技艺，每个步骤都精益求精。首先，挑选适合拼配花茶的茉莉花和茶坯就是一个艰苦的过程。为了让北京人喝上品质优良的茉莉花茶，吴裕泰精心选择含苞欲放的茉莉花朵，花的香气浓度要适当，还要有较高的鲜灵度；而制茶坯的茶叶都是辗转数地，从千里之外的福建、浙江、安徽等地运送至广西横县、福建福鼎、政和等自己的窨花基地；茶叶均采于明前或谷雨前后，这时的茶叶少受病虫侵扰，同时要经过严格的检验，一处不达要求便不能做茶坯之用。好的茉莉花茶可说是融茶叶之美、鲜花之香于一体的艺术品。最关键的环节是窨制拼和：鲜花吐香，茶坯吸香，六窨六烘，花茶合一。茉莉鲜花在酶、温度、水分、氧气等作用下，分解出芳香物质，随着生理变化、花的开放而不断地吐出香气来。茶坯吸香是在物理吸附作用下，随着吸香同时也吸收大量水分，由于水的渗透作用，产生了化学吸附，在湿热作用下发生了复杂的化学变化，茶汤从绿逐渐变黄亮，滋味由淡涩转为浓醇，形成特有的花茶的香、色、味。

最后，各种优质的花茶原料会送到吴裕泰的物流生产中心，质量技术部门根据其感官特征进行审评检验，将每一个品种、每一个批次的原料在外形、香气、滋味等方面的特征逐一记录，再根据吴裕泰自拼花茶的品质特征拟制拼配配方，综合各种原料的优秀品质，形成吴裕泰自拼花茶独特的风格。

北京虽不产茶，但是老北京人爱喝茉莉花茶可有年头了，无论冬夏，无论贫富，吴裕泰的茉莉花茶的香气总是浸润着老北京人的喉咙。多年来形成的品茶习惯，将不少老北京人的口味吊得很独特，茉莉花的芬芳与茶香相互交融，浓浓淡淡、千回百转，凝固了几代老北京人对于茉莉花茶的芬芳记忆。

（本文由北京吴裕泰茶业股份有限公司供稿。）

北京军区总医院的来历

姜昆阳

在朝阳门内大街的路南，有一座规模宏大的医院，人们都知道，这是著名的北京军区总医院。这所医院医术精湛，设备先进，有著名的专家华益慰，还有学雷锋的榜样孙茂芳。

位于北京军区总医院内的老建筑

这所医院的历史悠久，有曲折的经历。

1902 年（清光绪二十八年），慈禧太后刚从西安回到北京。直隶总督兼北洋练兵大臣袁世凯在天津建了一所北洋医学堂，为北洋新军培养军医。这是中国历史上第一所军医学校，学校规模很小。

清政府看上了这所学校，1906 年（光绪三十二年）收编到陆军部，隶属于军医司，学校改名为陆军医学堂，为全国培养军医。这所学校的规模有所扩大，但是教师来源很难解决，只好聘请日本人当教官。

1912 年清朝皇帝退位，这所学校从天津搬到东四六条，建设了新校舍，添置了设备和药品，改名为军医学校。整个学校人数不多，只有培养医师和药剂师的医、药两科，没有分内、外科。教员也大多聘请了中国专家，学制为 3 年。学生由各省保送。

1913 年，在旧太仓为军医学校建立了附属医院，医院在东四六条附近，西到富新仓，东为南新仓，北为兴平仓，面积很大。在这一带，还建立了陆军卫生材料厂，生产医药用品，建立了陆军兽医学校和为军马治病的病马厂。这里成为北京医学的一个中心。

1934 年，军医学校迁往南京。第二年，军医学校附属医院改名为北平陆军医院。

1937 年日本侵略军占领北平，霸占了这所已经有相当规模的医院，把这所医院改成日本国陆军第 151 兵站医院，为日本侵略军服务。1945 年日本投降，国民政府接收了这所医院，改名为军政部北平陆军总院。1946 年又改名为联合勤务总司令部北平总医院。

1949 年北平解放，这所医院为解放军接收，建成华北军区后勤部北京总医院，1955 年改为北京军区总医院。

北京军区总医院在 1991—1993 年连续评为全军白求恩杯先进单位、北京市爱婴医院等称号，在医疗、科研各方面不断取得新成就。

（作者姜昆阳，原东城区政府地方志办公室主任。）

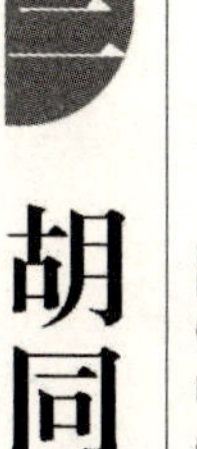

胡同春秋

HUTONGCHUNQIU

这里没有车水马龙，总是安安静静的。这里的人们很讲究“处街坊”，谁家有点事，婚丧嫁娶，道个喜或道个恼。他们安分守己，逆来顺受，不大愿意搬家。他们在这里有棋友、酒友或是鸟友……

东四牌楼

张志勇

东四牌楼位于崇文门至北新桥与朝阳门至沙滩交叉的十字路口，东、西、南、北四面，共四座牌楼，是众多牌楼中的一种类型。

东四东西向牌楼，远处为朝阳门

牌楼，又称牌坊、绰楔（音 xiē），是我国古代建筑艺术之精品，在世界建筑史上独树一帜。在单排立柱上加额枋等构件而不加屋顶的称为牌坊，从唐代开始出现，始为“旌表节孝”而建，如“贞节牌坊”。北京的牌坊始建于元代，当时“坊”是行政区划的单位，坊下设若干条胡同。坊有坊门，额枋上标有“寅宾坊”“穆清坊”等坊名，立柱上还常被用作表彰人和事。原始的坊门为两根立柱上架一条横木。在单排立柱上加额枋、斗拱等构件，上施屋顶的成为牌楼，多用于街道路口或纪念性建筑正前方。至明、清时代，牌楼发展成为一种造型美观、结构繁杂的街头标志或装饰性建筑。牌楼的种类，按建筑材料，可分为木制牌楼、石制牌楼、砖木混合牌楼、木石混合牌楼、琉璃牌楼和钢筋水泥牌楼等；按造型，可分为柱出头牌楼（亦称冲天式牌楼）和柱不出头牌楼。一般街道路口牌楼大多数为冲天式牌楼。牌楼因间数（即指牌楼梁柱之间的通道）不同而称谓不同。如东单牌楼为一间（即一个通道），俗称东单牌楼（简称东单）；正阳门箭楼前的牌楼为五间，俗称前门“五牌楼”。“楼”在这里专指牌楼两柱顶端之间飞檐起脊的屋顶，有一楼、三楼、五楼、七楼、九楼和十一楼之分。牌楼色彩艳丽、雕刻精美，以示华贵、尊威。

明朝是我国古代建筑艺术发展的高峰时期。永乐皇帝定都北京，不仅修建了金碧辉煌、雄伟壮观的紫禁城（皇宫）和皇城，而且在皇城两侧（崇文门至北新桥和宣武门至新街口）南北大街与朝内大街和阜内大街相交的十字路口，分别修建了四座牌楼。四座牌楼隔皇城遥相呼应，形成了古都街景的一大亮点。东侧四座牌楼，称东四牌楼；西侧四座牌楼，称西四牌楼。两侧共八座牌楼，均为四柱三间三楼式，柱为朱红漆出头冲天式。四根立柱的柱根，以高1.22米、宽1.03米的夹柱石包裹。柱头为砖雕浮云图案，四瓣莲花上蹲兽，名犼（音hǒu）。楼顶为灰筒瓦，正脊两端有吻兽，垂脊顶端置小兽。额枋、斗拱、檐椽均饰以彩画。东四牌楼额书东曰“履仁”，西曰“行义”，南北曰“大市街”；西四牌楼额书东曰“行仁”，西曰“履义”，南北曰“大市街”。

从两条大街东、西向牌匾额书看，不管是“履仁、行义”，还是“行仁、履义”，前边的“履”和“行”均为实践、实行的意思；后边的两个字连起来都是“仁义”。两条大街南北额书均为“大市街”也寓意着做买卖人的“诚信”。

额书具有标记、赞扬或提倡的作用。东、西额书的核心内容是“仁义”，这表明当政者是为了维护自己的利益，为了巩固政权，而提倡人们实行仁义之道；南北额书“大市街”，这是一种标记，说明在明朝北京皇城两侧南、北大街，是两条繁华的商业街。老北京有句俗话：“东单（含东四）西四鼓楼前”，这说明在明朝有三条大街最繁华，其中就包括皇城两侧的“大市街”。当时，在这两条大街上，货栈、店铺鳞次栉比。除此之外，西四牌楼附近还有都城隍庙市、白塔寺庙会和护国寺庙会，东四牌楼附近有灯市、隆福寺庙会和估衣市场，都是当时游人聚集、商业兴盛发达的地方。

护国寺始建于元代。明成化八年（1472 年）赐名护国寺，为明代皇家巨刹。清乾隆时有庙会。因该庙坐落在西城，故老北京人称之为“西庙”，每月初七、八日开庙。

隆福寺，明景泰四年（1453 年）建成，始为皇家香火院，自清乾隆年间成为古都“诸市之冠”。因该庙坐落在城东，故老北京人称之为“东庙”，每月逢九、十日开庙。

护国寺、隆福寺庙会，历经沧桑，直至北平沦陷期间才逐渐衰落。其兴衰期间，来此两地逛庙会的，上至达官贵人，下至平民百姓，男女老幼纷至沓来，游人如云。“东西两庙货最全，一日能销百万钱。多少贵人闲至此，衣香犹带御炉烟。”“逛庙常是人拥人，汗出头上挂灰尘。猛看好似小鬼样，不知游者为何幸。”清代人得硕亭、子鸿这两首《竹枝词》，生动地描绘出当时庙会热闹的情景和逼真的形象。庙会内珍奇百货、书画古玩、花鸟鱼虫比比皆是，异彩纷呈，琳琅满目。杂耍、小吃是东、西庙会的特色，如灌肠、扒糕、豆汁、茶汤、面茶、凉粉、爆肚、煎饼、元宵等，多种多样，随季节更换，不一而足。届时，江湖艺人来此打把式卖艺、说书、唱戏、双簧、拉洋片；还有耍猴、耍耗子和卖风车、风筝、兔儿爷等儿童玩具的，热闹非凡。有的游人逛庙会，是特意来满足口腹的。“煨羊肥嫩数京中，酱用清汤色煮红。日午烧来焦且烂，喜无膻味腻喉咙。”“大铜壶里炽煤柴，白水清汤滚滚开。一碗冲来能果腹，香甜最好抢婴孩。”这两首描绘“烧羊肉”和“茶汤”的《竹枝词》，文字朴实、语言流畅、韵味悠扬，读起来好似北京庙会传统小吃又呈现在眼前，勾起口中的馋涎和食欲。

北京古牌楼原有57座，20世纪初尚存35座。清末民初，已有一些牌楼年久失修陆续朽坏。后来，为改善交通环境，主要街道路口的牌楼陆续被拆除。如今，被保留下来的街道路口牌楼已寥寥无几，仅剩朝阳门外神路街口的琉璃牌楼、国子监街牌楼和颐和园东宫门外的牌楼等有数的几座。

东四牌楼和西四牌楼，虽然已于1954年拆除，但是，“东四”“西四”这两个地名，仍保留至今。特别是朝阜路的东、西贯通，沿街两侧文物古迹的修缮和开发，将为古都历史风貌留下美好的记忆。

（作者张志勇，东四街道工委副书记。）

王府里看皇子争位

李钟秀

东四地区曾有清朝两处显赫的王府。一处是恒亲王府，位于朝阳门内烧酒胡同内，建于清康熙四十八年（1709 年）；另一处是怡亲王府，位于朝阳门内大街北侧，建于雍正八年（1730 年）。这两处王府主人的更迭，反映了皇族内“顺我者昌，逆我者亡”的残酷斗争。

恒亲王府始主人胤（音 yìn）祺，生于康熙十八年（1679 年），是康熙帝的第五个儿子。18 岁时，便随皇父康熙征讨噶尔丹，领正黄旗大营。平定了噶尔丹的叛乱，巩固了边疆。次年，康熙三十七年（1698 年），胤祺被封为贝勒。康熙四十八年（1709 年），晋封为恒亲王。

清朝诸皇子成人后，赐封世爵，分拨人口，建立府第，设置官署，对内临政，对外领兵。康熙帝每次出征，都带上两三个成年皇子。他的本意是培养教育皇子，不料，诸皇子都因此更增加了权力与财富的欲望。诸王贝勒所属人员“各庇其主”，进而纠集党羽，这就容易与皇权产生某种矛盾。这种矛盾也涉及皇子之间的斗争，这是清圣祖始料不及的。

复杂的皇族诸子与皇帝和彼此之间的矛盾，自康熙年间，便呈白热化，而且营垒分明。

康熙帝的儿子太多，共 35 位；他在位时间又长，共 61 年（1662 年—1722 年）；他立储又早，康熙十四年（1675 年），册立刚过一周岁的嫡长子胤礽为皇太子。皇储急于“就位”，康熙一怒，于四十七年（1708 年）废了太子。太子废了，诸皇子又掀起争储的斗争。

胤祺的生母是宜嫔郭络罗氏。她生有二子，皇五子胤祺和皇九子胤禟。

在皇子争储斗争中，皇九子胤禟与皇八子胤禩（音 sì）结成死党，胤祺自然也站在胤禩一边。康熙六十一年（1722 年）皇上驾崩，诸皇子没看到遗诏时，皇四子雍亲王胤禛即位，为世宗，年号雍正。

按帝制，诸皇子的名字与当朝皇帝的名字避讳。胤禛即位，诸兄弟的“胤”改“允”。

争储斗争，转向对新皇帝的质疑。其中允禩与允禟闹得最欢。允禟敢不跪接雍正帝的圣旨；允禩则到处讲怪话，散布谣言。允祺虽没有明显的反对行动，但对雍正即位也怀疑。

争储斗争中，不动声色的是皇四子胤禛。但，他对诸皇子的“表演”却冷眼旁观。站在他一边的是皇十三子允祥，是康熙目前唯一一个没被封王的儿子。雍正帝自知，即位定招诸皇子对他的议论和不满。开始，他用拉拢手段，即位当夜，赐封允禩为廉亲王，允禩没买账。

雍正皇帝对异己者早早下毒手。雍正二年（1724 年），将皇十子允䄉夺爵圈禁；三年（1725 年）将允禟革爵，四年（1726 年）除宗籍圈禁；四年（1726 年）将允禩革爵圈禁。雍正皇帝甚至将与自己同母的皇十四子允禵于四年（1726 年）革爵禁锢。对此，仍不解恨，他还将允禩和允禟改了名。允禩叫“阿其那”，是“不受待见”的意思；允禟改名“赛思黑”，即“讨厌鬼”，也有文章或影视剧说是“猪”“狗”。皇五子允祺因没有明显的言行，只是将他冷落一边，保全了性命。

雍正皇帝对允祥格外信任。即位当夜，赐封允祥为怡亲王。王府位于今王府井大街路东。允祥也的确支持雍正皇帝的工作。他受命总理户部及户部三库，在财务制度上有所建树。史书记载，说他只用 40 天时间就把朝廷积压之旧案全部了断。雍正三年（1725 年）允祥又奉命总理京畿（音 jī）水利，对于防治河患、兴修水利、开辟营田等，也有成绩。

由于对雍正帝卑躬敬奉，实心任事，累受雍正帝的恩赏，被推崇为“自古无此公体国之贤王”，雍正帝还亲书“忠敬诚直，勤慎廉明”匾额以为褒奖。怡亲王允祥被封为“铁帽子王”，爵位世代不降袭。

雍正八年（1730 年），允祥卒。雍正对其恤葬从优，把怡亲王府改为贤良寺，为其祈冥福。另在朝内大街北侧建怡亲王府。百姓称原位于王府井的怡亲王府为老怡亲王府，位于朝内的怡亲王府为新怡亲王府。

新怡亲王府建筑雄伟，面积广阔，东起北小街，西至东四头条、二条、三条以北小巷，南至朝内大街，北至东四三条。其建筑总体布局，完全符合《大清会典》中对王府形制的具体规定，是清代王府的典型建筑，现为全国重点文物保护单位。

“铁帽子王”府，并不像雍正皇帝希冀的“爵位世代不降袭”。

怡亲王至第六代袭王载垣。咸丰十一年（1861 年）咸丰帝卒。载垣受命为八大“赞襄政务大臣”之一，俗称“八大臣”，辅助新帝同治。两个月后，慈禧太后发动“宫廷政变”，载垣被视为主要政敌，赐其自尽。慈禧收回府第及敕书，夺世爵，其子孙兄弟不得承袭，“铁帽子王”被终止。

怡亲王府赐给了道光第九子孚郡王奕譓为邸。同治十一年（1872 年）晋封亲王，府邸称孚王府，因他排行第九，又俗称“九爷府”。光绪二十三年（1897 年），住在这里的贝勒载澍，因“胆大藐法，孝道有亏”，被革爵圈禁。

回过头来再看恒亲王府，允祺总算寿终正寝。

雍正十年（1732 年）允祺卒。允祺及其后裔共五世六人为此府之王，历时百余年。嘉庆二十四年（1819 年），此府被赐给惇亲王绵恺，允祺后人搬离此府。绵恺于道光十九年（1839 年）卒，因他的儿子已死在他前，道光二十六年（1846 年）以皇五子奕誴为嗣，百姓称此府为“老少五爷府”。

惇郡王奕誴袭爵后，因“屡次失礼”，曾降至贝勒。后恢复郡王。奕誴卒，其第一子载濂袭贝勒，继加郡王衔。光绪二十六年（1900 年），因“纵容义和团”，被革爵，在家“闭门思过”。

纵观老少五爷府和新老怡亲王府主人的更迭，是当朝皇权政敌者，必死无疑；其他不“听话”的，诸如“胆大藐法，孝道有亏”也好，“屡次失礼”也罢，“纵容义和团”也可，多少也是对皇权的不尊重、没“听话”，只不过没到“政敌”的地步，因此保了小命。住在府邸中的主人，最安全的办法就是对皇权的“唯唯诺诺”。

（作者李钟秀，原中国妇女出版社社长。曾居住在东四三条。）

我太爷救了梅兰芳

富察·玄海

傅恒像

近日，电影、报纸都在谈论影片《梅兰芳》。很多旧事被提及，也有媒体说到了刺客事件，即大学生李志刚一事。如果不是影片的上演，我也不会把当年我太爷舍命搭救梅兰芳先生的一段往事写出来。因为，影片与事实不相符，在此更正，以供读者知晓。

民国十六年（1927年）九月十九日，北京发生轰动全国的绑票大案。东北籍大学生李志刚，是奉军某军官之子，是女老生孟小冬的痴迷者。每逢孟小冬的演出，每场必到，场场高呼喝彩，甚至在戏园后门捧花相送。日子一长，李志刚囊中羞涩，又听说梅兰芳老板也力捧孟小冬，更是急火攻心。便与同窗好友赵某密谋，以探望拜访为名，前往梅宅。

正在东四九条路北的梅宅后院陪朋友打牌的梅兰芳先生，听说有人来访，便起身要去接待。谁知适有北平某报社社长，人称张三爷的张某，也在此闲坐观阵，便主动愿为梅先生去接待。张某在客厅与李志刚、赵某二人寒暄未罢，李志刚已掏枪在手，声言索银十万，否则枪响人亡。

梅先生闻听此事，忙赶到客厅，对李志刚说："天色已晚，银行夜间不办公，家中一时无法凑足，现把所有几千元奉送二位，改日一定如数奉送。"李、赵二人只好悻悻而走。谁知梅家已有人给侦缉队报了警。这时，房上、院外侦警密布。李、赵二人急忙退回屋里。恼怒间，李志刚举枪打死了张三爷。顿时，枪声大作，屋内乱成一片，枪声响作一团。赵某被击毙，侦警也有三四人受伤。李志刚在客厅死守，双方陷入僵持。

荣启

翌日清晨，我太爷吉禄（时任内三区侦缉队小队长）刚从东直门外放鹰回来，一进东直门就有人跑来报信。我太爷赶到九条现场，也是一时性起，便对侦缉队队长余珍说："你把人撤了，我把这小子给你挟出来。"余珍嘱我太爷说："吉禄，这小子会双手使家伙（枪），你得留神。咱们三四个弟兄已挂花了。如果你救了梅老板，可是头功。"

我太爷一个健步冲入梅宅，直奔客厅。屋里喊着不准进来，可是我太爷已踢门而入。只见客厅里一个年轻人手持双枪正顶着梅先生，地上横着两具尸体。我太爷冲着歹徒大喊道："好小子，你还不快走，侦缉队就要进来拿你呢！"趁歹徒一愣，我太爷已冲到二人身边，一把推开梅兰芳，跨上一步，右臂一挟李志刚，往外就走。歹徒挣扎中，一枪打中我太爷的左臂，我太爷大吼一声："好小子，我挟死你。"刚走出屋，侦缉队、军警一轰而上，争夺歹徒李志刚，竟把歹徒活活地生拽毙了命，可上半身还在我太爷受伤的臂上没拽掉。随后，人头砍下，挂在东四十条口电线杆上示众。

事后，梅兰芳先生多次到我家——东四隆福寺东廊下16号，看望我太爷。梅先生拉着我太爷的手说："老爷子，您为我挂了花，没有您就没有我梅兰芳。今后您的开销我全包了。"我太爷说："这是哪里话！这是公差，也是咱俩的一点缘分。不足挂齿。"

自从我太爷受伤后，梅兰芳先生常来家看望，或派人来问候。日子一长，梅先生跟我爷爷荣启结下了很深的交情，他们的友情恰似金兰之好。

1951年，我太爷吉禄在东四隆福寺东廊下去世。梅先生送来花圈挽幛，和一堂和尚念经的焰口。随着新中国的成立，社会形势的发展，我太爷的去世，梅先生和我爷爷荣启之间的友谊，日渐君子之交淡如水，没有大事不往来。但我深信，他们之间的友谊别人无法得知，也是无法猜测的。因为，有社会的前进，思想的进步，每个人都在不同的工作岗位向前、向前……

（作者富察·玄海，傅恒后人，满族社会活动家。打小生活在东四。已故。）

“王八盒子”丢了

李秀霞　张立贵

“王八盒子”是日本兵身上背的一种手枪。“王八”属于京骂的一种口语。日本兵侵入北京城，烧、杀、抢、掠，无恶不做。老百姓对日本兵恨之入骨，但慑于他们的淫威，敢怒不敢言。看到日本兵身背像王八盖子的手枪，在屁股上晃来晃去，就给它起了一个名，叫“王八盒子”。寓意这种杀人的武器背在王八身上，以发泄百姓心中对日本兵的愤恨。

在日伪时期，府学胡同西口住着日本宪兵队，每天都要派兵到东单牌楼去执勤。当时，从北新桥到东单牌楼这条大街上，交通工具只有有轨电车。日本兵为了省时省力，常坐有轨电车去执勤。

记得是在1938年春天的一个早晨，正赶上蟠桃宫庙会的最后一天，也就是农历三月初三吧，赶庙会的人特别多。下午我放学回家，看到有一堆人围着有说有笑，仔细一听，是在讲故事，我赶紧停下听起来。

那时，从北城到南城赶蟠桃宫庙会，有轨电车是唯一的廉价公共交通工具。当电车行驶到东四十二条车站时，车厢里已挤满了人。两个身背王八盒子的日本兵，因着急去执勤，便怒气冲冲地叨咕着，好像在说：让开！让我上去。正在这时，有两个商人打扮的年轻人，将两个日本兵推了一把，顺势也挤了上去。电车行驶到魏家胡同车站，两个商人打扮的年轻人下了车。

电车响着“当、当”声，继续朝前行驶，经过钱粮胡同，快到东四牌楼车站时，一个日本兵无意中一摸后屁股，觉得不对劲，急忙把“王八盒子”拽到前面一看，立刻傻眼了，枪套里装的竟然是半儿拉砖头。他赶紧呜哩哇啦地向另一个日本兵喊着。另一个日本兵一摸枪套，也是装着半儿拉砖头。这下可把两个日本兵急坏了，又是一通叽里咕噜地嚷叫。人们都惊讶地不知发生了什么事，有懂日语的乘客告诉电车司机，意思是叫停车。电车司机也茫然不知所措，将车停在了东四牌楼车站。两个日本兵把车上的乘客全都轰下来，一个日本兵就地看守，另一个日本兵报告警察。等警察赶到后，凡是乘这辆车的人，全部被询问、搜身，然而，却是一无所获。两个日本兵仍不甘心，责令警察立案侦查。警察虽然口头答应，但心里暗想：一车人都搜过了，都没搜着，还上哪立案去呀！你们俩等着回宪兵队挨揍吧！从那儿以后，日本兵再也不敢坐有轨电车换岗了，即使坐，也有警察跟着当保镖。

说到这儿，那个讲故事的人得意地问大伙："你们猜，那两把'王八盒子'让谁给顺走了？"大伙不约而同地伸出右手拇指和食指比画着。当时，我也伸手学他们的样子，但究竟是什么意思却不明白。因为我那时不愿意学日语，在学校经常挨揍，我打心眼里恨日本兵。听着大人们讲日本兵丢"王八盒子"的故事，高兴得不得了。那场景至今记忆犹新。

直到我长大了才知道，那用大拇指和食指表示的"八"字，原来指的是"八路军"。老百姓在津津乐道此事的时候，猜测这事八成是地下党干的。

（采录者李秀霞，东四六条居委会社区工作者，居住在东四六条；讲述者张立贵，原在东城区卫生防疫站工作，居住在东四六条。）

中国少年戏弄日本教官

李秀霞　张立贵

我小时候在新鲜胡同市立三小上学。那会儿，中文不及格没事，日文不及格升不了学。我就是不爱学日文，因此，常受到日本教官的打骂和惩罚。

记得一次上课时，日本教官给我们讲“桃太郎”的故事。说有一家，老头儿和老太太老两口儿住在山下。这年春天，吃过早饭后，老头儿和老太太一起上山去种地，忽然看见山上泉水冲下一个大桃。再一看，大桃里跳出一个小男孩儿，小男孩儿不由分说，便帮助老头儿、老太太种地、干活。原来小男孩儿是个神仙。老头一家从此就富裕起来了。故事讲完了，日本教官就让每个学生用日语讲这个故事，轮到我讲时，由于我不爱学日语，所以用日本话讲不出来，就用中国话说：“那个小男孩儿是妖精。”日本教官说不是妖精，是神仙。我说是妖精，并与他争辩：《西游记》中动物、植物变成人形的，都是妖怪。后来，日本教官恼羞成怒，拿起教鞭就打我，把我的头打起一个大包，下课后还不让我走，罚站蹲，就是头顶在黑板的下沿处半蹲着。

我们的体育老师姓夏，是中国人。他知道了此事后，对我说：“你这小孩够拧的！你恨他吗?”“恨!”“那你得想办法对付他。”

从此，我留意起日本教官的行踪，发现日本教官每天早晨上厕所的时间很固定，便想利用他这个机会报复他一下。

一天，我提前从家出来，把书包放到朝内小街口铸造厂里的一个铁锅下面，就到了学校教室。把教室门打开一个小缝，用教鞭垫在上边，又把装粉笔的铁盒里倒满墨汁，放到教鞭上边。安排就绪后，我便把教室后门打开，椅子挪开，为逃离现场做好了准备。之后，便盯死了日本教官上厕所时的必经之路。一会儿，日本教官走了过来，我就躲在桌子下面发出怪叫声。日本教官很奇怪，循着叫声推门进了教室。随着教室门被打开，哐当一声，铁盒里的墨汁全都洒到日本教官的头上，日本教官立即成了黑头，鼻子、眼睛、嘴都被墨水盖住，气得他一阵大叫。我趁他擦眼睛之际，迅速从后门溜出去，跑到斗母宫胡同，顺着墙边的槐树爬上去，翻过墙，从斗母宫胡同跑回小街口铸造厂，取回书包，来到学校。

被戏弄的日本教官气愤至极，把全校学生召集起来，挨个询问。我心里十分紧张。不过，所有学生都说不知道，都猜是校外的野孩子干的，就连校长也这么说。日本教官没办法，大骂一通后也只好认倒霉了。全校的中国老师和学生们虽然嘴上不说，心里可都出了一口闷气，因为很多老师和学生都挨过这个日本教官的打。不久后，这名日本教官被调走了，我心里暗自高兴：耀武扬威的小日本，让你也尝尝中国小孩的厉害！

（采录者李秀霞，东四六条居委会社区工作者，居住在东四六条；讲述者张立贵，原在东城区卫生防疫站工作，居住在东四六条。）

四合院送出烈士

李钟秀

1984年，我们筹备纪念贝满女中建校一百二十年的时候，翻阅着历届同学录，兴奋地看到大姐姐、小妹妹们为人民作出了卓越贡献，应了冰心先生为校庆一百二十周年纪念所做的题词：“发扬爱国、爱校、团结、友爱的传统，在各自的岗位上，为社会主义祖国的四个现代化做出最大的努力!”

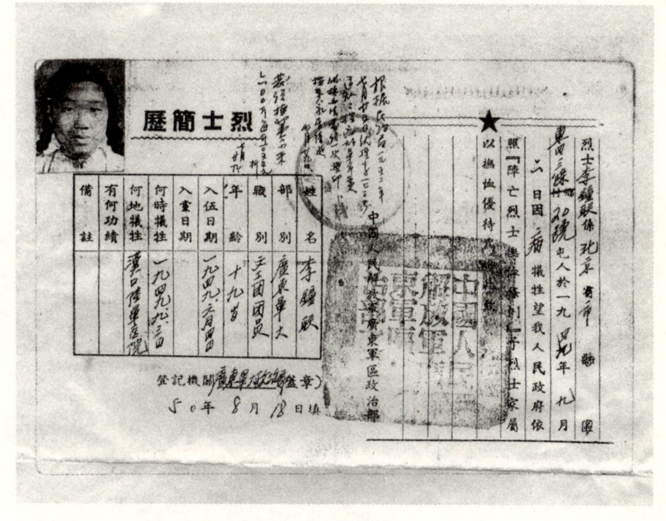

烈士簡歷

姓名	部别	職别	年齡	入伍日期	入黨日期	何時犧牲	何地犧牲	有何功績	備註
李鍾联	廣東軍大	团员	十九岁	一九四九.六月四日		一九四九.九.三日	漢口陸軍医院		

登記機關（蓋章）

50年8月18日填

烈士李鍾联係北京市 縣 區人於一九四九年九月 日因 犧牲望我人民政府依照「陣亡烈士 條例」 烈士家屬以撫恤優待

中國人民解放軍廣東軍區政治部

烈士证书内页（原件现存妇女博物馆）

在这同时，我不禁思念起我的二姐李钟联。

钟联是1946年考入贝满高中的。

她来到贝满后，得到进步同学的启发和帮助，对个人命运和国家命运的关系，有了本质的认识。在家里，我们听到最多的是妈妈关于“爹有娘有不如怀揣自有”的自立、自强的教诲。这种教诲，只限于个人对命运的掌握。当钟联姐进到贝满女中后，她从讲究的校风中，看到了个人命运只不过是国家命运链条上的一颗螺钉。链条生锈，螺钉有何作为？犹如“皮之不存，毛之焉附”的关系。国家兴亡，匹夫有责。

烈士证明书封面

贝满女中虽说是基督教会学校，昂贵的学费令很多人家女儿却步。但贝满女中的生命力并不是其宗教信仰，恰恰是一群无神论者们擎起的革命旗帜。在《白雪对阳光的皈依》中，我写过，1924 年我们的老校长管叶羽为保护李德全同志，面对军阀强权硬是把李德全藏在女教员宿舍，为此他被捕，但仍刚正不阿。李德全安全转移。在这样的校长领导下的学生，在勤勉读书过程中，被灌入忧国忧民的情愫。学校的同学，从 20 世纪 20 年代开始，陆续参加在北平发生的各种学生运动，如 1926 年的“三・一八”那天，贝满女中便有同学参加了反对段祺瑞执政府出卖国家主权的集会，并参加了由李大钊率领的游行队伍，到铁狮子胡同（今张自忠路）执政府去请愿。鲁迅著名的散文《纪念刘和珍君》说的就是在这次游行示威中被镇压学生运动的军警杀害的北京女子师范大学学生自治会主席刘和珍。

以后，贝满女中同学在中共地下党组织的领导下，参加了 1931 年“九・一八”救亡运动、1936 年“一二・九”学生运动等等。这些革命传统，一届届地传承下来。

1946 年正是国难当头，呼吁停止内战、反饥饿、反迫害的运动正在酝酿中。钟联姐理解了这些，不再埋头死读书了。

不久，全国学生运动蓬勃兴起，“反饥饿、反内战、反迫害”运动不可遏制地爆发了。那是 1947 年 5 月，北京大学开始罢课，清华的同学也打出同样的旗帜，派出联络代表进城。5 月 20 日下午，北平各院校学生“反饥饿、反内战”大游行终于展开。这次学生运动规模大，旗帜鲜明，除了大学，很多中学的同学也参加了进去。贝满女中师生在中共地下党的领导下，也参加了游行。钟联姐就在其中。

记得钟联姐参加游行回来时，异常兴奋。她说，他们沿途高唱反内战的歌曲，从北京大学红楼的民主广场出发，经过东安市场的十字路口、天安门、西单、北海，沿途向成千上万的市民宣传，揭露反动政府的内战独裁政策，以及物价高涨、人民活不下去的原因。

“出事情了吗?”妈妈最为担心地问。

“到西单出了一点事，现在还不太清楚。但是，我们周围都是男生，他们把女生围在中间，保护着我们。我们挽起胳臂，一是更有力量，同时也可避免被外界暴力冲散。”

钟联姐滔滔不绝地谈着，她完全忘记了北平还没有解放。

第二天，她又带回信息：“五・二零”那天，军警在游行队伍到达前就加了岗。另有穿着黑色学生装和短打扮的汉子二三百人，聚集在人行道上。游行大队因早有准备，大家挽臂高歌，宣传员仍向周围群众宣传。暴徒乱掷砖石，游行队伍依然英勇挺进。

这次大游行后，学生们决定 6 月 2 日为“反内战日”，掀起更大规模的斗争。

自此以后，钟联姐常常给我们带来一些新鲜的、但总让人心情有些紧张的消息。如××同学化装出城，投奔解放区；××同学中途被国民党军警拦住，被押解回来。特别是在北平解放前夕，学校的学生运动更活跃了，又演戏，又教唱歌。像《茶馆小调》《解放区的天》等，我们都是从姐姐那里学来的。

一天，钟联姐开始收拾衣物，我觉得她有点不同往常。她说她要出去一趟。

“到哪儿去?”我问。

“现在还不知道。”

我们俩住在一个房间，她不能完全避开我。她是要到解放区。但她嘱咐我不要告诉妈妈，怕妈妈为她担忧。当时，父亲和大姐还在长春。

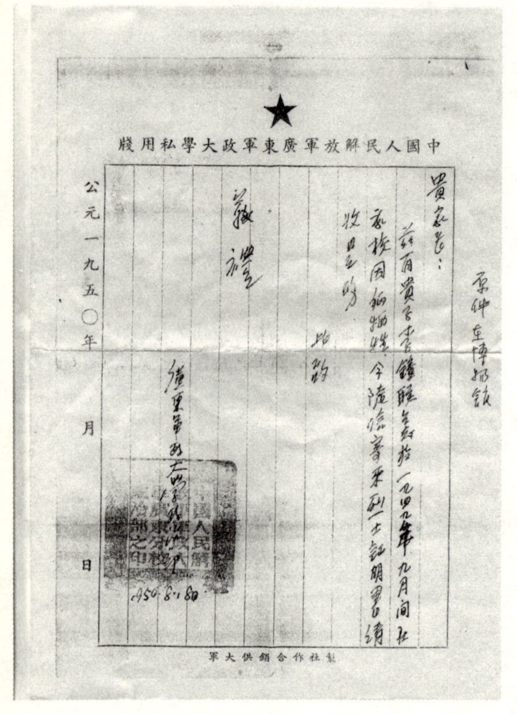

中國人民解放軍廣東軍政大學私用牋

貴家長：

茲有貴子女鍾聯同志於一九四九年九月間在本校因病犧牲，今隨信寄來烈士証明書壹張，收到後盼回。

此致

敬禮

廣東軍政大學第六分校

公元一九五〇年 月 日

1950.8.18

軍大供銷合作社製

部队致烈士家属信复印件

1948年，解放天津战役开始后，姐姐没走成。天津解放了，北平城被解放军严密包围，国民党军队也加紧防范。钟联姐似乎又做过努力，仍没成功，直到北平和平解放。

北平解放后，我们学校高中部各班都有同学陆续离开学校，或参加解放全中国去了，或参加工作建设新北京！二姐已经高三了，按照我家的传统观念，她该读完高中，报考大学。二姐没听爹妈的劝阻，她先加入华北大学，后又转入解放军广东军区文工团。有一天，她穿着灰色的军装，打着裹腿，戴着灰布军帽回家来了。她向爸、妈行个举手礼，全家都开心地笑了。

大概在四月份，二姐从涿州写来一封信，除叙述她在军队里写标语、打快板，鼓舞战士士气，也透露她身体不太好，拉肚子。

二姐参军，不是父母的意愿，但任何一个儿女都是他们身上的肉。特别是二姐，已被选定做我父亲的接班人。这“接班人”不是财产的继承，而是为我家书写对联、春联等。那时，在她十三岁时，便已书写我家的对联了。全家人都看好她的毛笔字。因此，她说在军队里写标语，我们都引以为荣。

此时听到钟联有病，父亲提出到涿州去看看女儿。这可是件大事，父亲不赞同她参军，但女儿有病，他放心不下。那几年，我家家境败落时，他总爱发脾气。到这时已穷透了，大家都没了烦恼，父亲反倒有笑模样了，更加显出他那善良的本性。当他决定去看女儿时，我们没人阻拦。

一生都守护着丈夫的母亲，也放他单飞一程。

父亲以军人家属身份，在涿州部队驻地受到款待，这是他一生最为宽慰的一次。但是，他没看到女儿，女儿早随部队继续南下了。

父亲怅然回来。

三个多月过去，钟联姐从汉口写来信，她述说了解放武汉三镇的情况，没再提身体的事。从此，她如断线的风筝，无影无踪。

全家人想念这个身高马大的二姐。想念中，多少也有对她身体的担心，因为她在涿州时病过。

好了吗？还拉肚子吗？

“水土不服就拉肚子。”母亲从她带大六个孩子的经验去解释这件事。

1950 年 9 月的一个中午，我家收到发自广州的一封信。母亲捏着信封，硬硬的，莫非是女儿寄来照片？她多么想看看自己的女儿。信肯定是女儿写来的，因我家在广州没有任何亲戚、朋友。母亲深明大义，她不再捣后账，埋怨女儿不听话。此时的她，只想听到女儿的消息，能看到照片，更是对她的一次恩惠。

黄色信封被打开，露出一张白色的硬纸，上面印着五个大字“烈士证明书”。证明书上写着钟联姐已于 1949 年 9 月 2 日在汉口陆军医院因病牺牲。仅此而已，没有更多的说明和附加文字，母亲早已抑制不住悲痛，独自一人在厨房嘤嘤哭泣。父亲听到邮差喊“信”的声音，却迟迟不见母亲把信送过来。推开房门，到厨房问原委。母亲泪眼蒙眬地把“烈士证明书”递给了父亲。

全院一时没了任何声息。

这时，我中午放学回家吃午饭，正看见这一幕无声的画面。

吃过晚饭，母亲拣上一两件二姐丢在家里的旗袍，悄悄一个人打开大门，到我家对过儿的南墙根儿，用火柴点燃了衣服，她边哭边叙述对女儿的思念，依然是我跟随在她身背后。孩童时代，除夕夜我陪她在这里“接”祖宗回家过年；现在，是我陪她为二姐送行，送二姐到遥不可及的地方。

二姐，走好。

妈妈一连送你三天，你可曾收到她给你送去你喜欢的衣物吗？

等待你的回音，二姐。

（作者李钟秀，原中国妇女出版社社长。曾居住在东四三条。）

Bye-bye，灶王爷

李钟秀

农历十二月二十三日，是各家各户供奉的灶王爷起程上天，向玉皇大帝报告本宅情况的日子。这天，各家各户不敢怠慢灶王爷。晚饭给灶王爷饯行，必得有鱼、有肉、有酒，还要燃香、点蜡。全家人自然也是大吃大喝一顿。因此，老百姓把这天叫过“小年”，隆重程度仅次于除夕。

灶王爷是套色木刻、手工印制、质地粗糙的画像。每年农历除夕“请”进家，实则是买来的。为了对灶王爷尊敬，必须用“请”字。灶王爷被“请”进家后，先随便在屋子里待几天。除夕夜，在举家欢庆的爆竹声中，被贴在厨房的墙壁上。然后焚香礼拜，才算神归主位。灶王爷画像两边贴上对联，一般上联都是“上天言好事”，下联是“下界保平安”或“回宫降吉祥”，横批也都一样：“一家之主”。灶王爷画像下面钉个小三角木架，上面放一条小木板。小木板上放小巧的香炉、蜡烛台和小供品。

灶王爷是玉皇大帝派驻各家的“检察官”，从落座神位那一刻开始，便“监视”这家每个人的行踪品德，待到十一个月零二十三日那天，起程上天奏本。万一说上几句不着听的话，本宅吃不了兜着走。起程那天自然各家各户好吃好待了。

吃过晚饭，不必招呼，几个孩子齐集厨房，听从母亲的支配一齐参加祭礼。过去看书，都说祭礼要把女性排斥在外，算是封建社会轻视女性的一条“罪状”。我家相反，所有祭礼全由我妈主持，她算得上是我家的女祭司。

吃晚饭的时候，母亲已在灶王爷像前摆了个小方桌，显然，墙壁上的小

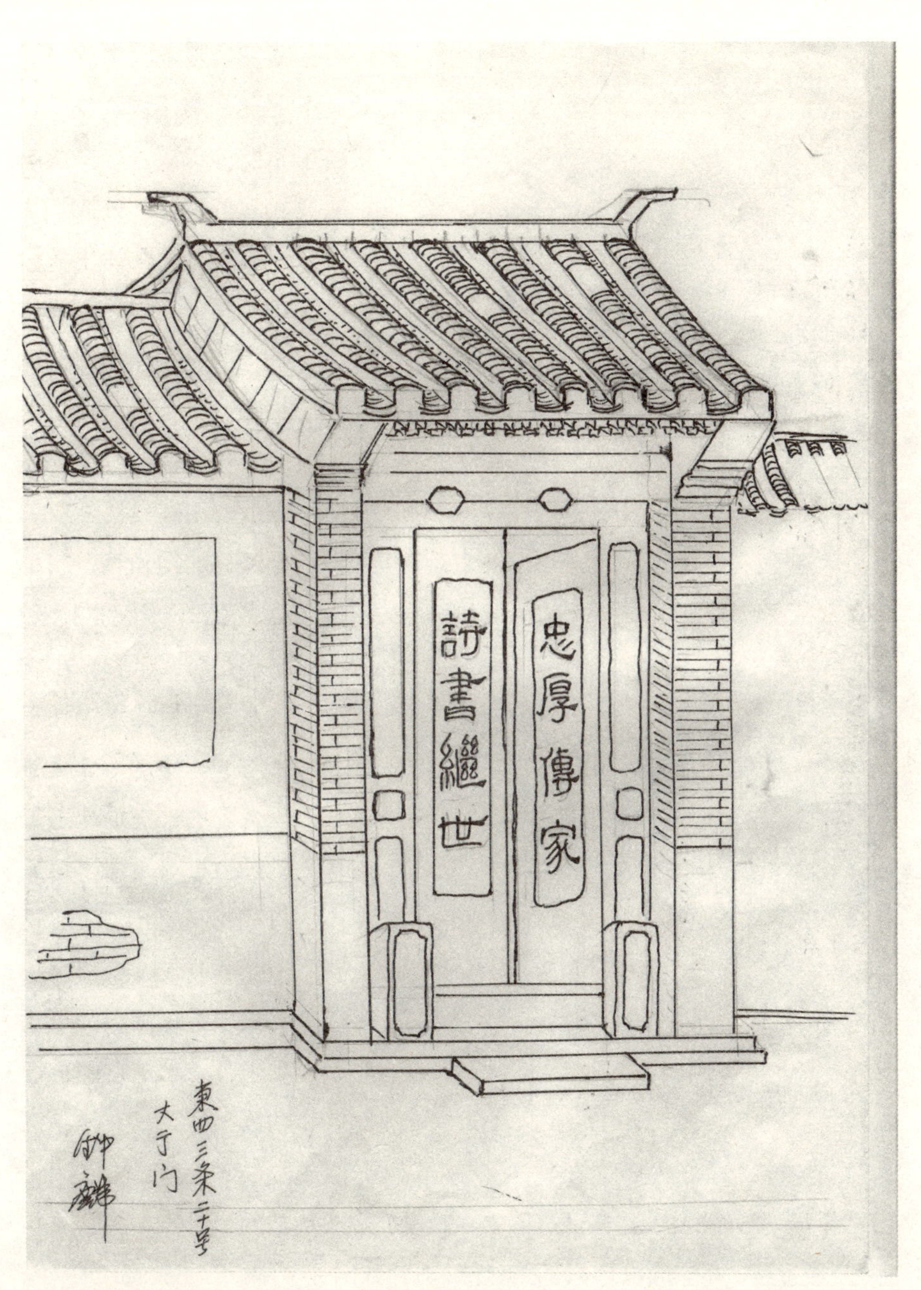

作者弟弟李钟麟按照记忆中自家大门绘制的铅笔画

木架已不够气派了。方桌上的香炉里，已经燃起三炷香，香烟缭绕。两个蜡烛台上点燃的两支红蜡烛，似有意与香炉的香烟挑战。蜡烛火光摇曳，烛烟青灰，整个厨房气氛就是与往常不同。我家晚饭吃的饭菜，母亲挑选精致的几样，分放几个小碟里，供在灶王爷像前。两大盘的关东糖和糖瓜在供桌上特别显眼。

除此，小方桌上还摆放着用高粱秸外皮编结的马、狗和鸡，二小盘黄豆、一小盘小米、一小盘高粱米和一小碗清水。菜自然是给灶王爷吃的，马是为灶王爷上天骑的，狗是灶王爷的护卫，鸡是为了每天打鸣儿叫起儿，使灶王爷不致睡过点。黄豆、高粱米是马饲料，鸡吃小米，清水是它们一行共饮。

李钟麟绘制的记忆中小时候在胡同里打小鼓收破烂的人

“狗吃什么?”我们问。

“吃灶王爷剩的!”母亲认真回答。孩子们点头称是。

晚饭过后，母亲收拾停当，“祭灶”典礼开始……

母亲令我二姐站在板凳上，把灶王爷画像揭下来，放在桌前的一个废旧搪瓷盆里，然后把马、狗、鸡和各种饲料，依次放在盆里。孩子们的眼睛盯着母亲的双手，最关心的是供桌上的那两盘关东糖。关东糖短粗，有的地方叫麦芽糖；糖瓜是用麦芽糖做的仿南瓜造型，大小如小塑料瓶。这才是当晚点睛之物。

父亲在“送灶”的活动中，自始至终不出场。似乎他觉得在厨房里听几个孩子叫叫嚷嚷与他的尊严不太协调。其实，父亲从没做过什么要职。日本侵略军攻占卢沟桥前，他只在一个卫生所干点“闲差儿”。“闲差儿”没什么职务，也不拿薪水。卢沟桥事变后，母亲觉得这份“闲差儿”不能再干下去了，万一日本人进驻卫生所，我爸这样儿的人又不会应付，非遭倒霉不可。爸听从了母亲的安排，从此赋闲在家。

母亲是我家的“大拿”。她把零碎事儿干完，返身回厨房。只见她点燃灶王爷画像及“随从”，口中念念有词：“灶王爷，本姓张，骑着马，挎着枪。上上方，见玉皇，好话多说，孬话瞒着。”说毕，她从桌上拿一块关东糖在大铁炉子的灶口外使劲地涂，然后说：

“什么都别说了，用糖把嘴堵上吧。”母亲笑眯眯地伸直了腰。

厨房里，伴和着燃香味儿、蜡烛油味儿，这阵又掺和进烧焦的关东糖味儿。小小的厨房，一时挤进七个人，有母亲和她的六个孩子，倒显得热气腾腾。

祭礼结束，每个孩子分到数量、品种相同的关东糖及糖瓜。这是我家的传统，任何糖果、花生、瓜子，都是按人头均分，不分大小。我们从小都习惯这种平均分配，从没人提出异议。

每年一次的“祭灶”，每年都有新鲜感。

1949 年 1 月 31 日，北平解放。

解放前的冬天，中国人民解放军早已把北平团团围住。二姐当时参加了地下党的外围活动，她从学校带来解放军的信息和解放区的流行歌曲，如《解放区的天是明朗的天》《团结就是力量》《你是灯塔》等。母亲从街面上也听到许多传闻。可街筒子的老百姓，只待解放军进城。

农历腊月二十三，我家照旧“祭灶”。在点燃灶王爷画像时，母亲说完了往年的那套话后，又找补了一句：“北平解放了，您就别再回来了。”

从此，我家再也没有“祭灶”活动。

附：插曲《送灶王爷上天》（歌词）

（一）

腊月二十三，灶王爷上天。

清水米豆祭神马，酹酒糖瓜送灶君。

孩子争斗君莫闻，猫犬触秽君莫嗔。

（附歌）上天言好事，坏事丢一边。

（二）

腊月二十三，灶王爷上天。

云车风马少留连，家有杯盘鱼肉鲜。

盼君早归取利市，

司主全家获平安。

（附歌）上天言好事，下界保平安。

（合）腊月二十三，灶王爷上天。灶王爷，本姓张。骑着马，挎着枪。上上方，见玉皇。好话多说，孬话瞒着。腊月二十三，灶王爷上天。上天言好事，回宫降吉祥。

（作者李钟秀，原中国妇女出版社社长。曾居住在东四三条。）

小小官司之明断

姜　昆

旧社会，我爷爷是开饭馆的。一开始是开的蒸锅铺，铺面的名字叫“复兴斋”，一九二〇年开张，地址就在现在的北京东四北大街明星电影院那块儿。爷爷带有两个徒弟，一个叫白永亮，一个叫郭俊胜。买卖也就是馒头、包子、糖三角面食之类。爷爷有一手做“提桶包子”的绝招儿，据说这种包子已经失传了。当时，一是在门市卖，二是给有钱人家送，订什么做什么。

在北边儿东四二条对过，有一个“会仙居”茶馆，就像老舍笔下的“老裕泰”那类的茶馆一样，有茶、有酒，还可以自己带菜上这儿来吃。惨淡经营，买卖不好，茶馆的掌柜就想把买卖倒出去。我爷爷一看，就找了“会仙居”的掌柜商量，把他的门脸儿租了下来。然后，把这两间门脸儿、四间到底的房子起名为“同福斋”，连同蒸锅铺一起就改成了饭馆，经营家常饼、炒菜、包子一类的小吃。买卖大了，需要投资。爷爷钱不够，就和徒弟商量。郭俊胜听说，就拿出二百块钱入股，“同福斋”就开张了。

谁想到，这二百块钱，就埋下了以后和郭俊胜的一场官司。父亲曾和我聊起此事，我把它如实地记录下来了。

我：“同福斋”开了以后，还管送订做的饭菜吗？

父：还管。郭俊胜就是管送饭的。当时的东四二条，有一个庄王府，大概是明清一代破落的王府。天天在咱们这儿定包子，由郭俊胜负责给送。那边联系的人是白老太太，她是东家手底下办事的。

我：因为什么和郭俊胜打官司？

一九三四年秋，爷爷（右一）当童子军时全家合影（照片由姜昆先生提供）

父：因为入股的事。他到“庄王府”送饭，经常一去就是半天。以后成宿成宿地不回来。后来了解，赶情他在那儿伙着耍钱。输了，就把人家给的饭钱押上去。没钱就到柜上来借。

我：柜上借给他吗？

父：管账的贾先生是郭俊胜介绍来的，他们又都是通县东榆林庄的人。郭俊胜就找他借，借了以后，贾先生就把他的账记在水牌上。

我：什么水牌子？

父：就像现在的小黑板似的。不过那是用油漆油的，然后用毛笔写在上面，不用了就用湿布涂掉。日久天长，今天不交钱，明天又借钱，你爷爷一算都三四百块了，就问郭俊胜：“借那么多钱干吗去了？”他支支吾吾答不上来。后来，有人告诉你爷爷，他净耍钱，而且沾染上坏毛病。你爷爷就急了，打了郭俊胜一个嘴巴，骂他不学好。

我：哟，怎么还打人。

父：那时候不是旧社会嘛，又加上什么“师徒如父子”的关系。

我：那郭俊胜呢？

父：郭俊胜跑了，跑到天津自己摆小摊儿去了。

我：哪年跑的？

父：大概是 1926 年。一跑就是 20 年，杳无音讯。谁知在 1948 年的一天，郭俊胜带着一个国民党军官找上门来了。你爷爷一看，就问：“俊胜，你怎么回来了？”郭说：“您把我打跑了，我也没脸见您，我上天津摆小摊儿了，结果也没混好。现在，我在西郊部队里当厨子呢！这是我们头儿。”你爷爷一看，那军官也不是什么大官儿，但是也不敢惹，就忙摆下一桌饭菜，请他们吃饭。吃饭、喝酒时，那军官是一声也不言语。你爷爷也知道来者不善，就等着下文。果不其然，吃完以后，郭俊胜说话了：“师傅，我现在混得不好，您的买卖发了。可是这同福斋有我的股儿，我入了二百块现洋。从那层关系上，您得给我算算账吧！”你爷爷一听，就说：“你是入了二百块的股，可你 1926 年跑的那阵，从柜上已经借了三四百块钱了，那该不该算？”这时候，那军官就问了一声：“凭据呢？”当时，你爷爷就没话了，水牌子都烧火了，哪儿找凭据去。

我：那怎么办？

父：这时候，那军官笑了：“掌柜的，我看这么着，你们师徒如父子，就冲他现在的困难劲儿，您也应该帮助帮助他。我出个主意，您就给他三千万块钱（法币），咱们就算了事儿了。”

我：三千万块钱合多少？

父：我也不清楚，不过反正不少。你爷爷一看，事情已经这样，就说：“现在让我拿出三千万我也够呛。这么着，我去凑，你们给我段时间。可话得说清楚，这位长官讲了，因为你困难，又提起了过去的关系，算我帮你，没股东什么事。我凑齐了钱，你给我立个字据，咱们是永断干戈。”郭俊胜一听："那行。"抬起屁股和那军官就走了。

我：这钱当时不给不行吧？

父：你没看是两人来的嘛，惹不起。你爷爷赶紧凑钱。让当时管账的周先生写了个字据，以郭俊胜的口气，讲收到了三千万元法币，并且还写上了"今后与同福斋永断干戈"的字样。

我：你们做事也留一手啊。

父：在这期间，郭俊胜还给你爷爷来了一封信，信是墨笔写的，意思是讲还算有交情，让速给凑钱，其中有这样的一句话"承蒙慨然相助，实深感祷"。

我：郭俊胜写的？

父：他目不识丁，我们分析是那军官给写的。这信看完了以后，你妈就把它放进条案上的帽筒里了。

我：帽筒？

父：就是桌子上的一个柱形的瓷瓶，来客人，把帽盔放在上面，平时里面塞一些没用的东西。过了一个月，钱凑好了。郭俊胜和那个军官又来了，你爷爷把钱交给他，让他在字据上签字。那个军官看了以后就说："钱我们拿走。今天我们没带图章，日后盖好，我们给您寄来。"你爷爷也不知其中有诈，就应允了。我听说以后，就告诉你爷爷不行，你爷爷一听就急了："我的事你管不着。"

我：我爷爷干吗不听你的？

父：一是他有气，二是我那时才二十多岁，他也信不着我。结果是一连等了一年多，也没见回音儿，这事也就搁下了。

我：后来这官司什么时候打的？

父：北京四九年解放。五〇年初，我们接到了法院的传票，郭俊胜在北京市地方法院把你爷爷姜宗礼告了，内容是"我与同福斋合资经营，现在姜宗礼不承认。解放了，我要求清算这个买卖。"当时，接到传票，如晴天霹雷。你爷爷都六十多了，忙问我怎么办，我说："您这是烧香引鬼，去吧！"地方法院的旧址在西城四眼井，就是现在人民英雄纪念碑那儿。按法院规定的时间到了那儿，郭俊胜带了两个证人，一个是原来管账的贾先生，一个是“庄王府”的白老太太。这两个证人是证明郭俊胜确实投资二百块钱。被告就是你爷爷。根据法律程序，一一问清了姓名、身份，然后就开始各自接受法庭的询问，陈述情况。

我：你们当时心情怎么样？

父：打鼓。尤其是你爷爷，刚刚解放，对党的政策也不清楚，一听郭俊胜请人民政府帮他“清算”，吓得腿直哆嗦。我也不敢多说话，因为咱们是资方。休庭以后，法院要做调查。我们都出来了，郭俊胜和贾先生拍着我的肩膀说：“师弟，这事儿你都不清楚，你那时还小呢！”我只好赔笑：“是，是。”

我：他们倒真是胸有成竹。

父：回来以后没多久，法院真来人了，我们就向他申述了理由，讲了事情的详细经过。法院一再向我们讲：“人民法院，秉公扶正。我们重证据，重调查，绝不会有任何偏袒，你们一定为法庭审判积极提供证据才是。”我们听了也很感动，也心焦。感动的是法院耐心地听被告的陈述，心焦的是我们只有证词，没有证据。第二次合庭的前一天，正为这事着急的时候，你妈告诉我：“帽筒里还有一封郭俊胜的信，不知有用没有。”我们赶紧翻开一看，嘿，白纸黑字：“承蒙慨然相助，实深感祷。”郭俊胜一口咬定我们不是帮助他，而是欠他的股份，这不是很好的证据吗？当晚，我给你爷爷写了一个委托书，文词大意是：被告姜宗礼年事已高，身体不好，不能出庭答辩，委托长子姜祖禹代理。第二天，我拿着这个委托书，就上了法院。郭俊胜和贾先生已经先到了。我向法院呈上了委托书。开始审时，还是各执一词。郭俊胜问道：“你说给我三千万元不是欠我的股资，是帮助我，有何为证？”我说：“有你的信件为证！”当时，我就把信呈给了法官。法官问郭：“这信是你写的吗？”郭说：“不是我写的。”法官追问一句：“对法院要讲实话。”郭忙补充道：“是××（那个军官）帮我写的。”法官又问：“是你的本意吗？”郭说：“是我让他写的。”答辩记录在案，又休庭。

我：你们这档子小事，法院还真负责。

父：大概又过了五个月，法院又到家好几次，还专门到庄王府去过。在大量的调查研究的基础上，法院判决书下来了，是毛边纸的，很长很长，满满当当刻印着事情的本由始末，最后判定原告：无理兴讼。并讲，由于无理兴讼，官司打了半年之久，给被告各方面均带来损失，判郭俊胜赔被告姜宗礼小米四十斤。

我：怎么赔小米呀？

父：那时还没有新货币，就以小米论价。我还跑到法院去找人家说我怎么去要小米，法院的同志说：“你还要什么？这就证明你官司胜了。真去要的话，从这儿到通县的车钱就得一百斤小米，这就是个象征！”说得我也乐了。

我：真有意思。

父：以后多少年，你爷爷一直念叨：“共产党好，讲理！”

（作者姜昆，全国政协委员、中国曲艺家协会主席、中国文学艺术基金会副理事长兼秘书长，著名相声表演艺术家。曾居住东四北大街。）

小小官司之和解

姜　昆

作者（右一）和他的父亲

父亲还给我讲了另一场官司，也颇有趣，我也把谈话记录下来了。

父：旧社会不讲理，也没处讲理。你看吧，到处是欺骗、敲诈。还有这样一件事，原来“同福斋”北边儿是东天义酱园，后来这个酱园让一场大火烧了个净光净。

我：哟，怎么着的火？

父：东天义酱园本来是个很殷实的买卖，年头也不少了，传到了那底下一代人时，生意是一天不如一天。首先说传到了当时姓朱的掌柜那儿，老两口子抽大烟，儿子全是纨绔子弟，沾染上不少恶习。他们柜上的钱，是谁逮着谁偷。一天到晚，你听吧，除了吵就是打，甭问，准是为了钱的事。有一天，他们柜上的一个伙计，到咱们这儿串门儿，他跟你爷爷念叨：“姜掌柜的，您看我们这买卖，混吃等死，连支都开不出来。可我们老掌柜的前些日子保了两万块钱的火险。您说就这模样的买卖您保什么险呀，不知道安的什么心。”你爷爷一听，心里也嘀咕。当时是1936年，咱们这小买卖也不知道保险是怎么回事呀，嘀咕了两天也就过去了。你爷爷有时候，总上东四北边儿老华胜鞋店那儿去串门儿聊天，有这件事在心上，没事也打听打听保险是怎么回事。一次正谈着呢，来了一个人，40多岁，姓孙。这人是专门“跑合”的，他一听赶紧就搭茬儿：“这保险好呀，保一万块钱您一年才拿二十五块。天有不测风云，人有旦夕祸福，您知道哪块云彩有雨，不怕一万咱们得防万一。您要是保的话，这事就包在我身上。”一聊起来，才知道这位是外国的美孚保险公司的经纪人，专门拉保险生意。你爷爷一听顺口答应说：“不行的话，我也保它一万。”他说者无意，人听者有心，事隔两天，这位姓孙的到柜上把保险的合同契约送来了。

我：这位拉生意真有点麻利劲儿。

父：我们一看，上面有英汉对照的条款，有买卖的字号、业主姓名。这位姓孙的当时就留了一句话：“老爷子，我把话搁这儿，保这险保证您没亏吃。来，先交三年的，七十五。”说完就拿着钱走了。保这险大概在六七月间。简直比神仙还灵，保完四十五天以后，一天夜里两点，东天义酱园突然失火。当时，咱们住在孙家坑，柜上的伙计在东四那住着。一听失火，大家全惊慌失措，一位伙计敲门，叫醒了你爷爷：“快去吧，东天义着大火了！”你爷爷赶到火场一看，大火熊熊，咱们柜上的人，穿错衣服的，没穿衣服的，抢行李的，打水的，一团乱。可东天义这一家人和伙计，穿得整整齐齐，把钱柜抢出了门，眼睁睁地看着火势蔓延。一直着到第二天早上，东天义是大水落架一片废墟。咱们因为是隔壁，楼上烧坏了，楼下由于抢货、放水，破烂不堪，柱子烧焦了一半，就是没有大木落架，损失也不小。

我：刚保完险就着火，烧得可够奇的。

父：我们也分析，从迹象看，就是东天义买卖萧条，混不下去，想起这么一招，赚保险公司两万块钱。

我：好家伙，什么事都有。

父：幸好我们也保了一万块的险，否则就倒霉了。第二天，北京实报就详细报道了这场大火。帮助拉保险生意的姓孙的也赶来了，冲着朱掌柜的就拱手：“掌柜的，给您贺喜！”

我：着火还贺喜？

父：赚钱啦！咱们一看这情况心里就明白八九成，心说：“备不住这位是个吃里爬外的。”

我：拉上生意那边给钱，着了火这边也得给点。

父：肯定的这么回事。因为这场大火，咱们生意也做不了啦，赶紧关张修缮。咱们不是上了三个月的保险吗，为这事，你爷爷特地上了一趟天津保险公司的总部，拿着契约索取赔款，保险公司提出没有全部烧净，赔偿一半，你爷爷就拿回五千块钱。

我：得，总算没白上这保险，也算赚一点儿。

父：拿回钱以后，咱们就赶紧翻盖房屋，修缮粉刷，再加上购置烧掉的货物，五千块钱花了个净光净。可这个房子从内部到门面，可比过去强多了。修好了刚开张，房东就派催租的上这儿涨房租来了。

我：噢，这房是租人家的？

父：对，咱们过去是租旧鼓楼大街前马厂那块儿杨家的。房东叫杨予武，人称杨三爷。东四、西单、鼓楼前，都有杨三爷的房。据说，为了管理房产，杨三爷专门腾了三间房存放房契，并雇用了专门的人管理。那天来的那位，就是专门收房租的先生，姓李，大伙都叫他李三爷。这李三爷跛足，每次到柜上来都得好吃好喝好招待，取了房租就走。可是那天一来，让他吃饭，他说不吃，并说："叫你们掌柜的来。"你爷爷一听，就知道有事了。一见面寒暄几句，李三爷就说："掌柜的，现在物价不稳，咱们订的房租偏低，杨三爷让我跟你商量商量，这房租得涨，看看你们还租不租了。"你听这话，我们刚修好了房就来涨租，而且还问我们租不租了，这不是明显要敲我们吗？可你爷爷一想，他因为什么敲咱，也没招他没惹他呀？就又问："李三爷，您还有什么事？"李三爷慢慢腾腾地从内衣里取出一个写好的折子："你要是租这房，一是涨租，二是在这上签字。"你爷爷低头一看，折子上写着："同福斋饭馆于民国二十五年（一九三六年）×月×日，因北邻东天义失火，波及同福斋。之后，姜宗礼将房粉刷见新，作为赔偿房东的损失，以后交房时，不得主张任何权利。"这么一看，就全明白了。李三爷实际上为这事儿来的，明明是翻新修缮，硬说你粉刷见新，明明对此房花了五千块重新建筑，硬说你没有任何权利，只是作为赔偿损失。你爷爷一看，老老实实将同福斋的水印和自己的图章刻在了上面。

我：当时不签行不行？

父：不签人家收房呀。

我：那和他打官司争建筑权呢？

父：根本不敢想。杨家有常年雇用的专门处理诉讼案事的人不说，人家还有专门的法律顾问温大律师，咱这小买卖哪能打得过人家。

我：那房租也涨了？

父：醉翁之意不在酒，涨房租是个借口，要说你一下，办了折子，这是正经事。签完折子以后，这李三爷也想吃饭了，趁吃饭的工夫，赶紧给他备上一份厚礼，房租象征性地就长了一点儿，就算了事。

我：就算签署了个不平等“条约”。

父：一转眼十几年过去了，北京迎来了解放。杨家发生了大事。因杨予武为富不仁，民愤较大。他膝下无子，抱养了一个儿子叫杨厚安，思想比较进步，“三反”运动中，把杨予武告了，举了十大罪状。结果判了杨予武十年有期徒刑，财产全部由杨厚安处理。杨厚安决定变卖房产，全部买国家经济建设公债。因他进步，还被选为区人民代表呢！

我：他家决定变卖房屋，可咱家房不也是人家的？

父：这就来事了。有一天杨家里面有个姓梁的先生到咱们柜上来了，一边在咱们这儿吃饭，一边找我说事：“最近那杨大爷（指厚安）响应国家号召买公债，准备卖房，卖什么地方呢？咱得卖‘龙头’，因为‘龙头’能卖出价儿来。哪儿的算‘龙头’呢？东四、西单、鼓楼前，还得是铺面房。你们‘同福斋’正好把在东四这儿，守着四牌楼、隆福寺，所以这房非卖不可。看看你们意思怎么样，我给您拿个主意，干脆你们就买下来得了。”那时候正好是反贪污、反浪费运动，什么请客吃饭都没人敢来了，所以饭馆非常萧条，二十几个伙计，一天才卖十几块钱，生意很不景气。我一听这个，就对他说：“梁先生，您看现在这买卖元气不足，精神不振，我们自己后头有几间房还打算卖了呢。您让我们买，我们实在无能为力。”梁先生一听忙道：“您是老房客了，卖你们就便宜。”我问：“多少钱？”“一百匹布。”当时市场上的价和现在不一样，一百匹就是三千多块，我听完一哆嗦：“梁先生，您这也太贵了。您要让我买，我就出三十四，多一子儿不要。您知道吗，这房我们有建筑权。”梁一听“噗哧”乐了：“什么建筑权，粉刷见新算建筑权？”我一听，这位早准备好堵我呢，就说：“那您爱卖谁卖谁吧，反正我们买不起。”他说：“那好，反正这招呼我跟您打了。”你说当时我能说什么，突如其来谁也没主意，听天由命吧！

我：那人家还不卖房？

父：当时卖房都要上房地产交易所，就在北池子南口拐角那儿。估计那些日子，梁先生没少跑这地方。过了一个多月，来了三个人上这儿吃饭，一个姓张，一个姓李，一个姓贾，叫贾风林。这三人一边吃饭一边找掌柜的，正赶上我在，我就说：“掌柜的身体不好，有什么事跟我说吧。”那位姓张的问我：“这房子前边儿是自己的吗？”我说：“租的。”“租谁的？”“杨家的。”“你们自己把房买下来得了。”“我们生意小，实在拿不出。”“大概有什么原因吧？”我一听来者目的是明确的，又把建筑权的事说了一遍，人家一听忙说：“您提的这个原因不存在，那是作为赔房东的损失。”又把我堵得没话说了，我就扯开话题：“您几位是……”一打听，问话这位贾风林，是日本东京帝国大学毕业的，那位姓李的是开首饰楼的，另一个是朋友。这三个人准备在东四三条以南、灯市口以北合开一个医药商店，准备买二十间房。我们这饭馆楼上八间，楼下八间，十六间房，地点也正合适，又赶着杨家卖房，所以就看中了。我一听这生米要成熟饭了，忙劝说：“我劝您别要，不然的话可要有纠纷。”也不知道他们仨听没听见，他们巡视了一遍房子，扬长而去。

我：大概看你们买卖小，人家根本没把您当回事。

父：打这儿以后，我就开始注意报纸的公告。柜上的人也有点人心惶惶。果不其然，有一天在当时北京的报纸上发现一条房地产局发的公告：下列几处房产已经由新业主在我局申请税契，如对该房产权转移有疑义者，一个月以内来我局提出，过期则给新业主税契登记。再往下一看，白纸黑字，其中有东四北大街五百一十九号，新业主就是贾、李、张三位。

我：得，终于来事了。

父：柜上上上下下全慌了神。你爷爷六十多了，拿不了主意，眼看人家收房，着急得伙计直打行李，准备另谋生路了。一瞧这么乱，我就仔细地把事情的前后经过跟你爷爷打听了一下。我琢磨这里面还是有个产权纠纷的问题，两次把我的话堵住，关键就是那个折子上的几句话。我真佩服过去办事的，立字据真绝，凭你金口玉牙，说不过白纸黑字。可又一想，明显的是不合理，在过去旧社会讲不清，在新社会还讲不清吗？再说这事都是杨予武办的事，杨厚安也不清楚，我要和他讲理，也许能通。于是我就准备找杨厚安。仔细一琢磨还不行，我找杨厚安，他一调查，一个月以后产权转移了，那就生米成熟饭，只好干瞪眼了。我得想法制止产权转移！思来想去，我整一宿没合眼。第二天，我就写了个呈子，在东城区法院告了杨厚安，让政府帮助我们解决产权纠纷。然后我把接到我们呈子的法院收条交给了北京市房地产管理局，提出：产权纠纷不了，请制止产权转移。管理局也同意了。于是我就准备材料，一心一意打官司。

我：您这胆儿也够大的，告区人民代表。

父：这是民事纠纷，只解决事情，不涉及人格。过了些日子，法院的传票就下来了，传原告、被告到北城区，就是现在的东城区法院接受审案。法院就在东四北十一条八十五号旧址，这里是专门解决民事诉讼和纠纷的地方。我拿了一些我准备的材料，一个人到了法院。到那儿一看，杨厚安和办事的梁先生，以及新业主代表李博仁都在那儿。在案子还没有正式审理以前，法院的负责同志找我们在一起谈话。大致内容是说，你们是一般的民事纠纷，处理这样的事先要本着互相谅解的态度，求大同，存小异。最好是你们原告、被告在一起互相先协商协商，看看有没有自行解决的可能，如果协商不成，必须请法院解决再由我们受理。他见我们双方都点了头，就让我们自己先协商。一出办公室，那位梁先生就和我说："杨大爷打算和您谈谈。"我当即答应，并指了指法院院北边儿的一个大屋子，提议："就上那儿吧。"他们也同意了。我们全进了屋，在一个大长桌子跟前坐了下来。首先由梁先生把那几位介绍了一下。

我：您就自我介绍吧。

父：也没旁人啊，我就说："我是姜宗礼的长子，我父亲年事已高，让我替他全权处理和杨家的产权纠纷。"就这么一句话，我就什么也不说了，等他们先说。沉默了一会儿，杨厚安说话了："我接到了法院的传票，说姜宗礼告我。我还纳闷儿，我都不知道为什么。后来听底下人一介绍，敢情是为卖房的事，真没想到，少掌柜的你能给我介绍介绍怎么回事吗?"其实，我知道他肯定了解了全过程，但是人家和颜悦色，咱们也应该以诚相待，我就说："杨大爷，您是房东，我是房客，我们是多年租您家的房开'同福斋'这买卖，从这个关系讲，咱们是很密切的。可是我没跟您见过面，过去净是李三爷到柜上吃饭。这次卖房，您卖，我是无权干涉，但是有一点我们得提出，您卖，您应该先把我们建筑权解决喽。"听到这儿，杨厚安一笑，故意问："什么建筑权?"我也装糊涂地回答："在民国二十五年，我们翻修过这个房子。""算了吧。"这时杨厚安站了起来，"你们没有整个修建，折子上写得清清楚楚，粉刷见新，作为赔偿房东损失，以后交房时不得主张任何权利，这有'同福斋'的水印，有你父亲的图章。"说着就让梁先生把折子给我看看。我因为也早有准备，就说："不用了。杨大爷，您的理由讲完了，您听听我的理由。您刚才讲的都是事实，折子上也是这么写的。可是有一点得弄清楚，这折子是什么时候写的，章是什么时候盖的?是旧社会!"杨厚安听到这儿，忙坐下来，我继续说："三六年，李三爷来催租，并写好了这个折子，让我们签字，我们要是不签，房子就不租给我们，我们买卖就得关张，我们是买卖人，我们得为生活的着落着想。甭说写这几句话，您就是写再严厉的话，我们也得签。因为什么?我们惹不起您家，您家有钱有势。您家有常年的法律顾问温大律师，您家不出庭，都可以把官司打赢。可今天不同了，现在是新社会，都讲真理，所以咱们坐在一起能协商，这些历史我请您考虑一下。再退一步讲，我们承认这个折子，可是折子上讲'交房时，不得主张任何权利'写明'交房'，而您今天是收房。如果我们交，我们不主张任何权利，那么您收房我就得要主张建筑的权利，因为不是我们'交房'。"他们没想到我会这样提出问题，所以全都不说话了。

我：好嘛，就一字之差!

父：一字入公门，九牛拉不回。我没有容工夫，接着又问："您说我们应不应该主张权利?"杨厚安说："这个情况我还真不知道。那么你主张什么权利?"我就把我拿手帕包好的、鼓鼓囊囊的一包单据，往桌子上一堆："您这房卖的是一百二十四布，合三千多块钱。我们修缮这个房屋的单据全在这儿，加起来近五千块钱，您卖房的钱不够赔我们修缮费的。"双方又沉默了一会儿，杨厚安又站起来了："少掌柜，我想求个人把咱们事和解了，你看怎么样?"我说："可以呀。您什么时候来，我候着，您随时可通知我。但是在您没解决以前，法律上的申诉我不撤销。"

我：干吗不撤销?

父：一撤销，换了新业主就不好办了。

我：好家伙，还真够复杂的。

父：又过了些日子，杨厚安请了"公茂汽车行"的经理商四爷和杨家秘书刘甸斋一起上我这儿来。一进门，刘甸斋就说："你好厉害呀。"我就问："您们打算怎么办?""怎么办，杨大爷已经把房卖了，把人家的钱都花了。我看这房干脆还是你们买了吧。"我说："事到如今，买也可以，不过我还是那句话，多三十四布不买。"商四爷说："行，就三十四吧。你们请个客，我们就算把这官司了了。"我说："行。"我都没想到，这事解决得这么痛快。后来一想，这些事杨厚安确实不清楚，可能也没考虑到。加上他区人民代表的身份，通情达理地解决是最好的办法。

我：这官司就算完啦。

父：后来，我们请了客，立了字据，用三十四布买下了房。没过多久，杨厚安在"同和居"请客，给新业主赔礼道歉，还给我来了一张请柬。旧社会的纠纷，新社会圆满解决。

我：好，冤家都成了朋友了。

（作者姜昆，全国政协委员、中国曲艺家协会主席、中国文学艺术基金会副理事长兼秘书长，著名相声表演艺术家。曾居住东四北大街。）

“冲喜”冲出来的悲剧

董文申

“冲喜”是过去民间男女青年病患缠身时，不求有效的医治，而用尽快结婚的方法以谋疾病早愈的一种方式，是极其愚昧的封建习俗。

我六婶出身书香门第的李家，擅长操琴、绘画、赋诗，可谓才女；身材颀长秀丽，长相端庄娇美，可谓美女。她19岁嫁到董家，为身患肺痨的六叔“冲喜”，婚后月余六叔病逝。六婶独守空门，心情压抑，为解其丧夫之痛，家族将我七弟过继给她为子。她将全部精力倾注于孩子身上，精神上有了寄托，心情好转，体质恢复，天伦之乐代替了丧夫之痛。由于她的婆母（我的三祖母）有瘫痪之疾，思想变态，怀疑一切，认为她为图财嫁到董家而耿耿于怀。因此，没有疼爱、关心与同情，反而在经济上扣下了她的“月钱”，并在精神上给予无情的折磨，责令她回娘家不准再回来，并污蔑她是“害死”儿子的小妖精……六婶精神陷于崩溃，吞金以图自尽，幸被及时发现抢救脱险。随后，三祖母让娘家人将一幅“钟馗打鬼”的年画挂在北房堂屋，意在将六婶打鬼出门。六婶胆子本来就很小，再有沉重的精神压力，突然看到这幅年画十分害怕，精神陷于恍惚之中，意识不清。三祖母拖着不给医治，病情加重，在家人和六婶父母的干预下才答应给治病，但没有请医生却让娘家找来“神汉”到家看风水。神汉让打开所有房屋的门窗，用画有神符的黄布蒙住七弟双眼，领其在各屋和院中忽快忽慢地行走。“神汉”口中念念有词，忽而大声呼喊，忽而低声念咒，突然令我七弟面对阳光跪下，解下蒙眼黄布诱问：“见到红光没有？”因猛见阳光刺眼，遂答：“有红光！”追问："红光在哪里?"七弟下意识地指了指后院，"神汉"像疯了一样又跑又跳，口中高声喊叫奔至后院，跪在土地爷神龛前，边唱边说声音渐弱，倒卧于院中，很长时间才"醒"过来，似乎十分疲惫，要吃要喝。"神汉"最后道出六婶是被黄鼠狼"附体"，必须鞭笞全身以驱逐鼠鬼，要不断磨砖以使鼠鬼无处藏身。"神汉"令家人回避于外院，只留下两名男性亲戚在佛堂的台阶上磨砖。"神汉"入屋将房门紧闭，家人在外院只听到六婶怒骂"神汉"和悲惨地号叫，喊爹喊娘的声音和"噌噌"的磨砖声。屋中平静后，家人进屋只见身体全裸的六婶，被打得遍体鳞伤，呆若木鸡，忽而大笑，又忽而痛哭。"神汉"又令两位亲戚到六婶的炕沿儿上继续磨砖。深夜六婶悲惨的呻吟和"噌噌"的磨砖声，令人毛骨悚然。短短几天时间六婶被折磨得神经失常。神志清醒时，多次呼叫其子，但被三祖母等人拒绝母子相见。处于绝望中的六婶病情急剧恶化，又得不到医治，这样年仅 36 岁、守寡 17 年的六婶被折磨而死，至死也未见到她的爱子，酿成了家族中最为悲情的一幕惨剧。

我六叔、六婶这对苦命的夫妻，在封建礼教的扼杀下结束了他们年轻的生命。

（作者董文申，退休教师，老北京"四大恒"恒利钱庄董氏家族第四代后人。原居住在东四三条。已故。）

金璧辉和东四九条

姜昆阳

东四九条胡同里，住过一个出名的人物——金璧辉。

金璧辉是清末肃亲王善耆的第十四女，原名爱新觉罗·显玗，出生于1906年5月24日。辛亥革命后，清王朝灭亡，金璧辉在仇视革命、企图复辟清王朝的环境长大。

金璧辉幼年时过继给日本人川岛浪速，改名川岛芳子，在日本受教育。日本侵华战争期间，金璧辉与日本侵略军勾结，窃取中国情报，破坏中国人民的抗日斗争。她曾经担任伪满皇宫的女官长，与溥仪、婉容关系密切。她还组织伪军，在沦陷区欺压百姓，巧取豪夺。金璧辉多次穿着大将的军服照相，人们称她为“安国军金司令”。伪“安国军”司令部就在她强行霸占的王府井大街北部、东安市场西北门外的一个三层楼里，金璧辉在这里耀武扬威，为非作歹。解放后这里曾经是华大绸布店。

金璧辉的住宅在东四九条。东四九条34号原来是国民党官员白建民的住宅，是一处阔绰、整齐的四合院。七七事变以后，白建民南逃，他的妻子独自留在这所大宅子里。有一次，白妻乘坐火车，偶然和金璧辉相遇，两个人相谈甚欢。白妻听说金璧辉没有住处，邀请金璧辉到自己家里做客。金璧辉来到东四九条，看上了这所漂亮的深宅大院，住下就不走了。金璧辉反客为主，把自己的下属带进来，吆五喝六，趾高气扬。白妻被赶到厢房居住，没有地方说理，气愤不过，不久便愤愤而死。从此，金璧辉完全霸占了这所住宅。

1945年日本投降，金璧辉继续住在这里。10月11日，国民党军统特务逮捕了金璧辉。金璧辉在狱中的"陈情书"中说："我在宅吃了早饭，有一点钟，睡晌觉的时候，来了一人，扑在我身上。我一惊，醒了一看，有一人，四十上下，圆脸，穿白汗衫黑裤子，好像苦力的样子，又像特务的样子，怪声叫了一下，把我的台布拿起来，把我的头给蒙下。由被子里头拉出去了，袜子都没有穿，鞋都不让穿，光着脚，让我走。我要求数次，有病，让我换换衣服，穿鞋再带走。心中很不希望穿睡衣去。我想一定去了问问，当天可以回家的，所以没想以外的。"在逮捕金璧辉时，军统特务从她家里抄走了许多金银珠宝，有名贵的钻戒多只，有慈禧太后的翡翠项圈、金锁链，还有乾隆皇帝的佩剑，等等。有些军统特务乘机大发其财，乾隆皇帝的佩剑后来到了特务头子戴笠手里。

1947年10月15日，国民党河北省高等法院首次开庭公开审理金璧辉汉奸案，旁听的人很多，挤坏了法院的门窗。在法庭上，金璧辉拒不认罪，百般辩护。1948年3月25日，对金璧辉执行枪决。

解放以后，东四九条34号院成为东四九条小学的一部分。经过多年改建，现在已经看不出原来的面貌。

（作者姜昆阳，原东城区政府地方志办公室主任。）

左家的井窝子

何老三

1954年夏天，街上装了自来水，一开水龙头“哗哗”的自来水冲着呢！对着嘴儿玩命喝也喝不完，一不留神竟给呛着了。大伙儿都用铁桶盛水，搁把水舀子扢（音kuǎi）着喝，“咕嘟咕嘟”的，可解气啦！

这之前我们这些条街都喝井水。罗家大院张记院有口井是人家老郭记家开的，在梁家大院街面上那口井也是老郭记的。唯独豆瓣胡同一直到东门仓椅子胡同都使左记井窝子的水。他们家那口井养育了上千口人，家家户户都有个水缸，水缸上头盖着两块儿半圆的缸盖儿，也有使盖帘儿的，就是怕落土掉虫子什么的。他们家的井深有十几丈，光是使五米长的钢管就使了六根儿。井越深水越好，到夏天要是冰西瓜，吃起来能扎牙！

那年北京正赶上了大旱，井浅了打不上水来真是急死人。口渴的主儿嘴唇上都起了皮儿，蹲在井台上等着辘轳摇上来的半桶水，急得主儿敢抱着桶喝，跟饮牲口似的；也有抢着下舀子下瓢碰得噼里啪啦洒一地谁也扢不着的。打这儿就能看出来怎么叫“水是生命之源”呢！

左大爷家的井窝子出了一档子事儿，掏完井之后索性往下打了得有十多丈（约三十米），什么时候打都有水，可是夏天送水的也忙不过来了，不少的人都挑着挑儿、提溜着桶排队来买水。平常他家送水的伙计也有规律、谁家用水省，谁家用水费他心里都有谱儿。夏天三五天儿一礼拜，冬天十天半拉月等你晾缸底了，他准保赶着小驴车过来了。有时候赶上洗衣裳、拆被子、浇花、淋灰、盖房子和泥用得费，还可以“叫水去”，送水的推着一个独轮木头水车给你送家来。也使过胶皮轮的排子车送水，灌满了一车水一个人拉不动，沉着呢！

左大爷家养着一头小草驴，别看它个头儿小，可劲头儿挺大的，不踢人不咬人又听话，小孩都敢揪它那毛茸茸的大长耳朵。驴耳朵挺好玩儿，能朝前也能朝后，眯觉的时候一只耷拉一只竖着。它虽然是头草驴，可白白的嘴唇上还是长了不少的胡子，从肚皮往上毛越来越厚，色儿越来越深。它那双黑黑的眼珠子闪着亮儿，再一细看还是双眼皮儿呢！真的，挺好看的！人家金元子家拉套的大叫驴还没见着影儿呢就“儿——啊——儿——啊——”叫个没完没了的。

有一回送水的把车停在我们家街门口，小顺子淘气得出了边，他牵着小驴车进了罗家大院口里头，等人家挑完一挑儿水找不着驴车了正着急呢，他没事人儿似的背着手儿吹着哨儿打人家眼跟前过去了。他还问人家：“找什么呢?”送水的假装要卸扁担，这小子“嗖”的一下子颠啦！他低头顺着水车漏的水滴牵回了小驴车。这一车水放满了得有二十多挑儿，水车是用二尺多长的一圈木板拼的，上下有两道铁箍箍着一个大长圆形的水箱，有底有盖儿。左家的水车挺高级，还装了一个半自动的水龙头儿，就是在搬把节门上拉了一根自行车内胎，开的时候胶皮拉紧了，关的时候一松手就拉回去了。一挑儿水二分钱（一桶水连木头桶带水得有小五十斤），最大的缸也盛不下十挑儿水。挑完水他在你们家门框上用石笔（一种白色化石的石头切成的像一次性细筷子粗细的石头条儿，六十年前的小学生上学都得带石板、石笔和笔擦）写一个“正”字代表五挑儿水，也有画小扇子形的，反正一道儿是一挑儿。隔十天半个月的他就拿着一个蓝皮儿的小账本和一个小布口袋挨家挨户地去收钱。

城里和乡下没法比，处处都得花钱。人家大宅门里自个儿有井，可是也有甜水和苦水之分，甚至前院的井又苦又涩，可后院儿的水又清凉又甜。一般的住户，可不是得让人家送水嘛。

当你扒在井沿往下瞅的时候，黑洞洞的井里有一面波动的镜子，它倒映着蓝蓝的天和白白的云。从井里你会感到天是那么的高，井是那样的深，也由此让你产生无限的遐想：井的发明和使用让人类进了一大步！而中国人发明了辘轳，又对世界作出了多大的贡献呀！

喝井水的人节水意识特强，洗鱼洗肉、淘米洗菜的水能浇花儿；蒸锅水能刷锅洗碗；淘衣裳的水能洒院子泼街；要洗把脸孩子洗完了大人洗，小的洗完了大的洗，最多添点儿凉的加点儿热的。一盆水洗完脸洗屁股，再洗脚，都变了色了才倒在脏水桶里。家家都有个脸盆架儿或者小凳子、椅子什么的，上边放着洗脸盆，手巾架、椅子背儿上、铁丝上分别都晾着擦手的、擦脸的和擦脚的毛巾。穷一点儿人家就是"一品盆"，"一品巾"。您再看看各家各户的脸盆壁里多少都挂着一圈黑泥巴儿，隔三岔五地就得拿丝瓜瓤子或炉灰擦擦。

通常过年的时候才洗回澡，一张澡票两毛六能买二斤半棒子面呢！春末夏初净是脱不下棉袄换不上衣裳的孩子，踢球玩儿的时候把棉袄一脱光板脊梁跑，那脖子上，耳朵垂儿上，胸脯子上，胳膊肘儿上，手背上都长满了一片片的黑皴（音 cūn）痂疤，一年半年的洗回澡不新鲜。每周一早上晨检的时候查个人卫生，总是有几个缩着脖子站在校门口不让进校的。

要梳头就拿拢子沾点水一绺一绺地梳，梳开了再梳辫子梳纂（音 zuǎn）儿什么的。十天半拉月也别想洗回头，泥多了先拿篦子篦一过，等篦子糊上了再拿掉了的头发绕在手指头上往下撸，撸下的油泥能揉成手指头肚儿那么大的泥球儿。甭说看见了，就是这么一听您就直想吐，是不是啊？可这在六十多年前一点儿都不新鲜！"那个时候一点儿都不讲卫生呀？"您算说着了！过去的北京城贫穷落后极了：没有自来水，没有下水道，没有垃圾站，没有柏油路，没有街树，没有路灯，没有电话，没有……真的，不是夸张，这就是历史事实！

1958 年前后，梁家大院、罗家大院的井都填了，左大爷家的井也填了，可是老街旧坊们都忘不了左家的井窝子。井窝子是一个时代的符号，它记录着咱们北京人半个多世纪前的真实生活。

（作者何老三，退休教师。居住在东四豆瓣社区。）

煤铺和煤铺胡同

何老三

存储院门内的煤（图片由王燕芬提供）

解放前每条街上几乎都有个煤铺，煤铺掌柜的差不多都是河北定兴人。那会儿定兴人在北京多从事两种职业：一是摇煤球儿，二是开澡堂子。而且口音都挺重：“牢抬胎，邀妹曲儿呗？邀补豪是泥耳子！”（老太太，摇煤球吧？摇不好是你儿子！）您刚一进澡堂子，伙计就喊上了：“量威里头儿请！有错澡的摸？”（两位里头请！有搓澡的吗？）所以他们经常成为说相声的笑料儿。

豆瓣胡同中间偏北，路东老门牌53号是老刘记开的煤铺，大爷是掌柜的，二爷干别的行当儿。1956年公私合营以前雇几个伙计自个儿干，院子挺大的，有棵枣树和一大堆砖头堆。靠礼拜寺（南豆芽菜清真寺）后院北房后身是一堆黄土，接常不短的有大马车往院子里卸煤末子。

解放前的一年秋天，骆驼队打门头沟驮来煤末子，那天我们可开了眼啦！孩子们都围着骆驼看热闹，有的揪树叶，有的到后院或者墙头上去薅草，都抢着去喂骆驼。骆驼的上嘴唇就跟大人的手掌似的，能伸出老长把树叶和草什么的一卷就搁在嘴里，没几口一把草就吃完了。骆驼毛真是驼色的，可长得不均匀，有的地方有毛，有的地方没毛，还有的地方是一片疙瘩，都擀了毡。拉骆驼的把骆驼牵进院里叫它卧，它就乖乖地卧下了，过来四个小伙子喊着号才把那两驮子煤篓抬下来。一把儿骆驼十二头，能运五千来斤，卸下来堆成小山头儿似的，得有一人多高。

煤来了，伙计们就忙开了，个顶个儿都光膀子光脚丫子，穿鞋的都带着鞋罩，下身穿着缅裆单裤或者大裤头儿，抡起大板锹开始筛煤末子。筛完的煤末子摊成一圈儿，再往中间倒几筐黄土这就开始浇水和煤了，和完了煤往地上一摊，拿平锹推平再拿煤剁子剁。这可是个技术活儿，每剁一下准一寸宽，还得剁透了，横着剁完了竖着剁，跟拿尺子打格儿似的。剁成一寸见方的小格后，再往上面撒一层干煤末子，等水汽吃得差不多了，用铁锹铲起来放在一个用荆条编的圆筛子上头，筛子下边放个花盆当立轴。煤工叉开两腿，伏下身子，两手抓住筛子帮开始绕着圈摇动着，直到煤茧滚动摇成了球儿，往宽敞地一倒，晾干了就成了煤球。

西北风一刮天一上冻，各家各户都得拢火取暖、做饭，有钱人家一趟叫二十斤劈柴（三分一斤）、五百斤煤球（一分二一斤），够烧一个多月。不富余的家庭房子小买五斤劈柴，叫二百斤煤球，也能凑合过个来月。焊洋铁壶的一入秋就开始打火炉子了，一个旧铁桶铆上四个腿儿、四根橙儿，接上炉盘儿，安上炉口和炉箅子就成了。使火炉子还得必备三样：火筷子火钩子、拔火罐和火盖火。炉子搪好了不但火冲，还省煤。拢火、填煤都得搬到屋外去，烟熏火燎的呛得人鼻涕眼泪直往外流，盖上拔火罐用不了十分钟蓝色火苗就跳跃起来，搬到屋里坐上铁壶，一家子围坐在火炉旁烤火聊天儿，再抓把花生瓜子什么的，也挺温馨惬意的。

1956年公私合营后，刘大爷和他的伙计们都合并到大煤铺，自家的院子

民用铸铁的花盆炉子

也腾出来了。我们胡同的住户要买煤就得到煤铺胡同去叫煤（实名叫府夹道，后改叫南利民胡同，现仍有保留）。府夹道的煤铺坐东朝西，门道挺深，南房有个窗口开票收费、写煤本。门楼顶上有两根水泥垛子，垛子上头还有两个水泥的假花盆和假花儿，这里是办公的地方。紧挨着是用大竹竿子搭的大席棚，围挡是用荆巴抹的插灰泥抹的。这个大空场既是加工点儿又是煤库房。

50年代中后期开始实行民用铸铁的花盆炉子，不但造型漂亮而且也结实，一般铁皮炉子最多使两年，铸铁的花盆炉子是万年牢。不过生铁炉子太沉不好搬，就只能安烟筒。每年安烟筒拆烟筒也挺麻烦的，而且不好搪炉子。好在煤铺卖炉瓦、青灰，和炉瓦相匹配的又有了蜂窝煤。这里的工人们既送煤也加工，先后都实现了机械化，用上了轧煤球的机器，只要机器一开，半里地以外都能听见“哐当，哐当”的机器声，面对面说话都得大声喊。刚一时兴蜂窝煤的时候，工人们的劳动强度太大了，一副布手套，一个五磅的大锤，一套模子一天要砸上千块煤，累得他们躺在煤堆上就睡着了。后来实行了机械化，马达、转动带、偏轮、机械锤、刀闸和搬柄儿开关就行了，一次能出四块煤，一块煤2分4，现在9毛5。安上炉子装上烟筒屋里暖和多了，晚上封好火往被窝里一钻可舒服了，谁还管它刮大风下大雪呢？天亮见！

困难时期（1960年、1961年、1962年），买炉子买烟筒还得使副食本呢，一个副食本只能买两节烟筒，新成家的小两口就得跟人家去借本买，不然接不到窗外边。烧煤球儿的时候一冬下来煤箱子里剩了不少的煤末子，天暖和了大人带着孩子不是攥煤球儿就是摊煤茧，也玩了，活儿也干了。后来烧蜂窝煤了，16块钱的煤火费一下来，入冬以后家家户户窗根底下都摆满了一摞摞的蜂窝煤，窗台上码上几十块炭就够烧上一冬天的了。

到了70年代，城里开始发展普及液化石油气，一般夏天不用火炉子了，做饭一根火柴就齐活，真是太方便了。一罐液化天然气能使二三十天，府夹道的煤铺又添了新业务——煤气站。一到做饭的时候就听见“哗啦，哗啦”小车轱辘声，人们推着拉着各种车辆去煤气站换煤气。遇见老人您可千万别说“没气啦”，那是“折寿”的话，就跟人家刚打完牌下完棋您说人家“玩儿完了”一样不受听。有聪明人发明了一种挂在自行车后架子上的钢筋钩子，钩罐子特别好用，骑自行车歪点把就能拖回家。要是进院子进屋可也费不小的劲儿呢！现在住楼房、住平房的老人、妇女要换煤气罐您打个电话，花点服务费就有人给您送到家。

2001年底，东四地区除了东四头条到十条以外，其余的二十四条胡同全拆了，府夹道的煤铺也永远消失了。小区盖起了23座楼房，豆瓣胡同的名字保留了下来。共有四座楼两千多户人，全部使用了天然气做饭。洗澡使热水，冬天有暖器。住进楼房的人们再也不用为“冬储煤”和换煤气罐发愁了。平房地区正搞“煤改电”呢，将来的孩子们可能都不知道煤炉子是何物，您信不信？

（作者何老三，退休教师，居住在东四豆瓣社区。）

淘粪三步曲

何老三

吃喝拉撒睡，拉占第三位。过去山东人开粪场子的，赶着牲口拉着粪车，走街串巷挨家挨户抢着给您淘茅房。因为粪干、粪浠能卖钱，庄稼地、园子地使肥都得买大粪干和树叶子、秫秸秆一起沤，沤熟了再往地里撒当底肥使。浇园子的时候从粪坑里淘几桶粪汤子挑到井沿，顺着井水渠往地里浇粪，春夏秋的菜、大秋的庄稼都靠浇大粪呢！

现在用大粪浇的粮食、菜，说是绿色有机食品。可20世纪60年代之前平民百姓不是都吃绿色有机食品吗？那时候上岁数的农户连赶集串亲戚都得背个粪箕子，夹个粪叉子四处捡粪去。一冬天后房山能堆半山儿，这叫集肥和堆肥，等一开春就全使上了。

解放前各院都有一个两个坑儿的男女合用的“家茅房”。“家茅房”也有不挖坑儿埋个半截缸或者敞口坛子的。一到夏天大麻蝇“嗡嗡”飞，落在你屁股上爬麻痒着呢，要拿本小人儿书看得工夫大了，能从脚面上往身上爬“大尾巴蛆”（苍蝇的幼虫）。要是遇上淘茅房了真进不去人，那股子臊味呛得你直流眼泪。干净一点的堆堆石灰面，钉俩茅坑盖儿，苍蝇蛆还少点儿。那时候家家户户都有尿盆、尿桶或者“夜壶”（尿壶），学徒的先要学着给师傅倒夜壶，给师娘倒尿盆儿。穷孩子们有句童谣：“我们家穷，你们家阔，你们家尿盆儿一大摞。”

刚解放那会儿，豆瓣胡同整条街都没有官茅房（公共厕所），只有左记水窝子北房后身的小胡同里和罗家大院五号西头有个半垛墙的小茅房。说是茅房，就是在地上挖俩坑儿，坑儿上垫两块儿砖就行了，旁边埋口破缸撒尿使。甭管男女小孩一般都随地大小便，拉完屎一叫狗它就过来给吃了，等大人回家掀炕席撕报纸这么会儿工夫，狗早把孩子屁股舔干净了。

淘茅房的来了先把屎勺子放在街门口，背着粪桶提溜着小提桶儿进了院，别的淘粪的见着记号就不进了。他到“家茅房”门口先喊一声“有人吗?”，里边有人就咳嗽一声，没人他就进去淘了，淘满一桶把小提桶儿先放在茅房，证明还没淘完呢！您要解（读“接”音）手就先憋着点儿。淘粪工人弯下身轻轻背起满满的一桶百十多斤的粪汤子，迈着小碎步走到马拉的粪车前放在架板上，再往粪车里摁。真是“我的一人脏，换来万人净”啊！小时候大人老说：“不好好学习功课，明儿长大了就是淘茅房的料儿!”

可是我也听说过一个聪明的淘大粪的“屎猴儿”的故事：说是有个阔太太见着淘大粪的就又恶心又吐吐沫，掏出手绢直捂鼻子。年轻的淘粪工说：“您就不解手啦?”还把粪桶搁在她跟前。“臭，太臭啦!”阔太太说。“嫌臭您别拉呀!”淘粪的说。“谁不嫌臭啊？你不嫌臭啊?”“我不嫌臭！您要不信把那两张烙的糖饼给我，我站（沾）着吃!”他看见老妈子正在当院烙糖饼呢。“真的？王妈给他拿过去!”老妈子将两张刚烙的芝麻酱糖饼递了过去，小伙子拿脖子上的手巾擦擦手，卷起糖饼就吃上了。阔太太急忙说：“你沾呀！你沾呀!”淘粪的小伙子说：“这不是站着吃嘛！谁坐着吃啦?”气得阔太太先哭后又笑起来了。

解放后大搞“爱国卫生运动”，到处都贴着红红绿绿的标语写着“禁止随地大小便”。同时豆瓣胡同北口大车杨记北房后身，中间景记门道南头儿，大车廉记南房后身，胡同南头杏茶白记南院墙后身和大车刘记大门南边，同时建起了五座“官茅房”，从此街上再也没有人随地大小便了。

1958 年成立了大车合作社，城里拴车的都到了郊区的农场。六十年代淘茅房的马拉粪车也换成了大卡车，为了减轻淘粪工人的劳动强度，在卡车后部还装了一套摇杆装置，把粪桶可以提升到两米多高，淘粪工人再也不用练“举重”了。

到了 60 年代末，“家茅房”都逐步地撤除了。“官茅房”给人们提供了交流的平台，蹲茅房这会儿工夫是个信息大传播的过程，有说家长里短的，说“反动话”、写“反动标语”的也时有发生。反正男女厕所只隔一道两米多高的半截墙，什么话、什么声儿都能听得见。

六七十年代茅房来了一个大飞跃，公共厕所都重新翻盖了，装上了水管子。每天有专人打扫冲洗两遍茅房，大便都被冲进粪坑。从此，除了个别小胡同还有淘粪工人靠肩背手淘以外（2000 年以后全部消灭了人工淘粪），淘粪工人都彻底脱离了粪桶与粪勺子的时代，改用汽车泵抽了。一辆改装的大解放上边装了一个电力泵，泵将粪浆直接抽入汽车的粪厢里，淘粪工只需戴着手套拿个铁钩子把抽粪的橡胶管伸入粪坑就行了。不过那气味能飘多半条胡同，您要是赶上吃饭只好又关窗户又关门。

随着豆瓣胡同的危改拆迁，这五座“官茅房”和它的附属物——苍蝇、蚊子、蛆虫、土鳖，也永远消失了。胡同的三号楼和五号楼之间的路南挨着垃圾楼有一座漂亮的“公共卫生间”，这是第三代“官茅房”。现代化的“公共卫生间”共有四间，除了男女有别以外还有专为残疾人设置的一间，清洁工住宿有一间。卫生间里有蹲便器、坐便器、小便池、门挡板，还有洗手池、镜子、烘手机之类的设施。经过生化处理的粪便什么味儿也没有，抽粪的清洁车也由“大解放”改成“130”了，不但瘦了身，还显得轻便灵活，外形也不难看。

回迁五年多了，大多数居民都没见过淘粪的车，也不知道粪便流向了何方。那个年轻的淘粪工再想蒙骗阔太太两张芝麻酱糖饼站着吃的故事，也只能讲给老人们听了。

（作者何老三，退休教师，居住在东四豆瓣社区。）

我父亲张寿崇与车王府子弟书

张　瑗

车王府位于东四三条东口路北，曾是喀尔喀蒙古土谢图汗部扎萨克多罗郡王（系元太祖第十五世孙）在北京的府第，其第二十九世孙车林巴布承袭郡王后，始称车王府。被著名戏剧艺术家欧阳予倩称为“中国近代旧剧的结晶，于艺术上极有价值”的清代车王府曲本，就出自该府。

父亲在亲手栽种的丁香树前留影（张瑗提供）

所谓车王府曲本也称子弟书，是清中期八旗子弟独创的一种曲艺形式，属于鼓词的一个分支，当时在八旗子弟中流传并逐渐盛行，后来成为北京乃至东北地区民间最为喜闻乐见的一种通俗文艺形式。到民国以后子弟书的唱腔和表演形式逐渐失传，渐渐淡出了人们的记忆。

1984 年至 2001 年期间，时任北京市民族委员会副主任兼北京市东城区政协副主席的父亲——张寿崇，主持了车王府子弟书的收集整理和出版工作。

我家是满族。父亲1921年生于北京金鱼胡同一号，也就是人们常说的“那家花园”。他的祖父那桐是晚清“旗下三才子”之一，曾任总理各国事务衙门大臣、军机大臣、皇族内阁协理大臣、弼德院顾问大臣等职。所以父亲对子弟书非常熟悉。

1984年4月19日，国务院办公厅下发了《关于转发国家民委关于抢救整理少数民族古籍的请示通知》，要求各地要加强对抢救少数民族古籍工作的领导和支持。为此，北京市政府成立了“北京市少数民族古籍整理出版规划小组”，组长由陈昊苏副市长担任，作为市民委副主任的父亲和文化局、高教局、出版社、社科联的几位领导任副组长。

接受任务后，父亲立即着手对民族古籍和文化遗产的调查和摸底工作。这期间多次涉及子弟书的信息：北京社会科学院一位贾同志提示，首都图书馆最近接收了一部分“车王府曲本”，约有1600种（4400多册）；北京大学图书馆也收藏了一部分。父亲亲自去了解情况，并协调有关部门写出书目。

20世纪80年代，搞活经济成为刚刚解放思想的人们的第一个认识。讲求经济效益，给古籍收集工作带来一定的困难。上级拨下来的经费只有两万元。如何使用才更合理？小组会上大家的意见让父亲感动：全力以赴，抄录子弟书曲本，节约经费，早日出书。

因为子弟书流传于民间，所以版本很多，且多为手抄本。虽然有书目，但上千种本子，收集起来很困难。其中有一部分是内容相同而题目不同，光从书目是看不出来的，给收集工作带来很多困难。

那时候没有办公自动化，更没有电脑。资料的收集、整理和编辑，全部稿件都是手工抄写。经过抄录、选材到一次次的校对、誊写，到1990年《清车王府藏子弟书》一书基本定稿。就在父亲准备和办公室的工作人员一起到出版社协商出版问题的那天凌晨，父亲突发心肌梗死住院。两个月后父亲出院时，才得知出版社违约撤销了出版合同。令父亲欣慰的是古籍办的同志们并没有放弃，父亲一边审核稿件，一边继续联系出版单位。

一晃又是两年过去了，终于有一天，父亲接到社会科学院一位退休编辑冀勤女士的电话，说对子弟书很感兴趣。她告诉父亲：此稿很有价值。为保证质量，三个编辑同时进行编审校对。

父亲主持编辑出版的子弟书两种（张瑗提供）

在那些日子里，74岁的父亲每天连续伏案四五个小时。近100万字的子弟书让他经常看稿到深夜。我和妹妹多次劝他注意休息，让他不要忽视自己的年龄，但他从不听劝。直到医生告诉他走路抬手困难是因为严重的颈椎病压迫神经造成的，才迫使他稍作休息。

1994年8月22日，父亲看到了国际出版公司出版的《清蒙古车王府子弟书》的样书。全集共收集各种曲本297篇，比父亲的大学老师傅惜华先生根据《车王府抄本》所著录的《子弟书总目》还多出18篇。

父亲手捧样书，仔细端详着那黑色封皮上醒目的烫金大字，那是溥杰先生手书的“清蒙古车王府藏子弟书”书名。书的内页，同时刊印了满族书法家钟寿民先生题写的书名……父亲一边翻看样书，一边自言自语：“快十年了，真不容易呀。”

“子弟书”作为清代八旗子弟中流行的一种说唱艺术，在中国民族文学史上占有很重要的地位。《清车王府藏子弟书》一书的出版，填补了满族文化领域的一个空白，引起了国内外学者的关注。很多人建议，将散藏在国内外图书资料部门及个人手中的子弟书抄本进行再挖掘，编出一部精编本。1996年新的挖掘工作开始了。

这一年父亲已经75岁高龄。虽说人们仍称赞他思维灵敏、头脑清晰，但他的行动已明显是一位高龄老人，外出也需要有人陪同了。

为了再续子弟书，父亲凭借着广泛的社会关系向北京、东北、华东等地的老同学、老朋友发去信函和邀请，并得到很大支持。半年多的时间，父亲和古籍办的同志们一起，走访调查北京的各大图书馆和相关部门的资料室，核对没有出版过的曲本。父亲的同学刘葆绵女士，是中央戏剧学院退休老师。她的爱人李啸仓先生，生前对子弟书很有研究，家中也有所收藏。父亲得知消息后，立即登门拜访。而热心的刘老师不仅将家中的藏书全部拿出，让父亲进行挑选，她本人也跟随父亲参加到收集整理工作中。还有辽宁春风文艺出版社的原社长耿英同志，也是父亲的老同学，他寄来《清蒙古车王府藏子弟书》未收的段子40余个。此外，父亲又和自己老师傅惜华先生（戏曲研究家、俗文学家、藏书家）的家人取得联系，得知老师的藏书已全部捐献给中国戏剧研究院，便亲自到位于东四八条的研究院寻求帮助。当整理出的书目经核对，发现很多以前未见过的“子弟书曲本”时，父亲兴奋得像个孩子：“今天真是收获不小呀。”

而后，父亲又陆续接到了从日本寄来的“波多野”藏书，从台湾寄来的“子弟书”复印件。还有美国的亲友寄来一部分资料。这一次真可谓“海内外”齐动员了。

父亲是一位做事认真的人，当他看到从台湾寄来的曲本复印件有的地方字迹不清楚及其他问题，就打电话进行咨询，还要求对方重新查阅。而台湾的来信者，是父亲五十多年未见的侄女。因为收集古籍的工作，叔侄之间加强了联系。

父亲的认真让我终生难忘。记得1998年秋季的一天，父亲对我说：“你和张琳陪我去国家图书馆抄写资料吧。带些面包，中午就不回来了。”当我们父女乘公交车到国图，我搀着手拄拐杖的父亲上楼时，明显感觉到他的脚步很慢，还有些喘。但一到二楼阅览室，父亲就全然不顾一路的疲惫，认真地翻阅书目，小心翼翼地让我们把借出来的线装书放好，并叮嘱我们抄书的注意事项。而后父亲就端坐在书桌前，那深度的近视镜、绿色灯罩的台灯和满头的白发……那一幕定格成照片永远印在我的脑海。

7月的北京天气很热，父亲每天很早就开始一天的工作。父亲认真地对待每一个注解，为了要做到准确无误，他要查阅很多资料，找出相应的解释，有时为查找一两个词语的注解翻阅很多资料。我佩服父亲的查找能力，耄耋老人有如此的记忆力，让年轻人都自叹不如。父亲一边翻书一边和我说："你们老觉得我买书多，可这到用时我还感觉少呢。"

经过集中粗筛、剔除重复和精选，包含150种精品"曲本"的《子弟书珍本百种》终于定稿。著名满族书画家胡絜青先生特为精选本题写了书名。历经两年半的古籍收集整理工作告一段落。

出版社的稿子分批送来，父亲为了早日完成任务，经常看稿子到深夜。记得有一天父亲很早就回到卧室，并关上了卧室的门。我和妹妹都以为父亲太累，就没敢去打扰。后来我发现，父亲他并没有休息，而是在伏案工作。我们多次想说服父亲，可看到父亲那执着的工作态度，又不忍心去打扰他，只能悄悄地为他端一杯热茶放在写字台上，然后轻轻离去。

5年多过去了，2000年6月13日下午，市民委古籍办的张炳宇同志给父亲送来了《子弟书珍本百种》12册。被称为"免遗珠之憾，补车本之缺"的《子弟书珍本百种》，同时让很多人赞叹："真是奇文。写景是依情而写，意境深远。写情又很细腻婉转，如面对其人。引人入胜，令人感动……"这引起了国内外研究少数民族文学的学者们的广泛关注。

从1985年制订出版计划到2000年全部出版成书，父亲和民族古籍整理出版小组的成员们一起克服重重困难，经过十几年的努力先后共整理少数民族古籍13种，正式出版9种，其中就包括《清蒙古车王府藏子弟书》上、下册和满族说唱文学《子弟书珍本百种》。父亲说：这9部书的成功出版，是领导及专家们的大力支持和古籍小组全体成员辛勤工作的结果，成绩归功大家。

（作者张瑗，张寿崇先生之女，原为北京市东风电视机厂调度。退休后整理、出版了父亲生前未尽的《那桐日记》，并出版《我的父亲张寿崇》。）

我妈和我婶儿

李钟秀

当我做了奶奶以后，我才明白母亲给予我的爱是那样完美、自发而且是无条件的。

1929 年，我家和婶儿家大排行的七个孩子在我家院里正房门口照相，右起第三人是作者

真希望我是被我婶儿从我妈妈的肚皮里取出来的。爷爷奶奶对家族又一个丫头片子的来临有何反应？我给我妈有没有带来烦恼？我又是哪个时辰来到人间的？当我想知道这些时，爸妈早已相继过世，就剩下婶儿了。

“我怎么能为你接生？一个没结婚的大姑娘接生，在那时是要被人笑话的。”已是 89 岁高龄的婶母，透过深度近视镜片对我说，“我是在你满月后才结的婚，就是为让你妈来张罗我们的婚礼，才等到你过满月的。”

噢，我放心了，我没给妈带来什么麻烦，尽管她生了三个女儿，依然在很讲究儿女成双“全乎人儿”的婆家家族里任“要职”。如今我婶儿在这间房里已住了 64 年，玻璃窗、木地板依旧一尘不染，书桌上那一排颜色各异的香雪兰，每个花盆下都有一个干净的小托盘。尽管儿媳妇勤快懂事，常为她洗衣服、收拾屋子，可她还是爱自己擦擦刷刷。提起旧事，她拿出了一帧8英寸的旧照片——那是她的结婚照。她说："这身婚纱是定做的，淡粉的，鞋是粉色缎面绣花的。瞧，我头上戴的、手上捧的，还有这飘带上都是鲜花……"

"可我叔叔怎么这样？"我叔叔穿着短大衣、托着礼帽照相，与新娘很不相衬，于是我问婶儿。

"刚提亲时，我不喜欢他。第一次见面，他头戴黑呢礼帽，穿着蓝大褂里面套着西装裤，个子也不高。我想，亏他还是个学医的大学生呢，这么土！"婶母坦率地说着，晚辈们全凑拢来听，她的直言使我们笑起来，也更加爱她。

我婶儿叫张映雪，1912年生于唐山一官宦人家。她祖父在清朝官至翰林，外祖父官至道台；她的父亲留学法国，在北京大学任教，还曾任中法大学校长。婶母在这样一个家庭中度过幸福童年，受到良好教育，学龄前读"四书""五经"，然后上小学、中学。可惜好景不长，母亲病逝父亲续弦，继母不再让她读书。

我妈妈叫张淑媛，1903年生于吉林市一个中产知识分子家庭，她是老大。她父亲没有让长女读书，认为她早晚嫁人，读书没用，只让学了点《三字经》《百家姓》之类。而我舅舅高中毕业后，外祖父则送他东渡扶桑，在日本学习口腔专业，他学成回国开了牙科诊所，支撑了家业。为此，妈妈埋怨了我姥姥一辈子，也常向我们四姐妹倾诉爹娘不让读书的苦楚。

我婶儿比我妈有办法，比我妈刚烈，为了继续求学，搬到了她的外祖父家，央求外祖父送她学习。虽然心疼外孙女，但是外祖父也自有他的伦理规则，他怕亲家指责他越俎代庖："我可以管你吃、穿、用，但不能供你上学。你是张家的人，你们张家应供你读书。"

婶儿没有退缩，她从自己的经济条件考虑，为自己选择了一所既能住校又能省钱，还能很快学到本领的专科学校——北京惠中女子助产学校。她把外祖父给的零花钱当学费。她每次考试都是第一名，因为她知道，如果学得不好，就得回家看孩子做家务。她还帮助自己的两个妹妹读书，在她的感召下，其中一个妹妹的订婚条件之一，就是婆家允许她婚后继续上学并提供学费。

我的妈妈也有两个妹妹，在她成了牺牲品后，便坚决地支持妹妹们读书了。

在那个年月，一个女孩子家学助产，被人嘲笑为“抠屁眼儿”的肮脏事，婶儿忍受着：只要能读书，谁爱说什么就让他们说去吧！她坚持完成了学业，便到了谈婚论嫁的年龄。她的外祖父与我爸相识，往来密切。我爸长期赋闲，多与长其二三十岁的长辈学习诗画。老人家为外孙女相上了我们家，其时我家除祖父母，只有我爸和我叔。我的祖父是一位拥有自己中药店的坐堂看病的老中医。婶儿知道不能抗拒这个婚姻，希望婚姻能给她的生活带来转机，使她成为自食其力的人。

相亲，约好是在北京隆福寺一家饭店见面。可婶儿却不知是相亲，只以为是外祖父带她逛庙会。她的父亲、继母已先期到达。这边是我的爷爷、奶奶和我爸、我妈、我叔叔。这时她才明白八九了……

“……你叔没你爸精神，比你爸矮，我一看就不高兴。回家后，我就哭，他那么土……我姥爷说：‘你还想要嫁什么人？你这是心高命苦气死鬼！’我想，豁出去了，不就是一死吗？”我婶儿这样对我们说着。她就这样硬着心肠答应了出嫁。

婚礼是热闹的，婚纱是考究的，可新娘提不起任何精神。

我妈和我婶儿，两个性格不同，童年时都那么渴望学文化的人，在我家相遇，成了妯娌。

我妈靠她那双能描龙会绣凤的巧手主持着家族的“大型”礼仪。家里虽有佣人，她仍亲手缝纫。她把学习的愿望全寄托在子女身上，千方百计使我们获得知识。我和姐姐们在学龄前都在家里学了《三字经》《百家姓》《千字文》，这是她力主我爸教我们的。结束蒙学到了6周岁后，我们便陆续进入正式小学读书，她希望我们能继承祖业学医当医生。

“我们家的媳妇是不到外边挣钱的，连你大哥（即我的父亲）也都不工作。”我奶奶在我婶儿提出要出去工作时这样回答。中国的旧社会就是让子女对父母依赖，我的祖父母积攒钱财，原来为的是让后人在家“享”福！婶儿暂时迁就下来了，她同我妈一样，两年生一个孩子。从1933年起，她俩轮流生，一年一个，孩子们像小楼梯一样排列着。到了1939年，我的祖父母相继过世，已经生了三个孩子的婶儿提出开业的要求，并请她的外祖父为她和我叔叔各写一个同样大小的铜匾，挂在家门两边。

左边是：**中医李尚一**

右边是：**助产士张映雪**

我婶儿既不做我叔叔的助手，也不在我叔叔的诊所里设妇产科，自己独立开业。她找到当年读专科学校一个姓袁的同学，两人都住在东四四条胡同，她俩在住家附近的地方接生，收入两人平分。她终于实现了自己的愿望。

我妈把羡慕的目光从我舅舅身上投向了她的弟媳，常对我们说：“你们婶儿上了学，自己能开业，多好！”

她怕我们不理解她的目标，又用了一个通俗的方式做了表述：凡考上贝满女子中学和育英中学的孩子，都给买新自行车；考上她认为二流学校的，给买旧自行车；考进不太入流的中学的，不给买车。

我们也很争气。大姐一举考取贝满女中，妈妈立即给她买了一辆新自行车；二姐初中没考上贝满女中，妈妈真给她买了辆旧自行车，她没有灰心，又在高中考进了贝满女中。我在1945年也是一举考取贝满女中的，但是，我家那时已经衰败，妈妈已经没有能力为我买自行车了。我觉得，无论新车还是旧车，只要能上一个好学校，没有自行车又怕什么？妈妈很遗憾，我却无所谓。

新中国诞生后，开展新法接生和节育知识的宣传，我婶儿在街道居委会的组织下做宣传工作，居民们很爱听。以后，卫生保健所吸收我婶儿做了公职助产医生，当时的工资是小米。她是在1973年退休的。她到西宁、沈阳、南京等地看望她的儿女们，绝不肯向晚辈们索取什么。当她89岁高龄，因病住院，她也没使用子女的钱。“我有退休金和公费医疗。”婶儿常自豪地说。

在我婶儿当了公职医务人员后，我妈也走出家门。她参加居委会举办的扫盲夜校，那年她47岁。那时，我爸患肺结核，我们还有个残疾弟弟。每晚，她把我爸爸安顿好，拉着残疾儿子参加学习。一年后，妈妈脱盲了，能阅读《人民日报》，能写字画画。几年后，我大弟弟准备出国时，妈妈送他一个笔记本，还在扉页写下了三行字：

儿行千里母担忧，
母行千里儿不愁，
愿你时常想着家。

我妈曾富有过，那些本该属于她的家产和陪嫁，她为守住它们本可不供我们读书的。可她却为我们定了挺高的目标。我家三个孩子同时读中学、两个孩子读小学的状况长达六年。每年，她要为五个孩子支付昂贵学费等开支操劳。她对我们姐妹说：“我要供你们读书到我分文俱无。为了学习的事，我埋怨你们姥姥一辈子，我不让你们再埋怨我。”她卖掉房产、卖掉陪嫁，无怨无悔。

我妈和我婶儿，两个极普通的女人，仅为了学习和独立用尽一生的努力。

当时，我们不懂生命的意义，但知道只要父母在，我们的背后便会生长出天使的翅膀。我们不知道天高地厚，但知道我们是栖息在父母的生命本体上，只要有烛火，我们便会发光。

我妈和我婶儿，把对生命的感恩传输给了我们。

（作者李钟秀，原中国妇女出版社社长。曾居住在东四三条。）

四月是春天

金伯宏

1966年“文化大革命”开始的时候我是中学生，学校停了课，运动似乎要无休止地进行下去，我不愿意浪费光阴，便开始自学摄影。当时我拥有的设备是一台30年代出品的120蔡司折叠相机，一台处理的国产放大机，几本“文革”前出版的《中国摄影》《大众摄影》杂志，一本暗房技术书。（“文革”初期这些杂志和艺术书籍都停止出版。）

我的一个同学的父母原是新华社摄影部的领导，在“文革”中不幸逝世。1968年，我在他家看到一些“文革”前摄影部作为内部资料编印的介绍西方摄影界情况的一些材料，记得其中提到有法国的抓拍大师布列松、美国的生活杂志封面摄影师哈里曼，等等。这是我第一次接触西方摄影艺术，他们的艺术理念和创作实践让我有一种冲击感。摄影本来是一种从西方舶来的艺术形式，早期的中国摄影无论从技术和艺术上都是模仿西方，后来有人将中国传统水墨画的意境带进了风光摄影。作为一个初学者和自学者，我曾经架起几盏钨丝灯为朋友照人像。1970年，我集资40元去庐山、九华山、黄山、杭州、苏州等地，试图拍出一些类似黄翔镜下的风光大作。40元包括两个月的车旅食宿全部费用，终因财力有限，不可能在外长期逗留去等待最好的拍摄季节和时候，最后我走马观花无功而返。

1972年我到故宫博物院从事文物摄影。1974年我到“五七艺大”（原北京电影学院）进修了近两年新闻摄影，1976年调到《人民中国》杂志任摄影记者。虽然走上了专业摄影的道路，但是在艺术上依然茫茫然，并没有找到自己钟爱的道路。对于在“文革”中盛行的粉饰化、公式化、标语化摄影在工作中有时候不得不采用，但自己内心感觉抵触。高山大海、小桥流水的照片有时候也拍一些，但并不是自己的偏爱。在街头巷尾公园广场拍过一些反映普通人生活的照片，虽自己喜欢，但在只能表现英雄人物和光明面的那个年代，那些照片没有地方发表展示，不可能得到社会的承认。像很多文艺界人士一样，我只能苦闷抱怨着独自摸索。1976 年“文革”结束，我的摄影创作方向在哪里，中国的摄影向哪方面发展，这是摆在中国摄影人面前的一个新问题。

1978 年初，学美术出身的王志平通过一个朋友来找我，说他正在策划编辑一本表现 1976 年北京群众清明节悼念周总理的画册。由于种种原因，我这方面照片不多，能拿出来的都是些“养在深闺人未识”的“另类”。比如在一个难得的大雪天，我到紫竹院公园拍了一组雪景习作，其中有小路上孤寂的脚印，白雪覆盖的石凳，亭子里一两个观雪游人的身影等。这些照片既非工作所需，也不是什么惊世之作，只是表达了我个人当时的一种茫然孤寂的情趣。志平仔细翻看了我的摄影作品，十分赞赏，提出要借走。我们谈得很投机，感觉遇见了知音。第二次他带来了李晓斌，谈起要自己成立一个影会，办一个纯艺术、完全自己做主的影展。通过他们我认识了正在编辑“四五”运动画册的吴鹏、王立平、罗晓韵等。“四五”画册的主创人成了新的艺术影展的核心力量，志趣相投的人越聚越多，“四月影会”和“自然·社会·人”影展就这样开始酝酿筹备起来。

青年摄影爱好者聚在一起，互相观摩作品，畅谈艺术道路和国家命运。他们虽然年龄、经历、家庭背景、艺术观点可能各不相同，但是有一个共同点，大家都认为摄影家应该可以有个性，摄影应该创新，“文革”中那种脱离群众脱离生活歌功颂德式的摄影不能再继续下去了。

1978 年底至 1979 年初，每个周末晚上我们都聚集在位于东四三条胡同里的王志平家，大家在一起商谈举办展览的事，挑选照片，筹集经费，分配任务。记得志平的房间大约有 12 平方米，屋里除了一张床几乎没有什么家具，墙上挂满了照片、画和艺术磁盘。冬天很冷，屋里没有暖气，有时开一个烧水的电炉来取暖。因为来的人多，多数人只能站着，大家心气又高，因此并不觉得冷。只是人多口杂，经常吵得像是开了锅，人人都提高了嗓门，王志平不得不时不时出头维持会议秩序，让大家集中统一，回归主题。集会总要延续至午夜，大家谈得唇焦腹空，便一起去东四路口一家彻夜营业的饭店喝一碗热乎乎的馄饨。吃饱喝足大家骑车回家，一路继续畅谈，最后到路口不得不分手时，还会停下车依依不舍再神侃一小时，回到家总是后半夜。当时对于这次影展能否取得成功，它有什么意义，大家心里并没有十分把握。但是当时大家都有一种强烈的愿望，要做自己愿意做的事情，突破“文革”中“四人帮”对艺术界的统治和束缚，在摄影艺术上闯出一条新路。我也在此之中慢慢确定了自己反映现实、生动幽默的摄影道路。

由于“文革”刚结束，当时人们对“四人帮”推行的“极左”的文艺理论在思想上仍有顾虑，一张落叶的照片会被人认为是小资产阶级情调，拍穿补丁衣服的农民会被人戴上污蔑贫下中农的帽子。“四月影会”并没有什么政治宣言，它只是用自己的照片粉碎了压在人们心中的咒语。

作为“四月影会”的核心成员，我参与了最后选定照片的工作，并且负责制作的重任。送展照片大都是小尺寸黑白照片。很多人自己没有条件放大尺寸展览用照片，也没经济能力送照片到图片社去放大。当时我在《人民中国》杂志工作，单位有专用暗房，于是给了我两盒匈牙利进口的放大纸，要我负责帮助有困难的人放大。翁乃强当时是我单位的摄影组长，他冒着政治风险对我在单位放展出照片给予大力支持。

事情过了30年，按现在的物质条件比，那几次展览显得十分简陋粗糙。在这30年中各种大规模高水平的摄影展览不知举行过多少次，但人们偏偏依然记得1979年的那个四月的春天，一群摄影界的小人物在中山公园兰室举办的“自然·社会·人”影展。群众欢迎，舆论轰动，从中央到地方众说纷纭。有人说它是毒草，有人说它是鲜花，有人说它有益无害，有人说它是创新，一直到今天对它依然有不同的看法。但是有一条不争的事实没有人能否认，“四月影会”及其展览无论从形式或内容上对过去都是一种突破。它是人们思想解放和改革开放的产物。它只是一个起点，冲破了桎梏便完成了它的历史使命。它并不是结束，摄影只有不断地突破创新才能前进发展。

（作者金伯宏，著名摄影家，“四月影会”发起人之一。）

东四三条有间难忘的小屋

许　涿

在北京东城区东四三条胡同有一个大杂院，早年一定是很像样的四合院，只是在成了某单位的宿舍，特别是“文革”后，住的人家多了，便东一间西一间搭了许多小房，显得很杂乱。

王志平就住在院内的一间朝南的平房。

大约是1976年底，我的同学带我去王志平东四三条家里看他拍的1976年春天安门广场群众悼念周总理的照片。我一进屋感到很新鲜，四面墙没有能进光的窗户（窗玻璃全用黑纸糊着），桌上放一台苏联制造的135黑白放大机，平时门一关就是可以冲胶卷洗照片的暗房，大白天屋内也只能靠灯光照明。冬天寒气逼人，既没暖气也没火炉，地上放一盆水能冻成冰。晚上睡觉前，他妹妹时常送过来一个灌满热水的暖水袋，放进被子里。

然而这间小屋却吸引着众多影友，成了我们经常光顾的地方。

大家时不时带些新拍的片子来切磋交流，谁买了新相机也带来看看，在这里可以认识很多新朋友，甚至谁交了女朋友也带来让大家瞧瞧。在那“四人帮”刚倒、拨乱反正的年月，这间屋子里就算是有点文化气味又有共同语言朋友聚集的地方。

那时没电话，来了，志平不在家是常事。他出去，门也不锁，人们便自己进屋里聊天。有时偶然碰到锁着门，就到后院志平父亲和妹妹屋里，和他们聊天，看他父亲用旧电影胶片做台灯罩。志平房间里没有椅子、沙发，只有两条木板凳和床可坐。来的人多了，常常要站着，屋里就像公共汽车上一样，人们一个挨着一个，走几个又来几个，人再多时连院子里也站着仨一群、俩一伙的人在兴致勃勃地聊天。酝酿成立“四月影会”，筹备组织“自然·社会·人”影展的商讨、收集展品、评选等很多组织工作，都是在这间小屋进行的。

那时这里既没矿泉水喝，也没有水果和点心吃，但大家都喜欢来。人与人之间平等相待，心态平和。记得到吃饭的点儿了，有人出去买几个面包，回来你一个我一个一分，一边吃一边接着说事。有时，谁一高兴，请哥几个到胡同西口的一家卤煮火烧店吃碗卤煮解解馋。

30 多年过去了，志平早不在那里住。如今，志平生活在遥远的法国也已 20 多年。我也退休多年，可每次骑车穿过那条胡同时，还总不由得向那大杂院里望上一眼，留恋那些年我们在此相聚，志趣相投地搞起“四月影会”，还成功地组织了三回影展的那间小屋。

（作者许涿，人民日报海外版高级编辑。）

文相和我一起走过的日子

宋丹菊

我的丈夫朱文相出生在一个没落的资产阶级家庭，祖父朱启钤是清末高官、民初内务总长，“营造学社”创始人、组织者。那时马连良、孟小冬、梅兰芳、叶盛兰、张君秋、宋德珠等京剧名角儿是他家的常客，梅兰芳的徒弟贾世珍教他姐姐学戏，他父亲经常请茹富阑教他《黄鹤楼》《群英会》，还请王瑞芝为他操琴、教唱。在父亲看戏的这个环境里，文相从小耳濡目染，又有幸结识了陆静岩大姑（给梅兰芳写《穆桂英挂帅》的作者)，她经常和文相一起聊戏、探讨剧本、谈剧团的情况。1962 年文相毕业于北京师范学院，被分到 71 中当老师。我父亲宋德珠是京剧名家，被称为京剧“四小名旦”之一，“文革”中被称为“反对学术权威，白专道路典型，被改造的对象”。而我也在北京京剧院成为“牛鬼蛇神的狗崽子”“黑五类”。还记得那会儿我主动要求献血，却被人揪了出来，说我的血是“黑”的。初见文相时，他毛蓝的衣裤上都是补丁，但干净、朴素中带着一股书卷气。我没读过多少书，一直非常羡慕有文化的读书人，于是对文相很有好感。

记得有一天我去找他，看到他家大门开着，二门紧闭，院灯全部开着，里面隐隐约约传来喧闹之声。我隔着门缝偷偷往里望去，只见他全家人（除文相不在）站在那里受一群红卫兵的批斗。那时正是下班时间，我转身就沿着文相回家的路狂奔，截住了他。那会儿街上也不敢多待，只好来到他同学刘宗汉家（史家胡同）躲了一晚，可第二天文相回到学校还是给揪了出来。文相的家被封了，一家三代被轰到车房（实是堆东西的房子）。在学校文相干着收拾破旧座椅、拉煤、烧锅炉的活，也不敢回家。在这种情况下，我们领了结婚证书。

1970年我被“光荣”地调到了“五七”干校种地。三年后以“劳动改造”的身份回到剧团，参演样板戏。不受到重用，我还是一头扎在了练功房，学戏练功两不误。文相那会儿在71中，因为都是农民的子弟，文相骑着自行车，挨家挨户到农民家做思想工作，还把自己微薄的工资拿出来资助学生。我记得文相每次下班回家就在木架的折叠椅上睡一会儿，然后就批改作业。因为是几个班的，每一个错别字文相都要修改，批改完了天也就蒙蒙亮了。文相在71中，全校有100多个员工，有一次书记发民意测验表，书记问文相，你知道你有多少票吗？99张（除去文相自己那张票）。文相先后担任了教研组长、教务主任的职务。

1978年，文相考入中国艺术研究院研究生部，师从张庚、阿甲、郭汉城、李紫贵、黄克宝等一批才学渊博的老师。在艺术研究院，文相觉得自己出身不好，能要求入党吗？后来管组织的郭老师告诉他党内外无一人反对的。余林院长认为文相是一个真正懂戏的人，不光是在理论上。1987年余林把文相调入了中国戏曲学院。幼时的熏陶和青年时期的锤炼，使文相积累了相当的领导素质，先后担任副院长、院长。文相在学院任职期间，引领戏曲教育由中专模式转轨为大学模式，并开设了十余门课程。在那非常的年代，文相坚持留住了现今唯一的中国戏曲学院，培养了一批又一批的戏曲接班人，并协助丁关根同志承办了关于研究生班的一系列具体工作。

1991年文相体检时误诊为肝癌，两次化疗导致肝硬化。1994年在北京医院大出血休克，多次发出病危通知书。那会儿我们的孩子在上大学，我的公公也经常住院，所以北京医院经常是三楼一个，四楼一个。而我那会儿在剧院也熬到开始为我排大戏了，翁偶虹还为我排了《改容战父》的全本。长安戏院打出了我的名字，贴出了戏。我是他的妻子，我怜惜他，理解他，知道他是一个人才，为了能够更好地照顾文相，我只好找到赵景勃去找李元春要求回戏，毅然离开了京剧院，离开了我为之奋斗的舞台，以外聘的资格进入戏曲学院一边教课一边照顾他。1996年文相因病辞去院长职务，我们也就有了些空余时间。在他病情稍稳定的那段日子里，我们一起去到外省剧团排戏、看戏、评奖。2001 年一起去欧洲讲学，顺便还去看望了远在奥地利的弟弟。我们在公园里拿着面包喂鸽子，躺在躺椅上看着蓝色的天空，带着弟弟的两个孩子骑着自行车，听着孩子们的嬉笑声，现在回想起来应该是我和文相最幸福的一段时光了！

可随着文相病情的加重，我又陷入了极度的恐慌和紧张之中。我跑遍了北京的各大医院，结果大体相同。2006 年 10 月 25 日是文相最后一次住院，抽水，做心电图、B 超等检查。第二天文相就开始吐血了，而后病情不断加剧。最后的三天文相已吃不进什么东西了，但他还是先后和麻美子（文相的日本研究生）、刘宗汉、高尚贤（文相小学好友）、院党委王民忠书记等许多同事讨论工作。他还在说，力戒“三浮”（学风浮躁、艺风浮华、作风浮夸）；还特别强调“三突出”问题：（1）戏曲舞台演出的整体艺术要突出表演艺术；（2）表演艺术要突出主演艺术；（3）主演的表演要突出表现人物的唱、念、做、打等高含金量的技艺……

2006 年 11 月 15 日，文相永远离开了我！从 1991 年到 2006 年，这 15 年的病痛对他以及对我的家庭来说都是一个漫长而痛苦的折磨，可是病痛中的文相从来都是笑着面对。还记得那会儿文相已知道了自己的病情，身体非常虚弱，我为他买了个叫铃，为的是有什么事好叫我。无数个夜晚文相用叫铃把我叫醒，我常常被吓得一身冷汗，他说他突然想到了关于他书中的某个细节问题（他老说要给学生留一点东西），我也连忙拿笔记下。也就是在他身患沉疴，医院下达无数病危通知书的情况下，文相以他惊人的毅力带出了七位研究生，还担任中国艺术教育大系《戏曲卷》的编委会主任，主持了这套 12 本教材的编写和出版工作，并亲自编写了《中国戏曲学概论》《戏曲角色创造》《戏曲导演教程》《朱文相戏曲文集》等专著和教材；在学校的大力支持下，现还有 3 本书也即将发行。

我与文相结婚 40 年了，但因为各种原因，生日、节日、纪念日都没有庆祝过。文相不但是我的伴侣，也是我的老师。在生活和艺术上我们有着太多的共同语言，哪怕是他在佑安医院住院的两年时间里，我在家看电视，有什么好戏和不懂的就给他打电话，他在医院看完后我们还要进行一番讨论，我也从中受益匪浅。所以我和文相的几十年是探讨艺术的几十年，也是相濡以沫的几十年。作为他的妻子，我明白他，知道他，了解他！他走的是一条不容置疑的正确道路。文相常说“殉道”的境界不好做到，需要这样的人，关键是不是为自己。我认为文相就是一个为戏曲事业“殉道”的人。我也相信他的学生们今后也会沿着阿甲老师和文相同志所追求的道路继续走下去，完成他们未完成的事业。作为他的妻子，虽然我的力量微不足道，但我会本着文相的精神在我的晚年里力所能及地去做一些事情，以告慰他的在天之灵！

（作者宋丹菊，国家一级演员，国家级非物质文化遗产代表性传承人。居住在东四八条。）

环路中的“老大”

郑　毅

古城北京街巷的主干线都与城门相通。它们仍以各城门的名称命名，包括：内城的前门、宣武门、阜成门、西直门、德胜门、安定门、东直门、朝阳门、崇文门；外城的永定门、广渠门、广安门等。民国时期，为方便交通，又在城墙上开了几个豁口，也称某某门，但实际并无城门楼（即不在古都原有的城门范围之内），如和平门、建国门、复兴门。以这些门为起点，向内延伸的街，叫某某门内大街，向外延伸的街，叫某某门外大街。如朝阳门内大街，朝阳门外大街；崇文门内大街，崇文门外大街；建国门内大街，建国门外大街等等。

随着北京经济建设的发展，城市规模不断扩大，为缓解交通拥堵，20世纪60年代末，拆内城城墙，在原城墙遗址下修建地铁，遗址上改修二环路。此为内城二环路，围绕原内城九门外转一圈。之后，又将前三门外南二环推至外城永定门外，称南二环。随后，又出现了三环、四环、五环和连接各郊区县城的六环路的新名称。那么，一环路在哪里呢？

凡60岁以上的老年人都知道，北京城曾有过一环路，但它不叫一环路，而是叫环行线，分上线和下线，在北京内城从平安里到西四、西单、天安门、东单、东四、北新桥、交道口、鼓楼、地安门、北海后门，再回平安里绕一圈。这条环行线，现在虽然没有多少人称呼了，但在环路的名称上，仍留有它的地位。北京的环路从数字二开始，而不是从数字一开始，就是证明。这条老环行线与二环、三环、四环、五环、六环论起来，不就是“老大”么。

（作者郑毅，原北京市钟鼓楼文物保管所所长。居住在东四二条。）

小胡同——钓鱼台儿

薛恩志

乍一看这个题目有人会说：“钓鱼台不是国宾馆吗?”您有所不知，早年间在齐化门（现朝阳门）内，有两条小胡同与现今的国宾馆同名，马路南边的叫南钓鱼台胡同，马路北边的叫北钓鱼台胡同。南钓鱼台胡同是一条狭长的窄胡同，里面有四五个门，没有门脸房。北钓鱼台胡同却大不相同，胡同较宽，而且全是铺面房。我就生长在这条胡同里。要说我们这条胡同在北京城多如牛毛的胡同里既不起眼，也不出名，但是在我们心中她是神圣的。先说我们这条胡同的形状，像一根龙头拐杖。从北口起较为宽敞笔直，在五分之四处有一片类似院落的开阔地，那就是“龙头”；要出南口有十余米只能容一人通过，那就是“龙须”。胡同全长百十来米，北京人形容小爱用儿化音，所以我们都叫她北钓鱼台儿。

别看我们这条胡同小，她可是风水宝地。里面算不上商贾云集，也是店铺林立。您听我给您数道数道。胡同里有两家饭馆——三合顺和通兴顺，别看只有三间门脸，这在我们胡同就算大买卖了。有两家鞋铺，南口一家，北口一家；一个理发馆，都叫它剃头棚；有一家馒头铺、一家干鲜水果店、一间豆腐房、一家面铺，一家卖切糕的，一家卖面茶的；还有两家按现在的话儿说是搞批发的，就是这个铺子，把货发给别人去卖，那时叫发货，一家发烧饼，一家发炸素三角。要说变化多端，还是我们家对门的那套两间门脸的大房子，解放初期当过校医院，比现在的社区卫生站还小，后来做了成衣铺，我们叫它裁缝铺，到最后变成了鞋铺，拆迁之前就成了废弃的仓库。

经我一介绍您可以想象当年我们胡同得多热闹！难怪住在北边的后石道胡同、豆瓣胡同、豆芽菜胡同的居民要上大街或回家，都要经过我们这个胡同。您别以为通往大街的只有这一条胡同，东西不过百米各有一条胡同可到大街。人们都很少走，就愿意从我们胡同过，没办法这就是习惯，也可以说是人的行为惯性。老从这儿走都熟识了，互相打个招呼问个好，心里热乎乎的。更有意思的是拿着挺沉重的东西要去干点别的事，不方便，就把东西寄存在某一家，轻松去办事，回来再取了回家。人与人之间的信任十分难得。

20 世纪六七十年代，我们这条胡同作为支流汇入了主流——后石道胡同。从此以后，在北京市的版图上再也没有了北钓鱼台儿胡同这一名称了。可是人们不管那一套，不叫她后石道，还叫她钓鱼台儿，如问：您上哪儿了？答：钓鱼台儿。您住哪儿呀？钓鱼台儿。这样回答老住户特明白。

21 世纪初，朝阳门内搞拆迁，北钓鱼台儿这条胡同永久不复存在了。常言说：失去了才知道她的珍贵。确实如此，住在那儿的时候总说这条胡同都破成这样了怎么还不拆呀！一旦拆了，永远都看不见她了，又牵肠挂肚地想胡同里的一草一木，这时想起来是那样的亲切。毕竟，她承载了几代人生命的记忆。

我非常怀念我们的胡同——钓鱼台儿。

（作者薛恩志，东四南门仓社区居民。）

压腰钱

薛恩志

看了题目您会说你错了，应该是压岁钱。刚过完年，我可没少给晚辈压岁钱。可我要说的压腰钱是另一种民俗。

话说旧时闺女大了要出嫁，临出门子之前，她所有的至亲女眷都要给她一些钱。奶奶、妈妈自不必说，闺女的亲大妈、婶娘、姑妈、舅妈、姨妈都要给，大门大户每人一份，小门小户几个人凑一个红包。

这钱是什么意思？有什么作用呢？无非是心疼闺女，怕她在婆家受委屈。旧时女人不出去工作，在家花爹的钱，出了门子花婆家的钱。小两口分家另过就花爷们儿挣的钱。新媳妇刚过门对婆家人生地也生。虽说婆家管吃管穿，但是自己手使手用的东西，如手绢、毛巾、扑粉雪花膏、针头线脑都得自己置办。问题是钱从哪来？跟婆婆要，不好意思，万一不给多没脸面；跟爷儿们要，刚过门磨不开面。这时压腰钱就派上用场了。

压腰钱这一民俗体现了旧时妇女地位低下，毫无经济权利，只是男人的附属品。好在那样的时代一去不复返了。

（作者薛恩志，东四南门仓社区居民。）

我家的水缸

武文斌

2001年以前，我家一直住的是平房。水缸是必不可少的器皿之一，而且家中不止一口。其中一口是盛水的，其他的则另有它用。水缸盛水是它的首要功能，特别是到了冬季，院里的水管子到了晚上就要回水，家中用水就靠水缸内的储存。我家的另一口水缸，平时用来装粮食，到了冬季，则派上了其他用途。

俗谚云：二十八把面发，二十九蒸馒头。每年一到腊月的这个时候，母亲就开始准备过年的食物了。她蒸馒头、蒸豆包、蒸枣饼、蒸花卷、蒸年糕，炸丸子、炖肉、蒸米粉肉，做豆瓣酱，炒酱瓜丝，炸咯吱盒，等等。母亲准备的食物，足足可以吃到正月十五。这么多东西往哪放啊！这时，平时用来装粮食的水缸就有了新的用途。我们把水缸挪到屋檐下，将母亲做的食物一件件放入缸内，再加上缸盖，这水缸就成了天然冰柜，随吃随取。水缸就这样陪伴了我们几十年。

（作者武文斌，东四南门仓社区居民。）

家神儿

萨　苏

中秋，回国，到家，到院子里看看月亮，进屋的时候，正见一个肥肥的老家伙摆动着胖屁股，匆匆地钻进门槛下面。哦，认出来了，我们家的老家神嘛，叫什么？哦，叫圣·埃尔佛卡。

说圣·埃尔佛卡，马上就会令人头大，这是开玩笑，而如果说“土鳖”那就很多朋友都知道了。土鳖是一种北方常见的昆虫，看名字很容易让人想起日本侵华战犯土肥原。实际上，土鳖的外形扁圆肥大，喜欢在砖缝泥土间出没，这几个字形容它的尊容再贴切不过。

土鳖就土鳖吧，干吗叫人家那个圣什么埃尔什么佛卡？这里面自有道理。土鳖学名 St. Eleophaga。这年头都开放了，既然李大嘴可以叫作 David Lee，那土鳖翻译成圣·埃尔佛卡应该说不算过分。既然作为某种“神”，用这种洋气一些的名字，为的是让这种土得掉渣的家伙与时俱进。

萨小的时候对土鳖非常熟悉的。那时候没有日光灯，在灯泡昏暗的光亮下，经常可以看到这些土气而勤勉的家伙匆忙爬来爬去。它们就住在我们家房子的砖缝里，同在一个屋顶下却自来自往，从不干扰我们的生活，很有些“君子之交，老死不相往来”的劲头。

据说有些土鳖种类的背甲带有金边，还有的进化成了前大后小的流线水滴形，我家的土鳖没有这么多花哨或者高科技的进步，就是纯正椭圆形。蓝黑色的背壳，上面永远蒙着薄薄一层土，显然是那种非常传统保守的土鳖。称为土鳖，形状上自然有些像龟鳖之属，这种东西有着浑圆的背甲，没翅膀，全身包括六条腿都藏在甲下面看不到，所以行动起来有点儿像一枚硬币在奇异地移动。它没有牙齿或者毒刺，对付攻击唯一的一招就是趴在地上不动，以不变应万变，仗着坚盔厚甲让你无从下口。

无论过去还是今天，有人家的地方总有些昆虫，典型的是蟑螂或者潮虫，总给人肮脏和猥琐的感觉。我想这是因为它们总是和人类的垃圾或者不洁的地方打交道有关吧。土鳖不同，它虽然有些憨，但外形大气纯朴，因为没有翅膀，看起来总是简洁干净。土鳖不是一身土么，哪能干净？我的看法其实土并不脏。水深土厚，是说某地方风水好，福泽深厚。波斯人到希腊好像索要过土，结果让斯巴达人扔到山谷里自己找土去了。这可见土是好东西，干净的东西。若波斯人要的是啤酒瓶子或者一次性饭盒，希腊人大概早就送给他了。

土鳖只吃土，不和各种人类制造的生活或者工业垃圾打交道。这一点我相信，从来没见土鳖拖我们吃剩的果核回家的，从食物上说它和蚯蚓大可共同称为纯天然食品的爱好者，而且比较挑剔。土既然是干净的，所以我说土鳖干净。

小时候家里，主要是爷爷不让孩子们打土鳖，问过理由，说它是益虫，有土鳖的地方就没有白蚁，土鳖帮着我们看房子。另外它又不碍你的事，你打它干什么？

后来发现这是无稽之谈，土鳖不会吃白蚁，北方这玩意儿本来就少，显然不过是个借口。父母一辈的长辈说，那是因为土鳖是家神，冒犯不得，打了它会头痛脑热。之所以和我们说另外一种理由，是因为新社会了，再说“家神”有宣传迷信的嫌疑。

再后来觉得这也是一个借口，因为土鳖在北京并不太平安。这玩意儿是中药，可以接骨祛风，很多家庭都捉了它晒干，送到药铺卖钱，并不见头疼脑热，而且问老家的乡亲，也没有谁听说过土鳖是家神的说法。这道理原本萨爹这类聪明人一想就透，只不过他们心思不在这上面，所以到了我这一代才觉得有些好奇。

末了，我终于认定，所谓土鳖，也就是圣·埃尔佛卡，是我们家的家神，应该是我爷爷的独家创造。

对着土鳖我想了好久，老爷子为什么管这东西称作家神，最后让我想出了道理。

老爷子是商人，我们住的这个房子最早买来是作为商号的仓库，老爷子进来不免看到土鳖在爬。土鳖的形状是圆的，容易让人想到铜钱的形状，可能老爷子看了觉得吉利，就这样给土鳖定了家神的地位吧！

这件事我和二爷爷，也就是我爷爷的亲弟弟讲过，他想了想说恐怕不是这样。

他说我们乡下都有家神的说法，主要是刺猬、黄鼠狼、狐狸或者蛇。它们经常在住人的地方不远处活动，甚至和人同处一宅，乡人从不哄赶，反而认为是很大的吉兆，称为家神，往往还要上供。我们传统的看法是那些刺猬、黄鼠狼、狐狸或者蛇都不去光顾的人家，必定恶贯满盈或者待人刻薄。我祖母家就有一条大蛇住在谷仓里，称为“守仓”，于是连小贼也不敢去招惹。

大蛇守仓守了几十年，抗战时候，我们的老乡孙广瑞率部队经过乏粮，祖母家为国破家，开仓接济，预先拜过之后，取尽粮食。只见大蛇盘曲仓角，安然不动，村人以为有灵，此后就不再见。二爷爷是个老共产党，傅作义起义的时候还关在雍和宫的牢房里，看来对于鬼力乱神，也不是完全免疫的。

二爷爷说你爷爷是个传统的人，到了北平，城里当然很难有刺猬、黄鼠狼、狐狸或者蛇这类东西。他多半是觉得没有家神心里不安得慌，于是就把这土鳖封为家神，一半这确是当方土地，一半也是给自己一点安慰吧。

我想二爷爷讲得有道理，果然是灌过凉水的，见解比我深刻得多。

进了屋，想起刚才见到的土鳖，和奶奶说起这件事来。

奶奶拿了月饼给我，讲你说得对，这土鳖做家神，的确是你爷爷开始的。

哦，那么二爷爷猜得对么？

他说得不全对。奶奶望望屋里那个玻璃拉门柜子，爷爷的照片在里面微微地笑。

奶奶说当年我和你爷爷来北平，朋友介绍到东四这儿买房子，晚上还没有床，打地铺。也是中秋了，那时候你爸爸他们还在沈阳没有过来，就我们两个，有点儿寂寞。你爷爷忽然说你看。

就看见靠地面的墙缝里爬出一个很大的土鳖来，像雪花膏盒子盖那么大。

我说要不要打？

他说别打，它又不碍我们的事，打它干什么吗？停一停，说，它是这儿的家主呢，我们是客人。

我就笑。

这时候，就看见那墙缝里又爬出一个土鳖来，小得多，也就硬币那么大。接着又是一个，不一会儿，就爬出来一串，一个大的，带着七八个小的，都是圆圆的，摇摇摆摆沿着墙边，跟着那个大的，远远地爬了去。

你爷爷说，瞧这一家子，多兴旺，这地方是好地方啊。

土鳖都是一家子一家子地住在一起。

那些日子他总是愁眉不展的，这一天他却笑得很开心。

奶奶说，那以后你爷爷就不让打这个土鳖，说是家神了。

奶奶讲的我是第一次听到，后面的事情我知道。有了房子，我们家在北京住了下来，不久父亲他们也来，奶奶在这里又生了两个姑姑。我的父亲在这里娶了我母亲，我的母亲在这里生了我和我的弟弟。

等奶奶睡了，我走到院子里，枣树的枝叶在夜风中唰唰啦啦。

我俯身抓起院子里的一把土，我知道在现代的建筑里很少有土鳖了，因为它们需要住在墙缝里，它们需要土。今天的钢筋混凝土建筑，没有墙缝给它住，也没有土给它吃的。

我把土慢慢碾碎，看着它在月光中飘拂。

明天，我又要走了。

也许，我也该给我的家神上一炷香。

其实土鳖并不是都没有翅膀，据说没有翅膀的土鳖，都是雌的。雄土鳖是有翅膀的，我们称为“飞土鳖”，只以为它们不是一类，实际上只是性别不同。雄土鳖数量少，而且不顾家，谈土鳖我们不去管它吧。

（作者萨苏，著名旅日学者。从小生长在东四四条。）

放风筝

萨 苏

风筝这玩意儿在北京，就像冰车在东北一样的地位，只要天气好，北京的天空中，总是少不了两样东西——甩着长尾巴的风筝，和带着哨的鸽群。

现在，城区因为电线多，放风筝的人少了，可鸽群还很多。挑个别人都上班的日子，懒懒地睡到十点多，听院儿里树梢上麻雀喳喳叫再从被窝里爬出来，走到院子里蹲下，就着下水井刷牙漱口。这时猛一抬头，听一群灰的白的鸽子带着悠扬的鸽哨回旋在瓦房的屋顶和白云之间，忽远忽近，翩然回翔，那种老北京的感觉，一下就有了。

放风筝（图片由京味画家杨信提供）

小时候我爷爷喜欢做风筝，而且手艺极好，沙燕儿做得比“工美”的东西还好看。我的堂兄沛哥喜欢放风筝，就到了上大学，每年春秋还要跑来放，如同夏末来吃自家树上的枣儿一样，属于固定节目。遗憾的是我一直没有学会，让沛哥这个当老师的十分头疼。我是无论怎样疯跑都不见风筝往上飞，只在屁股后面打转，像一个陀螺，最多起得比脑袋高一点点，那已经是很好的纪录了。

这样，好多很漂亮的风筝就让我糟蹋了。不过祖父并不见怪，他喜欢做，也喜欢看我们放，甚至，看我们糟蹋他的风筝。

萨爹说，你爷爷喜欢孩子。

而同样的东西，转到行家手里就不一样。有一回我拖着风筝在胡同里乱跑，被一个卖冰棍的老头儿叫住了，老家伙笑嘻嘻地给了我一根奶油的冰棍，让我帮忙看着冰棍车，接着就要过我的风筝放起来。

只见这老儿三拐两拐，忽而送线，忽而拉紧，转眼间风筝就越过树梢，迎风而起，越来越高。也不见他如何跑，那风筝就想高就高，想矮就矮，两条长飘带如同京剧唱戏的水袖儿，而且在他手里风筝还能转弯。祖父的手艺好，虽然做不了大龙，但沙燕风筝上总放一个小风车，还可以放哨子，所以这个风筝一上天就在天上风车哗啦响，哨子呼呼叫，胡同里很多小孩子看见听见都跟着起哄，嗷嗷喊。

老头儿就越发得意，攥了线轴卖弄不休。这时候我当然不干了，跳着脚要。——本来嘛，这风筝是我的。

等风筝到了我手里，就像被气枪打了的燕儿，顿时没了气焰，又蔫头耷脑往下掉。

老头儿赶紧一把抢过来，唰唰地拉线，三下两下，风筝又活了，线儿绷得笔直，精神得很。

如此要了两三回，老头儿终于不耐，举着线轴不再肯给我，告诉我车上冰棍儿随便吃吧，不要来烦他。

到底嘴巴对孩子来说是最重要的，我就站在他的车旁边吃冰棍，红果的虽然只有三分，但味道最喜欢，五分的小豆的和巧克力的反而在其次。我翻开他压在冰棍上的棉被，找一毛钱一根的大雪糕，遗憾的是看来老头儿今天没有带。

这时候，老头就带一帮孩子顺着胡同一拐一拐地跑，那风筝越放越高，地上看几乎只剩了一个黑点。小孩儿都跳着脚要玩，老头儿答应跟着的孩子每人放一下，不过，得排队——像买冰棍一样。

不过他没有得意好久，祖父就出来了。

因为祖父在家做别的事情，听到风筝哨儿呼呼响，知道是自家风筝上天了——他做的风筝当然心里有数。过了一会儿他忽然想到今天家里没有别人，是萨这个笨家伙把风筝扛出去了，而他太清楚这个孙子的本事，这个风筝绝对不是我放的。

于是他就跑了出来，看是谁有这么大能耐。

事儿说清楚了，老头儿有点儿窘，把风筝还了，说，嘿嘿，犯瘾了，小时候的玩意儿么。祖父说没事，他也不会放，你放得挺好啊。说完，居然也把风筝扯了起来，笑呵呵地放了一阵。

这时候下班的人多了，胡同里有了自行车，就不好放了，祖父收了风筝，说以后想放来啊。那老头儿笑笑，说难得犯瘾——然后，就开始挠头，一脸苦相。

因为他发现我把棉被揭开以后没有盖上，那一箱冰棍儿，都变成软塌塌的样子了。

祖父问他怎么了。老头儿说，完了，没法跟老太婆交代。

那一天，邻居的小孩子都吃了不少的冰棍，祖父请客。

只是过了一会儿，我忽然开始闹肚子疼，而且来势很凶。请来邻居龙振怀大夫给看看，龙大夫说是吃冷的东西吃多了。祖父问我：你吃了多少冰棍儿？我说，大概……大概有十几根吧。

祖父回过头来，对龙大夫说：完了，没法跟老太婆交代。

其实，也没什么不好交代的，那天祖母很晚才回来，我上过两次厕所，已经复原。祖父也未挨批，倒是祖母问他：干吗不把那风筝送了人家？难得那么大岁数，犯回瘾的。

（作者萨苏，著名旅日学者。从小生长在东四四条。）

玩泥巴

萨 苏

“玩泥巴时候的朋友”，这是一种传统上对童年好友的昵称——但和青梅竹马肯定不是一个意思。玩泥巴其实也有高下之分，比如萨一位兄弟喝多了，曾吞吞吐吐地说过小时候喜欢撒尿和泥，酒醒后又抵死不认，大概就因为这种玩泥巴的手段未免落了下作。真正玩泥巴玩出些水平的，七十年代北京孩子们玩的“胶泥”可算其中之一。

萨小的时候，胶泥是北京小孩儿一个重要的玩意儿。这东西其实就是黄土的提纯物，含黏土比较多，有一点儿像原始的橡皮泥。其优点当然就在于没有成本喽，而且基本是要多少有多少，用之不竭。个人认为，玩胶泥对儿童创造力的开发，绝对超过今天的变形金刚。

当时北京因为知青回城，劳动人民纷纷大兴土木，忙于在胡同里修建违章建筑，以便从新疆、东北回来的大姑娘小伙子们赶快成亲安家。这号称“盖小房”的运动，充分调动了中国老百姓的聪明才智和想象力，人民战争威力无穷，直把四九城的老宅院都弄得跟马蜂窝或者地道战一样地形复杂。在冯巩版《没事偷着乐》里面，依然可以找到这段历史的影子。

盖小房纯属传统建筑，投资有限，工艺原始，黄土便是不可少的材料，于是街头常常可见馒头状的沙堆黄土堆。要玩胶泥，从其中可以淘出极好的大块儿原始材料，再经过用水炮制去芜存菁，便成胶泥，可以用来做各种器物，桌椅板凳，房屋车船，极有雕塑效果，唯保存时间不长，干燥后多破裂失形，未免令人惆怅。

自然，看这个工艺流程，那时爱好艺术的弟兄们因为鼓捣胶泥把衣服弄成烂烂黄袍的不在少数。这在七十年代可是要挨揍的，原因在于此时布依然属于凭票供应商品，不可以随便糟蹋，而且家长尚不知洗衣机为何物，每天用搓板用到发狂的妈妈们对于玩胶泥的黄袍怪们有些变态可以理解。忽然想到黄袍怪中也不乏温柔贤淑的女生们，不知道今天当了妈妈的她们是否还会想起玩胶泥的古怪时代。

不过，大家乐此不疲，没有电子游戏，没有 MP3，弟兄们玩玩泥巴还犯了法不成？

于是放了学，在工地旁边一玩两三个钟头，误了功课的事情也不是没有。工地的主人对于“偷”胶泥的小贼多半极为宽容，常常可以看见某个前建设兵团大哥抽上棵劣质烟，在小贼们身边一蹲，做艺术欣赏状的场面。

那句话怎么说来着？少小离家老大回什么的？

本来孩子们玩胶泥的作品也就是桌子椅子、盆子碗这类没有多少想象力的东西，知青大哥们看多了就不免指点指点，而他们的指点有的时候就带点儿暴力倾向。

“盒子炮”就是他们指点下的作品。

说来吓人，其实“盒子炮”的构造相当简单，就是用胶泥做成一个四方体，把中间挖空，变成一个壁薄底儿厚的泥盒子罢了。玩法是在柏油路上洒些水，将这个盒子高高举起，口朝下向路面上一摔。如果密封良好，盒子里面的空气就会被压缩，将盒子胀破，于是发出“砰”的一声巨响。盒子炮因此得名。这个简单热闹的产品得到了大多数眼高手低的孩子们的热烈欢迎，并不断改进工艺。居然有人发现在底部预留一处比较薄的“炮洞”可以大大增加爆破的声势，假如做得好，其声威不亚于鞭炮。今天看来，这和反坦克火箭的聚能爆破工艺有极大相似之处，可见人民的智慧何等不可小觑。

盒子炮因为在胡同里制造不可思议的噪声而遭到了居委会大妈的反对，但因为大妈的孙子孙女也乐此不疲，最终无法取缔。

也有少数因为玩胶泥得了真传的。

知青中颇有一些人才，郁闷的兵团生活使他们往往专注于某一行当，并在其中取得相当成就。比如我二姑在东北学会了手风琴，回北京后达到上台演出的水平；三姑则专心中医，每天早上习惯背汤头歌诀，弄得萨脑子的硬盘里至今保存“穿山甲，王不留……”一类古怪的信息。胶泥能够直立，是雕塑的好材料，喜欢艺术的知青也不在少数，看到孩子们摆弄胶泥，有的就会发出“孺子可教”的感慨，而做一点艺术启蒙的工作。

我们邻居的大三就受了某人的点化，结果他做出的作品今天想想仍然让人“肃然起敬”。记得曾见他用胶泥制作一牛车，长度约一尺，已经接近工艺品。那牛只有半身，一蹄抬起，一蹄着地，颈肩肌肉虬结，牛身直接连接车厢，车两轮，虚画辐条，上有一伞。有趣的是车厢盖板居然可以打开，里面平卧一人，头枕双手。这东西大三自己也很喜欢，准备烤硬保留下来，而结果如何就不得而知。

前几年回北京，想求韩美林先生一幅画，有人指点说找大三啊，他现在和韩先生“铁”着呢。

果然一切顺利。

胶泥随着“盖小房”运动的渐渐结束无疾而终，今天北京已经看不到孩子们玩胶泥的场面了。也是，现在的北京虽然又是一个大工地，不过建筑材料都变成了钢筋混凝土，没有了黄土这材料，就算还想玩泥巴，难道让孩子们和水泥去？

听说现在的孩子们都改到网上弄个虚拟世界玩泥巴了。

不是我不明白，这世界变化快……

（作者萨苏，著名旅日学者。从小生长在东四四条。）

儿时的玩意儿

隋　静

现在的孩子很幸福，锦衣玉食，可我觉得他们的童年好像少了点什么。他们没有用套奶瓶纸的皮筋串起来长长的一条皮筋绳。虽然这皮筋是用旧自行车内胎剪的，但它不影响我们玩起来的快乐。虽然它时常断了，但我们爱它不亚于现在孩子爱他们手里的掌中宝游戏机。他们没玩过汽缸垫。当年三条西口有一个汽缸垫厂，下脚料是鸡蛋大的小圆片，那是我们这些孩子的宝贝，谁有一叠汽缸垫，谁就会有一大群小朋友追随左右。儿时的我们物资稀缺，生活艰苦，但我们有我们的快乐。

金鱼

我家的院子在烧酒胡同里，是个标准的四合院。儿时院里只有我家和房东两户人家，宽敞的院子，东西两个花池子，院里青砖墁地。安静、整洁的院子里，姥爷养了两大盆金鱼。金鱼盆是灰色的，外面有兽头装饰，里面长了一层绿色的青苔。盆有一米的直径，姥爷养的金鱼有七八寸长，什么鹤顶红、大水泡、龙睛、五花，金鱼的尾巴像薄纱一样。姥爷每天下班回来，就给金鱼换水。每天很早就去城外捞鱼虫去。我最高兴的是春天，姥爷会从卖小金鱼儿的挑担上买来几把儿扎草，放在鱼盆里。金鱼们会在扎草上甩上小米粒一样的鱼子儿，姥爷把甩上鱼子儿的扎草放在浅浅的木鱼盆里晒，一周后像小线头一样的小鱼就出来了。姥爷用纱布包上鸡蛋黄，在水里洗，“小线头”们全来吃鸡蛋水，一会儿“小线头”们就变成了两头黑中间黄的彩色线头。小鱼们长得很快，1个月后就已经长得很有金鱼样了。然后姥爷进行第一次筛选，这些小鱼儿要进行五六次筛选，前两次筛出来的小鱼全归我处理。这是我最得意的时候。我也会用小鱼虫喂小鱼儿，虽然这些小鱼儿的品相不好，但对孩子这是稀罕之物，同学、小朋友们都会来讨好我，目的就是要两条小鱼儿。在那个物资匮乏的年代，孩子能有两条小金鱼玩是很高级的了。儿时的我会因为这些小金鱼着实得意一番，最得意的是老师也找我要了好几条呢。这几条鱼是我所有鱼里边最漂亮的，后来老师说这几条鱼她养了好几年。

拔老根儿

又到了秋天树叶落的时候，看着纷纷扬扬在寒风中下落的树叶，我们马上会想到儿时的拔“老根儿”。我驻足在大杨树下，捡起一片树叶，看到现在的“老根儿”比我们小时候的要粗壮很多。儿时为了能找到粗壮的“老根儿”，放学后会跑到护城河边上去找树叶，那里水分充足，“老根儿”会长得比较粗壮。胡同里出了一个“老根儿”大王，谁也拔不过他，每天看到大王得意扬扬地在胡同里发号施令。弟弟拔“老根儿”总也拔不过他，每次都会垂头丧气地看着脚边一片拔断的“老根儿”发呆。后来他把“老根儿”捂在球鞋里，走路一瘸一拐的，捂在鞋里两三天仍旧拔不过别人。看到弟弟失败的样子，我陪着他去拔“老根儿”，看了几盘之后，我冷不防一把夺过那个孩子手里的“老根儿”，看到他的“老根儿”里有一根细细的铜丝，原来他在使诈。有好长一段时间，这个孩子没有人和他玩儿。弟弟也当了两天“老根儿”大王，后来又输给了别人，再后来下雪了，“老根儿”就没有了。我们人到中年，看到粗壮的“老根儿”还是情不自禁地喜欢，想找人拔两下。

（作者隋静，东四南门仓社区居委会社区工作者。现居住东四南门仓社区。）

父亲教我唱儿歌

武文斌

我是土生土长的东四人。小的时候，父亲抱着我，哼着古老的儿歌哄我玩。记得儿歌是这样的：

呗（儿）呗（儿）镲（音chǎ），片（儿）片（儿）镲，
庙里的和尚没（mo）头发。

长大一点，我就知道庙里的和尚是没有头发的。“镲”字好理解，因为庙里有铜镲。对于呗（儿）就不明白是什么意思了。几十年过去了，我早把此事忘记了。直到最近，街道组织搜集“日下传闻录·东四故事”，我想把儿歌献上，就翻阅字典查找“呗（儿）”字。通过查字典，我才知道“呗（bai）”是佛教徒念经的声音。北京人读字爱带儿化音。祖上为了让小孩子知道庙里的和尚是没有头发的，巧妙地把佛教徒念经和敲打铜镲的声音组合在一起，既上口又好记。

父亲还教会了我一首一百多年前的儿歌。父亲说，北京人管小女孩叫小妞。在哄小妞玩的时候，如果她哭闹，就朗读一首儿歌吓唬她。

这首儿歌是这样的：

小妞、小妞你别哭，
大街之上过洋兵，

洋号吹得文（儿）文（儿）响，

洋鼓敲得咚咚咚。

用洋兵来吓唬小孩，可见这首儿歌有多么的久远。至少是八国联军侵略中国的时候，大街之上才过洋兵。

这两首儿歌我们一直传唱，当我也有了儿子以后，父亲又哼着同样的儿歌哄孙子玩。

（作者武文斌，东四南门仓社区居民。）

四 老街新传

LAOJIEXINZHUAN

外国人看北京，他们更感兴趣的一定是那红墙、雕花、门墩等京韵风格。

这里是东四，一段段老屋墙，见证着日新月异的新北京。

话说东四

钱　玮

蒙古成吉思汗十年（1215 年），蒙古军攻占金中都，忽必烈即位后，于 1272 年改中都为大都。至元十六年，灭南宋，统一全国，建都北京。

奠定基石

东四大街（图片由京味画家杨信提供）

至元十八年（1281 年）大都封城建成后，至元二十一年（1284 年），设大都路，划为大兴、宛平二县，以大都城南北中轴线为界，丽正门以东为大兴县，即今天的东城区域。大兴县内城部分划分为 20 个坊，各坊设坊正，东四地区为当时的寅宾坊、穆清坊，应当是我们今天东四街道办事处的前身吧！坊正作为地方行政官员管理辖区百姓的日常事务。“坊”

之上则属大都左警巡院管辖。

元朝定都后，战事并没有结束。长江以南的南宋政权依然占据着东南半壁江山，是元朝统治者的心腹之患。因此，定都后不久，元军即发动了对南宋的统一战争。此时，军粮的供给就显得极为重要。为此，元政府在靠近朝阳门码头的东四一带修建了数个粮库，如南新仓、东门仓等。从各地调拨的军粮，通过这些粮仓集中，然后从码头上船，经通惠河进入京杭大运河，运送到南方前线。这时的东四地区，成为保障战争顺利进行的重要后方补给线。至元十六年（1279 年），南宋灭亡，元统一全国，昔日作为战略物资转运站的粮仓，又成为南粮北调的场所。据北京城市规划馆有关资料记载：成百上千的运粮船通过京杭大运河，把江南优质的稻米运到大都。不仅如此，便捷的交通还吸引着大量的南方客商北上。东四地区成为南来北往的必经之地，为日后的繁荣创造了良好的先决条件。

风华初现

至正二十七年（1367 年），朱元璋发出北上攻取大都的檄文，转年，即洪武元年（1368 年）闰七月，大将军徐达兵临大都城下。二十八日夜半，元顺帝出健德门，仓皇北遁，逃往上都。而此时的东四则经历了改朝换代中最后一次战争。八月二日，徐达、常玉春率领的明军自齐化门（今朝阳门）填壕登城而入，与元军交战。留守大都的元朝大臣淮王帖木儿不花、中书左丞相庆童、右丞相丁敬可、大都路总管郭允中等皆战死。寅宾坊、穆清坊的街巷内战死的军士随处可见，这里成为元朝统治者穷途末路的历史见证。

洪武三十一年（1398 年），朱元璋故去，其孙朱允炆即位，采取削藩政策。他的叔叔，燕王朱棣以清君侧为名，与他打了四年仗，后朱棣攻取了南京，即皇位，建元永乐，是为成祖。不久，决定迁都北平，改称北京，而南京则降为陪都。

永乐四年（1406 年）开始兴建北京的宫殿，修建城垣，永乐十八年（1420 年）基本竣工。

明建都北京后，对街道的管理基本变化不大。洪武元年，将大都路改为北平府，现东城区则由北平府大兴县所治，东四地区则属思诚坊，治安、消防则属东城兵马司管辖。五军都督府统领的卫所负责京城各门的守御、巡警及城垣修造等。负责东四地区防务的为都督下属的忠义前卫，驻扎思诚坊二条胡同（即今东四二条）。在修建紫禁城的同时，北京城的格局也随之完善，通俗地讲就是横平竖直，四四方方。比较突出的就是四合院民居的发展。东四地区是现今北京为数不多的四合院集中保护区，全国唯一的重点保护院落——崇礼住宅，就在东四，也因此成为北京市首批历史风貌保护区。

在当时，对东四地区有影响的大事是修建了东四牌楼。《京师坊巷志稿》记载："东大市街有坊四，东曰履仁，西曰行义，南、北曰大市街。俗语称东四牌楼大街。"民国十二年（1923年），为通电车将原牌楼改建。东四牌楼于五十年代拆除。据1955年3月24日北京市人民政府建设局档案记载："我局于1954年奉指示，拆除东、西四牌楼及北海三座门大高殿牌楼，于1954年12月21日开工，至1955年1月14日竣工。"

东四地处内城中心区域，商业就又发达起来。明代积水潭停止漕运后，南方水运来的货物多至京东张家湾和通州的运河码头弃船装车，由水路运输转为陆路运输抵达北京，从朝阳门入城运到内城各处。东四乃处要冲之地，许多从京东来的客商都要在朝阳门至东四的大路两旁用餐、购物或进行商品交易，由此带来了这里的商业繁荣。明代东四南边一年一度举办的灯市，也促进了这里的繁华。

当年，在东四南街西，还有皇帝和宦官合伙开办的宝和、和远、顺宁、福德、福吉、宝延六家皇店，专门经营各地客商贩来的杂货。这些都促进了东四的商业发展。

繁华如梦

明崇祯十七年（1644年）三月，李自成率领的大顺军攻入北京城，崇祯皇帝在煤山（今景山）上吊自缢，历时二百七十六年的大明帝国就此灭亡。

李自成的大顺军，在北京城里只待了四十三天，便在汉奸吴三桂与满清的联合打击下，仓皇逃离。五月初二日，摄政王多尔衮率领清兵进入北京。同年九月，年幼的顺治皇帝从盛京抵达北京，十月宣布“定鼎燕京”，以北京作为清朝的首都，从此拉开了又一个少数民族统治的，也是我国历史上最后一个封建王朝的序幕。

萧规曹随，北京的城池与宫阙清人没有改动，只是在名称上有所调整。朝阳门内大街以北地区，也就是今天的东四地区的大部分，为正白旗驻防和管区，属朝阳坊。清末宣统年间，实行新政，废八旗营防制，设京师警察厅，内城划分十个警政区，金鱼胡同至东四为内左二区。

清初，东四及附近地区商业逐渐繁荣，出现了恒兴号、恒和号、恒利号、恒源号四家银号，人称“四大恒”，资本雄厚，官府往来存款及九城富户放款多依为泰山之靠。东四北端芳瑞斋食品店的“翻毛月饼”，在北京城享有盛名。东庆斋、西庆斋的饽饽，曾为朝廷祀典或庆典所用。便宜坊鸡鸭铺生意红火。东恒肇当铺收押的当物，既有古玩、玉器、名画、金银首饰等贵重物品，也有一般的棉布衣物，知名度较高。还有北庆堂、宏仁堂中药铺，森春阳、晋阳干果海味店，东天义、东天源酱园等。恒和庆酒店，不仅酒的质量好，还自制十几种下酒小菜。东升祥绸布店，经营绫罗绸缎、细毛皮货、各色棉布等高档货物。泰华轩茶社时演杂耍、八角鼓、曲词等。此外，还有油盐店、干果杂货铺、米面店、烟铺、棉花铺、香蜡铺、颜料铺、钟表铺、古玩铺、金银首饰楼等五十余户。大街北侧大沟巷曾是花鸟市。朝阳门内东大街东段有十余家米面店，西段是一个挨一个的估衣摊，靠近东四牌楼处有中山楼饭馆和著名的永安堂中药店。

东四一带也是内城书肆唯一的分布地，有三槐堂、同立堂、宝书堂、天绘阁四家。另外，还分布有猪市、羊市、马市、雀儿市等集市。

此外，还有开业于光绪十二年（1886 年）的中华老字号吴裕泰茶庄，地址就在今天的东四北大街，创始人是吴锡清。当时，吴裕泰茶庄在京津等地开有十一处茶庄。他们从安徽、浙江、福建等产地采购茶叶，运到京城后，经过这里的加工、拼配，熏制成各档次花茶，再发往各茶庄销售，生意十分红火。

峥嵘岁月

北洋政府统治时期，将顺天府改为京兆地方，辖大兴等二十县。原内城部分属京都市政公所，现东四地区为内城三区。

这一时期，军阀混战，民不聊生。当政者对外投靠帝国主义列强，对内残酷实行法西斯统治。经济停滞不前，百姓日益贫苦，东四商业区出现了前所未有的萧条。为躲避乱兵无休止的洗劫，许多商铺不得不关门歇业，不少人远走他乡。而北洋政府却陆续将许多军事机构迁入该地区，如陆军部军械库（驻东门仓），陆军卫生材料厂（驻东四七条），陆军军医学校、兽医学校（驻富新仓，即今天的北京军区总医院），宪兵学校（驻东四四条），海军陆战部（驻南门仓）等。

这时的北平，暂时远离了战乱、灾难，经济有所复苏。1934 年，宏仁堂药店在东四北大街开业，创始人乐西园是同仁堂东家老药铺的第十三代传人，主要经营胃气正痛丸、武力拔寒散、梅花点舌丹、十香丸等。同年在这里开业的还有松竹园浴池，是当时为数不多的甲级浴池。而这一年，内三区成立了卫生事务所，设门诊部、诊所，是东四地区第一家收治平民百姓的医疗机构。人力车这时成为老北京交通运输的主要工具，在东四地区，有位东四南大街的“悦来皮车行”，是京城有名的人力车制造厂家。东四五条的“庄记车场”有几十辆车对外租赁，这也许就是老舍先生名著《骆驼祥子》的创作来源。另外，市区还出现了私人经营的出租汽车，到 1929 年，出租汽车行发展到几十家，其中位于东四北大街的“大通出租汽车行”在同行业中已享有盛名。公共电车公司陆续开通了四条途经东城的运营线路，其中 3 路电车从东四（后延伸至北新桥）经东单、西单至西四（后延伸至西直门），长约 9. 99 公里。古老的东四首次触摸到了现代文明生活方式。

激情板荡

1937年8月8日，日军占领北平市区。驻军分驻城内各要点，其中近藤部队驻防北门仓，柳野部队、杉野部队驻防朝内北小街。东四四条内原北洋政府的宪兵学校，今又成为日本宪兵学校。位于南门仓的北平陆军医院（今北京军区总医院）也被日军强占，改为“日本国陆军一五一兵站医院”。就连位于东四六条的崇礼住宅也成为侵华日军总司令冈村宁次的私邸。在日寇的铁蹄下，东四人民开始了苦难深重的亡国奴生活。

然而，正义必将战胜邪恶，人民必将战胜法西斯。1945年8月15日，日本宣布投降，抗日战争取得了全面胜利。8月25日，国民政府军第十一战区部队进驻北平，第九十四军驻京办事处驻东四九条，第二十九军留守处驻仓南胡同，宪兵十九教育营驻东四四条，第三十卫生大队驻北豆芽胡同，第五通讯器材补给库驻朝内北小街。

随着东北全境的解放，人民解放军挥师入关，对平津形成合围。北平城内的敌人惶惶不可终日。军警宪特四处横行，大肆逮捕进步人士和群众，反抗的怒火在地下奔突，人民亟盼早日获得解放。

就在这黎明前最黑暗的时刻，中国共产党人始终与东四人民生活战斗在一起。我党秘密设立在烧酒胡同的中共北平市委机关印刷所日夜不停地印刷传单、手册，宣传党的方针政策，揭露国民党反动派的种种恶行。同时，面对敌人的残酷镇压，采取了针锋相对的斗争。中共组织给国民党内三区警察分局局长写信，令其保存好档案材料，立功赎罪。地下党员路梅芳，以收破烂为掩护，把信巧妙地送达到这位局长手中，显示了共产党人大智大勇、无所畏惧的革命精神。

1948年12月，人民解放军完成了对北平内城的合围。中共北平地下党组织各界群众开展护校、护厂运动，迎接解放。市立高级工业职业学校负责保护东四北大街的大陆银行，阻止国民党当局转移金库，确保这些财产在解放后归于人民手中。

早在1948年9月，中央北平市委第三区工作委员会就在良乡成立。1948年2月5日，即解放大军入城后第三天，区委机关便进驻东四铁匠营十号。7月，改为第三区区委，书记是宋国藩，这是解放后我党在东四地区设立的第一届领导机构。

1949年10月1日，中华人民共和国成立，改北平为北京，定为新中国首都。第三区区委组织市民到天安门参加了开国大典。

（作者钱玮，北京市交通执法总队干部。此稿原载于《奥林匹克在东四》一书，此次转载有所删节。）

唱着歌谣说东四

赵　书

四合院的日子（图片由京味画家杨信提供）

东四街道有什么特点？我用四句话来概括：“街道胡同故事多，名门大户任凭说。皇粮仓房历史老，奥运文化谱新歌。”

“街道胡同故事多。”东四有北京最古老的街道。我查了元朝的地图和元朝的历史，东四这个地方在元朝是太庙所在地，是在四条的南边，现在那里还有很大的院墙，不过不是元朝的墙，但是那个地方在元朝是太庙。东四的胡同是元朝时严格按照大街 24 步、小胡同 12 步的规矩建的胡同，包括北小街、南小街都是有 700 年历史的胡同。由于有太庙，我们这个地方在元朝不叫东四，元朝叫思诚坊。元朝都叫什么坊，这里有很多意思，太庙所在地，要诚心诚意对祖先，而且许多官员在这里，要对皇上诚实，对老百姓诚实。到了明朝许多大官住在这里，叫居贤坊。历史上的居贤坊，是居住贤人的地方。西城的金融街在元代时叫金城坊，历史生金之地。

东四地区还有北京最古老的胡同，这些胡同是非常符合北京建胡同的规则的，它记载了咱们北京市800多年历史。800多年中形成的胡同名称，有叫胡同的，有叫条的。东四头条到六条，历史上就有；七、八、九、十、十一、十二条那是以后的名字，原来这些“条”各有各自的名字，十一条也有它的名字。但头条到六条的名字，一建北京城就是这个。七条就不是了，是清朝的。八条、九条就是民国的，改了过去的名字叫的。又有叫巷的，有条胡同叫流水巷吧？流水巷是在元朝的时候，有一条河斜着流到朝阳门那里，所以得名流水巷，这条河一直流到康熙桥。其他街道是横平竖直，这个巷是斜的，说明我们北京城过去城内有河。东四这里过去也有条河。胡同是蒙古人把有水的地方居民点叫浩特，转音成胡同，所以北京叫胡同。东四这里还是北京最古老的商业区，它既有首都的特色，又有民间特色。考察油盐店就考察北小街、南小街、东四、西四、鼓楼、前门。首先是东四，然后西四、鼓楼，然后才是前门。为什么是最古老的商业区？过去运河粮食到了通州，漕运，人拉着运，首先运到东四。这里是各地货物的集散区。后石道的门脸房在民俗学上是中国北方最有代表性的门脸之一。要看中国的古代商业，就到东四来。

“名宅大户任凭说”。东四六条清代光绪年间大学士崇礼住宅号称“东城之冠”，是目前北京最有代表性的四合院。有些胡同名字与所住名门大户有关。中国人对于发音，对于数字的概念有特殊理解，所以有人说数字是中国人的第二语言。北京人善于把胡同进行雅化，东四有一条鸡爪儿胡同，后谐音叫成鸡罩儿胡同，清朝的时候改成叫吉兆胡同。清朝有一次改地名，把这些大大小小的不吉利的名字，比如驴市胡同改成礼士胡同。一听礼士胡同，以为住这里的人都懂理，其实里面是卖驴的。传说鸡罩胡同因为段祺瑞住在那里才改的名，其实名字是清朝改的。段祺瑞住的地方是仓南胡同，离鸡罩胡同很近，可它不是因为段祺瑞改的。就这么一个改名也衍生出许多故事，说明中国话的特色，这是中国民俗一大特色——“谐音民俗”。

东四胡同中有许多应该让人们记住的事情。如育芳胡同原来有一所箴宜女子小学校，在清末有非常大的社会影响。创办这所学校的继识一女士，不愧是近代的女中豪烈。烧酒胡同的清代惇亲王府，曾发生奴仆告倒亲王，包衣（奴仆）获胜，气死亲王的故事。东四九条曾发生过梁雯娟怒打汉奸金璧辉，不可一世的汉奸被马桶盖打晕，而梁雯娟在群众的掩护下安全逃出北平的故事。这几段真实历史故事本身就是戏剧创作的题材，编成电视连续剧都行。其余，如墨河胡同是因八旗兵家属为维持生计而从事制作墨盒而得名。美人胡同、煤铺胡同、烧酒胡同、北豆芽胡同等均保存有历史记忆。

“皇粮仓房历史老。”北京有句老话“东富西贵，南穷北富”。东富，东城的仓库多；西贵，西城的王府多。东四在元代就是粮仓北太仓的所在地。南新仓，清初三十仓廒，乾隆时增至七十六廒。清末，东城十三仓内规模最大的四个粮仓是南新仓（俗称东门仓）、旧太仓（俗称南门仓）、阜新仓（俗称西门仓、富新仓）、兴平仓（俗称北门仓）便集中在这里。居住在东城内的皇亲国戚、政府官员、皇家军队数十万人的生活用粮和俸禄都要靠京仓供应。八国联军侵入北京时，漕运中断，京仓处于无人管理状态，城外的储粮仓被哄抢一空，有的米廒和库房也被拆光。《老残游记》的作者刘鹗出面活动，以救济地方灾民为理由低价买进后转卖，将京仓的粮食也卖个一空。慈禧、光绪返京后，刘鹗被人参奏，几乎处死；最后以“私售仓粟”罪发配新疆，病死途中。光绪二十七年（1901 年）《辛丑条约》签订后，漕运恢复，漕粮改由天津卸船，装火车直运到北京，当时运粮的支线直修到仓库内。随着时代变化，南新仓作为粮仓的职能已失去，各仓有的被拆，有的挪作他用，所留下来的仓廒建筑就显得十分珍贵。我们走在仓廒之间，好像是在和古人对话，摸着每段砖墙，均是在触摸历史。从仓墙下面一走，就有一种历史的沧桑感、沉重感。七百年的仓廒，比美国历史还要长三倍，多么难得！如何把这些历史遗存转化为财富，形成“文化力”，是摆在我们这一代人面前的一个课题。

“奥运文化谱新歌。”2008 年奥运组委会曾在东四地区办公，“近水楼台先得月”，我们把东四叫奥林匹克社区。“见贤思齐”，这就是抓住了机遇发挥我们地区文脉的特色。北京办奥运会，无论是对我们北京，还是东四，以至于我们每一个人，都是一生中一次难得的机遇。抓住这个机遇发展我们国家，发展我们北京，发展东四，发展自己，对于处在重要战略机遇期的中国，具有极为重要的历史和现实意义。我赞成这句话：“世界给我十六天，我给世界五千年。”我们每个市民均是北京的名片，在中国人面前，我就是北京；在外国人面前，我就是中国。我们的一举一动都会被放大，代表着中国的形象。我们每个人都应该提高自身素质，展现出东方大国的国民风范。东四是奥林匹克社区，应该是大家学习的榜样。北京是全国首善之地，东城是北京首善之区，东四是“思诚”之街、“居贤”之道，应该在全市实施礼仪文明教育中走在全区前列！

四合院的日子（图片由京味画家杨信提供）

我再强调一句，“新北京、新奥运”的“新”，“奥运文化谱新歌”的“新”，均应是保持自己特色的“新”，保持和发挥自己特色就保持有新鲜感的“新”。有了这个“新”，就永葆青春，永葆活力！

（作者赵书，著名民俗专家，北京市文史馆馆员，东四奥林匹克社区文联顾问。此稿根据作者在2004年4月在东四街道所做民俗报告记录整理，刊登在《奥林匹克在东四》一书，此次转载有所删节。）

来逛逛东四的“条”

陈光中

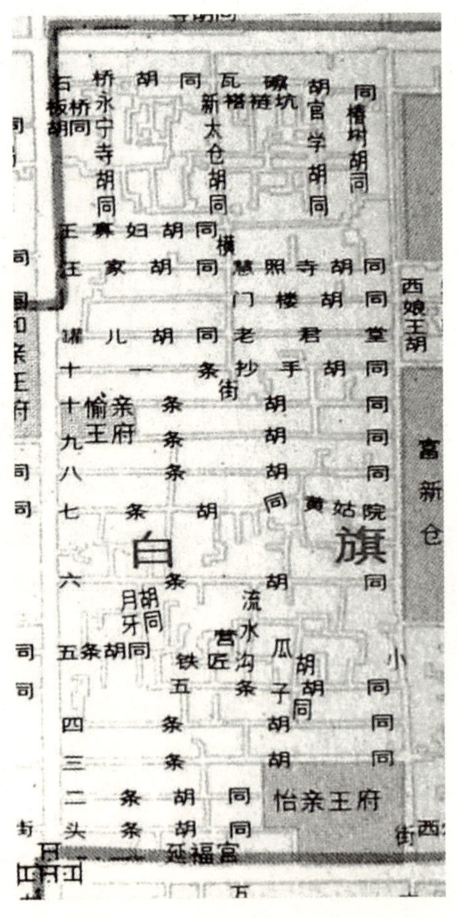

清乾隆十五年（1750 年），东四地区地形图

“条”——北京胡同名称中的特殊一类。比如南城东面，有草场头条至十条；南城西面，有棉花头条至九条；颇具名气的，有大栅栏商业区的廊坊头条、二条……前不久，“地理寻踪”栏目还专门介绍了西四北的头条至八条。这些“条”，其实原先不少也叫“胡同”，只是后来的人们为了图省事，索性去了“胡同”二字，“一、二、三、四……”排了下去。如此变革，看上去似乎挺规矩了，却丧失了原有的特点及个性，显得索然无趣了许多。

在这些以“条”命名的胡同中，数量最大的是东四路口东北方向的那些“条”，它们居然从“头条”一直排到了“十四条”，应算是“条”中的“大家族”了。

东四的“条”

元大都以街巷为经纬，将京城划分为50个大小均等的“坊”，每个坊相当于如今的社区，包容了若干胡同。到了明朝，京城中心南移，但城中的街巷仍然沿袭了元朝的格局。

在侯仁之先生担任主编的《北京历史地图集》中，我们可以看到，元朝时期这一带属寅宾坊和居仁坊，具体的胡同名称未曾标注；至明朝万历年间，这里属思诚坊和南居贤坊，已经出现了“东四头条胡同”至“东四四条胡同”，另有资料说，这四条胡同的名称在明朝嘉靖年间便已出现了；清代乾隆年间，此地属正白旗，自头条向北一直扩充到十一条；20世纪初的宣统年间，原先的罐儿胡同成了十二条；到了20世纪60年代，北面的汪家胡同、船板胡同也被“收编”，成为东四十三条和十四条。

在这十四条胡同里，变化最大的应当是东四十条。随着城市建设的发展，这条原本十分普通的小胡同越拓越宽，如今已经成为平安大道的组成部分，从而把东四的“条”分割为南北两片。这样也好，我们一下子涉及十四条胡同未免范围太大，不妨借此机会把视线集中在东四十条南面的那九条胡同中，如此可以看得更仔细些。

“条”与“胡同”

这十四条胡同里的“老大”，自然是东四头条。有趣的是，它不仅是这些胡同中最短的一条，同时还是一个死胡同。

看看早先的地图，明朝的时候，东四头条是一个拐弯的胡同。那时它比二条还长出一段，由西向东，在延福宫东侧转向南行。至于它为何半截拐弯，则不知究竟——胡同东面是一片空白区域，使头条无法向东延伸。这一片“空白区域”，在清朝雍正年间是第二代怡亲王弘晓的府邸。历经数代，至同治年间成为孚郡王的府邸——孚王府。这位孚郡王是道光皇帝的第九个

夏季树荫下的清凉（图片由王燕芬提供）

儿子，所以孚王府也叫“九爷府”。九爷一生碌碌无为，这府邸却规模宏大。据说它的总体布局完全符合《大清会典》中对王府形制的具体规定，是清代王府的典型建筑。

20世纪60年代，在孚王府的西面新建了外交部大楼，东四头条不仅被截去了一大段，还从此变成了死胡同。

也是由于孚王府的存在，二条同样是个半截胡同，不得不中途掉头向北，插入三条中段去了。

从三条至九条，都是东西贯穿的完整胡同了。但其间地形仍有变化，像五条就有些调皮，中间拐了几道弯，还带出铁营南巷等枝杈胡同。

实地走走便可发现，除了铁营南巷，在头条至九条之间还有不少小胡同忽隐忽现，使东西走向的主干胡同得以横向贯通，形成有机的联系。这些小胡同的名字既表现出某些地形特点，也留有不少历史演变的痕迹。如月牙胡同，确是那样小巧的一弯；板桥胡同、石桥胡同、流水巷，说明这里曾有沟渠，但实际情况不似胡同名称这般富有诗意——早先没有地下管道，雨水、污水只能由明沟排泄，由此而相应产生了这么多与水有关的胡同名字。如今市政设施大为改善，明沟早已消失不见了。

豪宅名府

东四地区历史悠久，旧时这一带豪宅名府甚多。比如由四条东口进去不远，路北有所宅院，台阶很高，显得有些特殊。这宅子与 1 号、3 号原本属于一家所有，主人为清朝同治年间当过礼部侍郎的绵宜。这位绵宜是道光皇帝的本家，属皇室宗亲，因此他的住宅被百姓称为“皇帝的叔叔家”。别看这宅子的院门不算大，里面却有三层院落，格局十分规整，据说正房内部的装修全是清朝时期的旧物，实属难得。

与绵宜宅相比，六条的崇礼宅更具盛名，是唯一被列为国家级文物保护单位的私人住宅。崇礼是晚清大臣，光绪年间曾任文渊阁大学士。其实他本人是个碌碌无为的庸才，之所以官运亨通，全在于女儿嫁了个富贵女婿，即光绪皇帝的弟弟。崇礼陡然成了皇亲，身价大增，这宅子盖得自然非同一般。如今六条的 63 号和 65 号均属崇礼住宅，全院面积阔达一万平方米。东西都是一个四进的大四合院，后门直通东四七条；中部为花园，有假山、亭阁、月牙河等等。20 世纪 30 年代，宋哲元部下刘汝明购得这处宅院，在重新修葺的时候意外掘出大批金银珠宝，其价值远远超出购房的支出。有了这笔飞来横财，修宅的劲头更大，其华丽程度更不寻常。据说日寇发动侵华战争占领北平以后，冈村宁次便把这里占为自己的住宅。

在距崇礼住宅东面不远的地方，如今的166中学所在地，还曾有过一座名府，即民国初年总统徐世昌的住宅。徐世昌在清末曾任邮传部尚书直至内阁协理大臣，于1909年住进此宅。这是一个很大的院落，原先大门在流水巷，据说护卫森严，要通过空中的过街楼才能进入院内。1922年，徐世昌由段祺瑞的“安福国会”选为大总统，4年后下野寓居天津。抗日战争期间，日寇多次上门，威胁利诱，想让徐世昌出任伪职，均被拒绝。后来，他索性闭门谢客，直至1939年病逝。徐世昌在东四六条居住的那十几年，正是中国经历重大变革和剧烈动荡的历史时期，他扮演了一个重要的角色，也可算是很值得探究的著名人物了。

胡同里的名人踪迹

说到名人，先说说曾在六条55号住过的沙千里。

沙千里（1901—1982）幼时家境贫寒，小学还未毕业就去一家棉布批发字号当学徒。他利用业余时间刻苦学习，考入上海法政大学。后转到上海法科大学，于1929年在该校法律系毕业，很快便成为一个颇有声誉的律师。

1936年11月，由于积极宣传抗日主张，救国会领导人沈钧儒、章乃器、邹韬奋、李公朴、史良、王造时、沙千里7人被国民党政府秘密逮捕。当时，他们被国人尊称为“七君子”。

抗日战争中，沙千里积极从事救亡运动，1938年加入中国共产党。为了便于工作，他的政治身份一直到42年后的1980年才予以公开。新中国成立后，沙千里担任过许多重要职务，1982年因病逝世。

沙千里故居是一所有三进院子的建筑。民国时期，这所宅院曾经是一位税务局长的住所，因此在大门外添加了一道推拉铁栅门以加强安全保障。现在院子的外观没有什么大的变化，甚至门口依然保留着一道铁栅，只是不知是否还是原来的那道门了。

在东四地区居住时间最长的名人，大约要算著名作家、教育家叶圣陶

（1894—1988）。

叶圣陶故居内的海棠

用叶圣陶自己的话说，他一辈子只从事过三种职业：一是教员，一是编辑，还有一个是“写写文章的人”。然而，将这三种“职业”集于一身并又均能有所建树的人，却并不多见。

教员、编辑，叶圣陶都曾称之为自己的“职业”；而谈到写小说，他曾在1956年全国第一次青年文学创作者代表大会上说过，古往今来能够称得起作家的人不多，实实在在地讲，大家都是些“写写文章的人”。然而，人们至今读到他的文章，仍会因其清新平实的文笔而陶醉，这样的文章，岂是一般“写写”而能成就的！

新中国成立后不久，叶圣陶就住进东四八条71号院。该院共三进院落，院内遍植花草，环境宜人，尤其是那几株海棠树，春季繁花似锦，格外诱人。1987年，87岁的冰心前来探望93岁高龄的叶圣陶，在海棠花下，冰心靠近他的耳朵，叮嘱他要多保重身体，有人及时用照相机拍下了这难得的动人场面。第二年，叶圣陶逝世。

东四八条111号，是藏在胡同深处的一所老宅院，只有拐进一个小夹道，才能看到它那简陋的大门。自门内的影壁前东转，则是一座精美的院门，那里曾是朱启钤的居所。

朱启钤（1871—1964）在民国初期的北洋政府中当过数任交通总长及内

务总长，还当过一任代理国务总理。他曾主持正阳门及北京城区改造，修缮开放中央公园（即现在的中山公园），筹建故宫博物院，开发北戴河海滨，等等。后退出政界，开始从事对中国古建筑的研究，并成立中国营造学社，自任社长。中国营造学社是中国最早研究建筑的学术团体，著名建筑学家梁思成曾经在该社担任研究员。

新中国成立前夕，寓居上海的朱启钤接受周恩来的邀请回到北京，住在东四八条的住宅中。不久后，著名民主人士章士钊的家眷自上海迁往北京，暂时没有住处，便借居在老友朱启钤家里。1959 年周恩来总理前往探望章士钊时，发现他们住得比较拥挤，连厨房都是与朱家合用一个，小女儿章含之甚至住在过道里。周总理感慨地说："解放 10 年了你还住在朋友家里，怎么从来不告诉我们为你找幢房子?！我太疏忽了，没有想到，对不起朋友啊！"不久，章士钊被安排迁至史家胡同 51 号院居住。这是一段感人的佳话。

东四牌楼早在 1954 年已被拆除。这些年，北京的胡同消失得太多了，十分令人惋惜。像东四这些"条"，还完整地保留着旧时的风貌，真是极为难得。

如今，风行一时的"京城胡同游"仅局限于什刹海一带，其实，东四地区的"条"更有古城风采。老胡同堪称浓缩的古建博物馆，像典型的王府大门、广亮大门、金柱大门、如意门等等，在这里应有尽有；还有各式影壁、精美的砖雕、奇巧的门墩、古朴的门联……实在是美不胜收；此外，那些建于民国初年直至20 世纪后期的建筑，虽说与老胡同的风格不甚协调，但毕竟是各个不同时期的产物，也应属于历史长链中的一环。这些老屋旧墙、古槐浓荫以及世代生活在这里的百姓，共同营造了一种京城胡同独有的安谧祥和的氛围，让人不能不由衷地感叹：这里才是真正的老北京！

（作者陈光中，北京作家协会会员。此稿原载《东四名人胜迹》一书，此次转载有所删节。）

杂忆皇城脚下

贾英华

雪（图片由京味画家杨信提供）

我家住九条胡同东口，而在胡同西口有一座四进院儿的旧王府，就是人们常说的贝子奕谟（嘉庆皇帝之孙）的府第。民国时期，这里成了中国银行总裁冯耿光的寓所。著名京剧大师梅兰芳因与冯先生是挚友，深为此院的花园游廊所吸引，在排练京剧《黛玉葬花》时，着戏装的剧照就是在此府花园中拍摄的。如今，这儿成了东四九条小学，据说正由于梅先生的剧照，花园的小亭在改造中才被保存下来。从小就听说，发生在民国期间的“梅兰芳绑架案”的“绑匪”其实是一个大学生，被砍掉的血淋淋人头，曾悬挂在九条胡同口的电线杆上示众。

走进九条胡同东口不远，路北一个黑漆门的院落，据说就是臭名昭著的日本女谍川岛芳子的旧居。十几年前，我在民族学院弟妹的姐姐家曾邂逅其胞妹，还调侃地聊起其姐金璧辉——十四格格，曾与我家为邻。自然，余生也晚，从未与她谋面，然而，却亲耳听到过川岛芳子不少神秘传说。我的母亲亦曾对我和街坊谈起川岛芳子的畸形装束以及与附近几个理发师的风流韵事。自然，议论起这个风流女汉奸的卖国贼行径，街坊们无不嗤之以鼻。

八条胡同里，更是名人济济。一进胡同，路南就是溥仪的婶子——载洵福晋和帝师朱益藩的住家。其长子朱益鋆（音 yún）与我堪称忘年挚友，当我弟弟结婚时，他亲笔所书的一副楷书对联，贴在我家街门上，居然使敝舍成了小街人流驻步不前的热闹一景。往西走不了几步，便是著名教育家、语言学家叶圣陶的宅第。其长孙叶永和与我是小学同班同学，当班级黑板报登到一百期时，叶老竟挥毫写下一首长诗，勉励我们这些小朋友“出到一百期，百尺竿头再努力……”

再往西隔不远，乃是民国著名人物朱启钤及其子朱海北、张学良之弟张学铭等人的寓所。著名学者章士钊先生来京后也曾在此居住多年。这些历史人物，在八条胡同进进出出，居然与我家同属一个居委会。

略略数点一下，七条胡同里，有张彪之子张挺（溥仪寓居的天津张园，即是其家产）、著名作家冯德英（《苦菜花》的作者）、饰演胡汉三的著名演员刘江。六条胡同内，一座深宅大院是载涛福晋的娘家。铁营胡同里有民国大总统徐世昌的旧宅，一六六中学就是其后花园改造而成的。不远处，北大教授周绍良的小庭院至今犹在。三条胡同，住着末代皇后婉容的大姨以及欲嫁溥仪未成的“王大姑娘”，还有婉容母亲的旧宅和一代京剧名伶孟小冬及母亲家，等等。

往东数过去，著名作家夏衍、王蒙，当代作家王朔，也曾在这里落户。若往北数，我家在十条胡同斜对面住着一位后来成为著名作家的浩然，据说时任中苏友好协会作家——最近读过他的自传，才知他时任《中苏友好报》记者。

细忖之，对我一生影响最大的街坊，有两个，偏巧都住在八条胡同内。一个是书法大家王遐举，虽对我人生道路无实质影响，却对我人生感悟多了一层启示。

另一个倒是对我人生轨迹产生了重大影响，这就是溥仪最后的一个妻子李淑贤。

先说王遐举。为人善良且在四邻有良好口碑的母亲，与王遐举夫人是好朋友。她俩一道买菜，一起街道开会，闲暇免不了家长里短，自然提起自家的孩子。母亲向她说起，我从小对写字感兴趣，时常在家里照着碑帖胡乱摹写一气。

半大脚的王夫人为此事，颠颠儿地专门登门，三番五次找我母亲好几趟。于是乎，母亲屡次向我提起，要我拜王大爷为师。然而，我这个井底之蛙，误以为王遐举是无名之辈，竟断然拒绝。我的一句话，气得母亲够呛：

"我要学书法，就要投名师。王大爷不行!"

到最后，我也不知母亲如何回复王大妈的，见面总躲着她就是了。

80年代末期，我陪曾任毛泽东机要秘书和周恩来秘书的孙岳，参观中央文史馆举办的书画展，见到一幅笔法遒劲的隶书，才醒悟当年有眼无珠。原来，普通街坊王大爷竟是中央文史馆馆员、当代著名书法大家。

徜徉在展厅，我羞愧地向孙岳提起当年的往事，孙岳老人拍着我的肩膀，哈哈大笑：

"你小子眼高手低，总想当名师之徒，名师在眼前，你都竟然不识，以后长记性吧。"

此后，我在不少饭店或公共场所屡见王遐举题写的匾额，顿生敬意。原来，名师在身旁，却是那么谦逊无声，这给了我一生的无言教诲。于是，我悄悄买了王遐举的隶书法帖，没事儿瞎琢磨，却再也不敢从王大爷门前走过。

再说结识八条胡同的街坊李淑贤。

世上的缘分，本来说不清楚，结识李淑贤也纯出于偶然。然而，缘分的碰撞，却使我历经坎坷，撰写出版了《末代皇帝的后半生》，而续补了溥仪的《我的前半生》，也算是一段奇缘吧。

说来也怪，70年代初，溥仪病逝后，李淑贤从东四前厂胡同搬来东四八

中秋节（图片由京味画家杨信提供）

条东口路南的一个旧宅院，与我家同属一个居委会。没准儿是夙缘，更也许是我的母亲人缘好的因由，不爱串门的“皇娘”独独成了我家的常客，竟与我的母亲成了无话不谈的好友。

我一度身患重病。李淑贤经常凌晨四点多起床，陪我坐头班公共汽车去广安门医院，找曾给溥仪看病的已故名医蒲辅周的弟子为我治病。地震中，我们弟兄几个为李淑贤先搭了地震棚，但她不敢独自住，而与我全家人睡在一张床上，平时更是不分彼此。

由于酷爱文史，我遍读溥仪遗下的所有手稿和旧书籍。当周总理逝世后，《人物》杂志和《八小时以外》杂志前来约稿，我利用全部业余时间，对溥仪的全部资料进行了整理和粘补并做了编号，先后撰写了溥仪后半生编年、写作线索、提纲，还去医院摘抄了溥仪病历。而且通过与李淑贤艰苦交谈，撰写了数万字李淑贤回忆溥仪“后半生”的初稿，这遂成了撰写《末代皇帝的后半生》的启端。

不久，我亲笔撰写的《阳光春风溥仪与我》，以我与李淑贤联合署名在人民日报《战地》发表，并被《新华文摘》转载，成为“文革”之后第一篇记述溥仪后半生的文章。

1980年6月2日，国家召开溥仪追悼会后，溥杰和李淑贤商议，由我在溥仪的骨灰盒上捉刀题写了墓志。

继之而来的是，九十年代末，忘年挚友末代太监孙耀庭逝世前，嘱我为其撰写墓志并“书丹”。我在其墓志中，感慨系之：“余曾为末代皇帝溥仪捉刀题写墓志，今又幸为末代太监孙老人撰题碑文，莫非天意乎？忆相识于暮春，临青冢而涕泗。黯然销魂者，悠悠余情也……”屡经周折，末代太监墓碑终于竖立于其天津静海老家。

或许，命运注定要历经坎坷，我曾经陷入一场版权纠纷，并被人造谣、污蔑。这引起许多当事人的愤慨，纷纷写出了亲历证明。人民法院经过调查取证，判决对方败诉并公开赔礼道歉，且赔偿十万元损失，强制其执行，在《人民日报》和《北京晚报》以及新浪网发布了公告。

尘埃落定。中国新闻社等众多海内外媒体发布了消息，《中国法制报》和《中华读书报》等发表了整版的长篇报道。有意思的是，东四街道办事处孙永红见到采访我的报纸，打来热情的电话，而且捎来了工委书记袁燕生的问候。这些东四老街坊的关心，使我感到心里格外热乎。

实际，这也是我提笔撰写这篇杂忆的由来。

（作者贾英华，著名晚清研究学者，中国传记学会副会长。原居住在东四八条。此稿原载《奥林匹克在东四》一书，此次转载有所删节。）

挂历里的故事

肖欣茹

2007 年年历

这些年，每到年底年初，东四的居民都会争相领取奥林匹克社区挂历。小小挂历，承载了人们无尽的遐想，也带给了大家无尽的喜悦。这几乎成为一种习惯，或者说是一种期盼。作为社区挂历的创意、制作参与者，我似乎更能体会个中滋味。在这里，我将每一年的挂历介绍给大家，分享其中故事。

2007 年挂历——东东诞生了

2007 年年历是我们出的第一张，主题是迎奥运。为了迎接北京奥运会，街道特别设计推出了奥运吉祥娃娃——东东。这一年东四人第一次在社区报上见到了奥娃东东。一个穿着红色肚兜的小娃娃，几乎一夜之间成了东四地区人人知晓的明星。年历上东东娃几乎占据了一大半的版面，让人们一下子记住了这个可爱的小胖娃。诞生于东城区东四奥林匹克社区的奥娃东东，具有十分典型的传统中国年画人物特征。他梳着朝天髻，身穿绣着“东四牌楼”图案的红肚兜，光着圆滚滚的小身子，胖乎乎的脖颈、小手和小脚丫上分别戴着红、蓝、黑、黄、绿奥运五环颜色的吉祥如意彩环。

除了东东外，年历上还标出了“国际奥林匹克日”“北京申奥成功日”“北京奥运会倒计时一周年纪念日”“东四奥林匹克社区日”这些特殊的日子。它们让东四人深刻地感受到了东四奥林匹克社区特殊的精神内涵。年历下方的六张精彩照片，更成了东四人将“奥林匹克精神”融入自己生活点滴的写照，也永久地记录了东四人为迎接奥运会所付出的努力……

2008 年挂历——东东参赛了

北京奥运会无疑是东四街道 2008 年年历的主题。蓝天白云的北京，是东四人对北京奥运会成功举办的美好愿望，也体现了“绿色奥运”的这一理念。为了办好这届奥运会，北京人集体节能减排，就是为了让奥运年的北京有湛蓝的晴空。

2008 年年历

这一年，年历上的主要图案是五个东东娃在绿茵跑道上赛跑。虽然东东娃们是在竞赛，但从他们的脸上，看不到激烈的竞争，更多的却是享受竞技的快乐表情。这是东四人将“友谊第一，比赛第二”的精神内涵赋予这次的年历设计中，也体现了东四人对运动健儿们的美好祝愿，希望他们能够在竞技中享受乐趣。

虽然奥运会是来自五大洲的奥运健儿们的大聚会，但在 2008 年的年历中，他们却都由奥娃的形象来代表。一来表示虽然奥运会的比赛选手来自全世界各个国家，但在东四人眼中，他们没有差别，都是代表“奥林匹克精神”的选手，无论谁当冠军，东四人都会送上自己真挚的祝贺；二来表示全世界各个国家的人民虽然有着不同种族不同肤色，但是只要拥有同样的梦想，那么大家都是手足兄弟，都是一家人。

2009 年挂历——东四宝宝“牛”了

2009 年年历的设计主题为“牛”。一来是因为这一年正好是牛年，二来是因为大家还沉浸在 2008 年的奥运会圆满成功、中国奥运健儿获得优异成绩的喜悦之中。

2009 年年历

因此 2009 年的春节，东四人将金灿灿的奖牌作为了年历主背景。光芒四射的奖牌，充满了整个年历的画面。东东娃站在奖牌前方，带着四个活泼可爱的东四宝宝，一起给大家送来了新年的祝福。2009 年的年历之所以选择用宝宝，是因为东四人将“牛”的希望和祝愿都寄托在了东四宝宝们的身上。可爱的宝宝是每个家庭的希望，更是祖国未来的栋梁。只有宝宝牛了，祖国才能长盛不衰、繁荣昌盛。东四人通过一张年历，将美好的祝愿传达到千家万户。

值得一提的是，这年历的小宝宝，都是东四地区出生的奥运宝宝。这一年四个天真活泼的宝宝无疑是东四地区最耀眼的明星。

2010 年挂历——东四人乐和了

2010 年的年历一改过去的风格，向东四人呈现了一种全新的理念和精神。这是因为 2009 年 9 月份，北京市地球村环境教育中心与东四街道一起开展了“乐和城市社区”项目。

“乐和社区”是我国国学的传统理念在现代社区建设中的体现，即珍惜资源、俭约其行，修心养性、高尚其志，关爱生命、强健其身，乐在和中、身心境和。中国式低碳生活理念，倡导人们以更成熟的社会责任心和更文明、更生态的道德伦理，注重行动，承担责任，树立“健康、快乐、环保、可持续”的乐和生活理念，努力立足时代，根植民族，完善自己，惠及他人，善待环境。因此，绿色环保便成为2010年年历的主题。

2010年年历

2010年年历以绿色为设计主色。画面的正中间，有两双手，正在接住一滴水珠，而水珠的上方则是北极冰川。有三只北极熊正在冰川边看着融化的海水而默默流泪。这滴水珠就是其中一只小北极熊的眼泪。

东四希望通过这幅意味深长的年历画面，传播“乐和社区、绿色生活”的理念，从而呼吁人们节约资源、保护环境、爱护地球。

2011年挂历——天地人和

2010年东城区进行了行政区域规模调整。原东城区与原崇文区合并形成了新东城区。为了庆祝新东城区的合并，东四特意将2011年年历主题定位为“天地人和”。

此张年历以红黄为主色调，象征着新东城区合并后，老百姓的生活红红火火，一帆风顺。原崇文区的标志性建筑物天坛和原东城区标志性建筑物地坛分布在年历的两边，代表了“天”与“地”；而东东娃在画面的中

2011 年年历

间，当然代表着“人”。他手执着代表北京特色的沙燕儿风筝在金黄色的大地上愉快地奔跑着，风筝上红色的“和”字，与东东娃遥相呼应，彰显了“人和”的内涵。“天地人和”四个字寓意着东四人对于新东城区的美好祝愿。合并后的新东城需要新的气象、新的活力。而生活在新东城的人们则将迎来新的机遇，也会面对新的挑战，只有保持和谐的氛围，才能收获新的成绩。“兔纳新岁”四个字也是东四人对于新一年的态度，预示着在新的一年，将“纳”一些新的事物，并将之融合吸收，从而达到和谐。

这个设计，既包含了东四对新东城的美好祝愿，也意在表达东四人在新东城区合并之后，将会在新东城区委区政府领导下继续努力拼搏，走向康庄大道。

2012 年挂历——“北京精神”在东四

2011 年唱响的“北京精神”，毫无疑问将作为 2012 年年历的主题——“龙贺新年　北京精神”。

“爱国　创新　包容　厚德”作为背景铺满版面，表示着我们将全面践行、贯彻北京精神。繁体的“龙”由“和”与“欣”组成，寓意“天地人和”“和谐东四”的发展理念和欣欣向荣、蓬勃发展的趋势。

“贺”由“加”与“贝”组成，寓意我们在加倍努力创造和谐东四的同时，也会倍加珍惜前人留下的宝贵成果；象征着奥林匹克精神的火炬矗立中央熊熊燃烧，代表着奋发向上的奥林匹克精神长存东四。爱国首先是爱自己的家乡，我们深爱着东四这片沃土，一直致力于将东四建成和谐社区。

年历中央的东四牌楼是东四的标志性建筑，修建于明朝年间。原先是三间四柱三楼式有戗柱的木牌楼，位于东四十字路口四面的干道上。南北街上的牌楼名书“大市街”，东牌楼书为“履仁”，西牌楼书为“行义”，展现了东四深厚的历史文化底蕴。而与建都860年同时留下的胡同四合院，有600年历史的皇家仓廒南新仓，极具现代化标志的建筑新保利大厦等，更是古典与现代的完美组合。起源于西方的奥林匹克精神与东四的形象大使东东相得益彰，传统与现代、西方与东方在这里交融。东四百余场社区大舞台、万余次的来宾参观访问、社区代表会议常务会、党务公开等众多亮点工作，正是创新的体现。奥娃东东在康庄大道上欢快地奔跑，象征着东四永不停息的脚步，永远向前的精神。四朵祥云盘踞周围，预示2012年龙年吉祥如意，也向各位领导和来宾送出东四的四份祝福：一祝身体健康，二祝事业有成，三祝阖家幸福，四祝万事如意。

2012 年年历

（作者肖欣茹，《东四奥林匹克社区报》记者。）

谢老师画奥娃

陈慧华

雪儿小时候的照片，是不是和东东娃如出一辙

听到东四街道要出关于胡同故事的系列丛书，我要说说我家谢老师画奥娃东东的事。

记得那是2006年的夏初，东四街道袁燕生书记找到我，说东四奥林匹克社区的区徽有了、区旗有了、区印有了、区歌也有了，就差一个象征着东四特点的吉祥物，想让我家谢老师帮忙设计一个。我作为一个东四人，就欣然接了这个任务。由于当天回家太晚，第二天早晨上班前，我就把这个任务布置给了谢老师。我说："韩美林老师为北京奥运设计了吉祥物福娃，你为咱奥林匹克社区也设计一个吉祥物吧。谢老师问：画什么呀？是人物、动物、景物，还是形象或抽象的呢？"我思索了一下说："当然是人物，能够代表北京特色、代表东四形象的。"从东四十条的家，到朝内北小街的公司，开车也就十来分钟。我刚下车，谢老师就打来电话："你回来吧，我画好了。"虽然我了解谢老师，但也很吃惊，心想：他不是跟我开玩笑吧，真的画完了？

回到家，谢老师把他的速写本递给我说：“看看行不行。”我拿过本一看，本上画着很多娃娃的头像，还有篆刻的龙形图章。我说：“就这个？”我有点失望又有点疑惑。谢老师笑着拿出一幅卡纸的铅笔画，问：“这个怎么样？”一个胖胖的、天真可爱的小丫头，像是迎着我跑过来。“这不是咱家闺女雪儿吗？”“对呀，我一直说咱家雪儿像个小哪吒，这回就是照着这张照片画的。”我家墙上挂着一幅谢老师为女儿拍的照片，胖手胖脸胖脚丫，圆嘟嘟的超可爱。“这是咱家的女儿，自然怎么看怎么喜欢，但别人看行吗？”谢老师信心满满地对我说：“你拿去给袁书记他们看看。”我立刻拿着画稿赶到了办事处。袁书记一看就乐了：“这么快，谢谢！”他接过画稿立即组织一些人来看画。大家七嘴八舌说什么的都有：“超可爱呀！”“好玩极了！”“这孩子像真的！”“怎么顺拐啦？”“你没见好多小孩儿都是这么跑的。”……看过画稿的人几乎都拍手叫好。袁书记转身对我说了一些修改意见，特别希望能够赶快把正式彩图画出来。于是，谢老师连夜进行了修改：娃娃脖子上的哪吒项圈换成了五环；两个朝天鬏也扎上了五彩头绳；小红兜肚上的东四牌楼也补上了。后来袁书记告诉我：在社区征集吉祥物设计画稿中，谢老师一举夺魁。因为，所有人见了这幅图都说：是咱北京人的娃娃。大家也不约而同地给她起了“奥娃东东”的名字。

为了奖励设计者，东四街道还要给谢老师设计费，被我们婉言谢绝了。因为，我们的企业在东四，我们的事业在东四，我们也是东四人呀，为自己社区画个画是应该的。袁书记曾开玩笑地说：“你们可不能把娃娃的版权再给别人了。”为了让大家知道了解奥娃东东，东四街道还专门开了新闻发布会。那是2006年6月23日，这一天我们永远都忘不了。那天就像过节一样，场面可热闹了。几米高的巨幅娃娃像悬挂在奥林匹克社区公园广场，成百上千的居民在娃娃像前合影留念……看到这场景，我心里别提多高兴了。当时人那个多的呀，连我都没能与奥娃东东合个影。

以后的事情大家就都知道了：社区有了大中小不同型号的奥娃东东，泥塑的、徽章的、水晶的……奥娃东东出现在报纸上、电视上、运动会上、广场上、挂历上、水杯上……奥娃东东成了社区礼品上的标志，不仅送给来自

如今的一家三口加上了东东其乐融融

全国各地的参观者，还被赠送给了来奥林匹克社区考察的国家政府首脑和代表团官员，更送到了党和国家领导人手上……每每看到出现在不同场合的奥娃东东和有关奥娃东东的文字、图片、影像，我都感到十分自豪和骄傲：这就是我家谢老师的杰作！

自从奥娃东东问世后，好多人都问我：谢老师是谁？他怎么能画娃娃？其实，我家谢老师叫谢延波，长我十多岁，是我崇拜、尊敬、如父如兄的丈夫。谢老师是我对他的尊称也是昵称，更是爱称。

谢老师的父亲钟庆发是印度尼西亚华侨，也是原中国侨联党组书记、副主席，1929 年回国读书后走上革命道路。父亲在国民党监狱中改名谢生，意为感谢共产党给了他新的生命。解放后父亲改回本名，谢老师也就成为那一段历史的最好纪念。小学三年级的图画课上，谢老师一幅爸爸读书、妈妈缝衣、自己在很多玩具中肆意玩耍的图画赢得了老师夸赞。后来，这幅画代表新中国的少年朋友参加了国际儿童绘画比赛，并得了大奖。于是谢老师爱上了这行，并把画画作为了毕生的事业。

他当过兵，也曾在杂志社当美编、摄影记者；他牵头成立艺术家联合公司，麾下曾聚集了刘炳森、韩美林等70多位知名画家，就连他的老师也在这里挥毫泼墨……他为我的慧华时装公司设计的Logo，是一只长着两只长耳朵的漂亮小白兔。谢老师说我是属兔的，两只长耳朵是“智慧中华”——慧华的缩写，不承想却被美国的花花公子告上法庭。谢老师据理力争，和原告方进行了八年抗争，最终打赢了这场轰动海内外，被称为“中国商标第一案知识产权保护”官司。

这就是我家的谢老师。这就是为什么他能画出奥娃东东，这就是我为什么骄傲和自豪的原因。

（作者陈慧华，碧艾尔时装（北京）有限公司董事长。居住在东四朝内北小街。）

短命的胡同名称

郝颜军

北京胡同的格局奠定于元代，形成于明代，清代又有了新的发展。胡同、四合院是北京城市景观的一大特色。老话曾说："北京有名胡同3600，无名胡同如牛毛。"但这些年来，随着城市现代化建设的发展，据说北京的胡同只剩500多条了。但是，人们一说起胡同，仍然津津乐道。

北京街巷、胡同的名称是十分有趣的。就拿我们东四街道来说，东四牌楼头条、二条、三条……一直到东四十条胡同、铁匠营胡同、月牙儿胡同、烧酒胡同、豆嘴胡同、墨河胡同、宝玉胡同、吉兆胡同等等，甚至是班大人胡同、椅子胡同、美人儿胡同，还有我前不久才知道的钓鱼台儿。叫起来顺口，听起来亲切，流传几百年。

但我也从一些老街坊、老同事那里听到过短命的胡同的故事，不妨在这里讲给大家听。那是发生在"文革"中街巷改名的事，北京街巷、胡同几乎在一夜之间都贴上了革命的标签。仅就东四地区来说，东四北大街改成"红日路"，原来的东四头条、二条、三条……一直到东四十条胡同转眼就成了红日路头条、二条、三条……特别是沿二环路那片老城根区，那里众多各具特色的大小胡同，如椅子胡同、北豆芽胡同、东门仓横胡同、南沟沿胡同、梁家大院、南豆芽胡同，统统改成了"红小兵"胡同。这么一大片横七竖八的胡同，都叫一个名称，使人们很难辨别方位，因此闹出不少笑话。

"文革"时期，人们文化生活方面十分贫乏。电影院轮番上映着8个革命样板戏。但是，革命化的口语必须随时运用。那时，打电话、问路、询问事由，必须先要背一段毛主席语录。在入冬后的一天，曾发生这样一个有趣的故事：一个男青年想约刚刚相识的女青年见面，买下两张晚上七点半《红灯记》的电影票。然后给女青年打电话。电话拨通后，俩人开始对话。男青年说："造反有理！你是爱红吗？"女青年回答："革命无罪！我是爱红，你是卫东吧，我听出来了，你有什么事吗？""我在红旗电影院（即明星电影院）买了两张七点半《红灯记》的票，想请你一起看电影。""行，我先回家一趟，你去找我行吗？""可以，你家在哪住？""我家住在红日路红小兵胡同5号。"男青年兴奋地撂下电话，一看时间才4点钟，只好耐着性子熬到6点钟下班。下班后，男青年扎上皮带戴上军帽和造反派的红袖标，骑上红旗牌自行车直奔红日路而去。好在红日路是大街，很快便找到了。卫东辨明方向，一路往东到朝内北小街，正遇上一位老大爷，便问："斗私批修。请问红小兵胡同5号在哪儿？"老大爷一时无语，猛一想小伙子是在问路吧，便不耐烦地回答："我不知道红小兵胡同，你找别人问吧。"卫东心想，刚改的胡同名，老人可能不知道，便又问一个年轻人："惩前毖后。请问红小兵胡同5号在哪儿？"年轻人回答："治病救人。这一片六条胡同都改名叫红小兵胡同啦，但原门牌号没变，你就挨着找吧。"这时天色已黑，小伙子只好借着昏暗的路灯，开始串胡同，左找右找就是找不到。眼看《红灯记》开演的时间早过了，急得他抓耳挠腮。突然看见从另一条胡同走出一位姑娘，他便急忙蹬车赶上前去，刚要开始背诵"将革命进行到底"，一看正是爱红。两个年轻人，心里都在埋怨这胡同名改得闹心，这么多条胡同叫一个名不乱才怪呢！但在那狂热的年代是不能直言的，只好站在胡同里说话了。

因为胡同改名，给人们的交往、通讯和生活带来的不便还有很多，所以，这些闹心的胡同名很快就都变回来了。只留下了这个故事，被相声表演艺术家们编成相声，广为流传。

（作者郝颜军，东四街道工委宣传部部长。）

东四四条的写生日记

戴程松

今天早上准备去东四街道一带写生。走到东四四条，从东口进入，快到西口时发现一座老式铺面二层小楼，我驻足观看，门牌是 86 号。一层大门两侧似有字，已看不太清了。二楼上设阳台，阳台底部为铁艺牛腿饰镂花挂檐板，装饰性很强。一看便知是一家老店铺。我问了路边一位老住户，说此楼原来是日本人设计的，曾经是一家有名的大饭庄。于是，我找好位置专注地画起来。（补注：笔者在 2007 年再次路过此地，见小楼已经整修一新，大门两侧对联也重新露出面目，对联似有禅趣，我用笔记下：“镜里人是一是二，笛中意至妙至神。”门楼上方的横匾写着“恒昌瑞记”，下方还有“照相”“洋货”等字。）

在画的过程中，有两个推着自行车路过的人停步看我写生，并和我攀谈起来，得知他们是东四街道办事处的袁主任和一位工作人员。他们看了我正在画的和以前的写生，还询问我在这一带画了多少幅。袁主任说，他们正准备要出一本介绍东四街道历史文化的书籍，想通过文字、照片和绘画等素材来表现，希望我能帮着多画一些东四街道的老建筑。临了还要走了我的电话，说要再与我联系。

下午画完，我走到外交部街等胡同寻找新“目标”。走过协和胡同，来到位于东堂子胡同的我的母校二十四中，见东堂子胡同路北的墙上写着许多的拆字，看来东堂子胡同风貌不久也要有大变化了。

（作者戴程松，北京荣宝斋广告公司美术设计。）

后　记

2011 年 12 月，在东四街道举办的文化讲坛大会上，著名民俗专家、北京历史文化名城保护委员会专家团成员赵书先生做了“留下记忆、再铸辉煌”的演讲。他关于“非物质文化遗产是我们共同的精神家园，口头文学是珍贵的文化资源，是珍贵的集体记忆，是应该急需抢救的文化……”的观点，引起与会人员的一致共鸣。我们会后特意安排与赵书先生座谈，就如何保护、抢救地域性非物质文化遗产问题进行实质性论证，并最终决定：在东四地区全面开展收集整理民间文学、胡同故事活动。书籍编辑出版前得到区委宣传部、区文委给予的大力支持和具体指导。因此，编委会在故事采集、稿件选编、图文选配方面找准定位，以社会大众读者为服务对象，注重故事的雅俗共赏。

正如赵老师所说：“把刻在历代人民心中的故事形成文字记录下来，传播开去，有助于促进聚居在当地人民的地域文化认同、共同心理素质的形成，是文化上的一项基本建设。”而“把胡同的文化记忆留下来，是我们当代人留给子孙后代的财富。”我们义不容辞地接受了此项任务。

社区居委会的书记、主任们在入户的过程中，不忘问一句老街坊，听一听老人记忆中的老故事；20 名“东四故事采集员”走街串巷，采集一个个口口相传的故事元素；《奥林匹克社区报》上的征文启事引来了越来越多的讲述者、记录者；一些已经搬离东四的居民听到消息后，也主动送来了稿件……

《日下传闻录 · 东四故事》的征集工作再次唤起了东四人的文化记忆，

编委会案头的稿件越堆越高。

但是，在整理、修改稿件时，编委们发现：符合日下传闻类的稿件不足三分之一，更多的是老北京、老胡同、老居民的自家历史、祖宅老屋、亲身经历、奇闻逸事的叙述和记录。于是我们决定，分类整理、统筹编辑，尽可能多地保留大家的来稿。

为了使全部书稿的风格统一，赵书老师在百忙之中亲自撰稿，又逐一审阅了全部稿件，并对其中相当一部分传闻稿件进行了修改。同时，赵老师还就征集、整理、编辑书稿的各种问题，与我们沟通信息，为我们推荐名家，随时提出各项建议；还亲自带我们去民间文学特色单位考察学习……这一切的一切，都令我们编委感慨万分。

在挖掘、收集、整理、编辑《日下传闻录·东四故事》书稿过程中，我们遇到了许许多多的热心人、京味文化的爱好者，对我们的工作给予了很多的帮助和支持。

我们在“四大恒”后人董文申老师处听说，有位高人能帮我们编辑书稿，后来得知是中国妇女出版社的老社长李钟秀女士。近八十高龄的老社长，不仅帮我们捋顺稿件，建议分类，还一口气写了七篇回忆录。最后竟动员了姐姐、弟弟为我们作插图。面对我们的谢意，老社长说：东四是我的老家，有我家几代人的记忆，做这些还不应该吗……

在核对史料过程中，我们找到了著名清史专家冯其利先生，冯老师不仅详细解答了我们的问题，还将历史上在东四居住的名门和后人逐一列表，对有影响的人物还亲自撰稿。最让我们感动的是，冯老师为确定东四的史料，竟在首都图书馆查阅了整整一年的资料……

著名溥仪研究学者贾英华先生更是对东四情有独钟：在‘辛亥革命’暨末代皇帝溥仪‘逊位’一百周年之际，他的书、他的讲座、他的视频备受追捧，邀约不断。但贾先生却首先来到东四奥林匹克社区大讲堂开讲，而后又把他的《讲述你所不知道的溥仪》手稿交给我们。他说：东四是我的出生地。溥仪写了《我的前半生》，我写了《末代皇帝的后半生》。如果我不是在这里出生、在这里长大，不会有这部书，也不会有后来的一系列的“末代系列”书。我愿意跟老街坊们聊聊天，一起回忆过去。

著名相声表演艺术家姜昆老师，得知我们要收集传说故事后，就把自己出生时的事儿讲出来，笑说这就是民间传说的实例吧。

原东城区政协的金建国，积极帮我们寻找线索，联系主持车王府子弟书收集整理和出版工作的张寿崇先生的女儿为我们撰稿。使得东四三条的车王府，不再是一座简单的清王府，而是清中期八旗子弟独创的一种曲艺形式——车王府子弟书的发源地、记述者。

还有署名何老三，家住豆瓣社区的何凤岐老师，把自己多年写下的记录豆瓣胡同变迁的“十六曲”全部交给了我们。

还有著名旅日学者、从小生长在东四的萨苏先生，北京人艺一级编剧梁秉堃先生，著名京味画家、北京青年报的杨信先生，著名胡同画家况晗先生，建筑摄影家刘锦标先生等等都为我们提供了极大的帮助和支持。

还有已故的中国文化遗产研究院图书馆长刘志雄先生，“四大恒”后人董文申老师，傅恒后人、满族社会活动家富察·玄海先生也为我们留下了宝贵的图片和文字。

全国人大副委员长王兆国得知我们在已编辑出版三本胡同故事，又在进行第四本书的编辑出版工作后，欣然以东四居民的身份题写了“记录东四，品味京味”的题词；一直关注我们收集整理胡同故事，并为丛书赐稿的著名作家、原文化部部长王蒙，这次不仅为我们题写了“爱书读书”，还为我们题写了书名。还有91岁高龄的著名文物专家谢辰生先生，有感于一个小小街道为保护老北京文化所作出的种种努力，为我们题写了“保护为主，抢救第一”；还有著名文物专家97岁高龄的郑孝燮、90岁的马旭初、北京市文史馆员刘宗汉等等或称赞、或留字、或建议都为我们提供了极大的帮助……

所有撰稿人，用他们的实际行动告诉读者：东四这个小小街道，本着东四人讲东四故事；北京人讲东四故事；中国人讲东四故事是成功的。将来我们还会让外国人也来讲东四故事。

一年时间不算长，也不算短。我们经历了收集、整理的艰辛，认识了数不清的志同道合的朋友；也收获了编辑、即将出版的欣喜，结交了道不完的如师胜友的忘年。在这里，我们心中那么多的感慨、那么多的谢意、那么多的不舍、那么多的留恋，还有那么多的敬意，都不知如何表达。借赵书老师一句话，我们做的是：对民族民间艺术的抢救，是对传统文化和民族精神的继承，是一件功在当代，利在千秋的先进文化建设工程，是尊重人民创造精神的实事，是爱国主义的表现。我们无悔！我们无愧！！

衷心谢谢所有帮助我们、支持我们、关心我们的朋友！谢谢大家！

当然，由于我们是文字出版界的外行，书中一定会有这样那样的疏漏和不足，在此恳请所有热心读者海涵，并不吝赐教。同样我们也感谢捧读这本书的读者朋友。谢谢您！

编委会

2013 年 3 月